Le médecin de Cutler's Creek

*

Une passion imprévue

Collection : Blanche

Ce roman a déjà été publié en 2021

Titre original :
UNLOCKING THE REBEL'S HEART

HARPERCOLLINS FRANCE
83-85, boulevard Vincent-Auriol, 75646 PARIS CEDEX 13
Service Clients — https://www.harlequin.fr/contenu/contactez-nous
ISBN 978-2-2805-2099-7 — ISSN 0223-5056

Édité par HarperCollins France.
Composition et mise en pages Nord Compo.
Imprimé en juin 2025 par CPI Black Print (Barcelone)
en utilisant 100% d'électricité renouvelable.
Dépôt légal : juillet 2025.

FSC MIXTE Papier FSC® C159065

Pour limiter l'empreinte environnementale de ses livres, HarperCollins France s'engage à n'utiliser que du papier fabriqué à partir de bois provenant de forêts gérées durablement et de manière responsable.

ALISON ROBERTS

Le médecin de Cutler's Creek

Traduction française de
LESLIE BOITELLE-TESSIER

BLANCHE

HARLEQUIN

1

Impossible d'éviter la collision.

La province d'Otago, en Nouvelle-Zélande, n'avait aucun secret pour Benjamin Marshall. Habitué à avaler le bitume, il savait conduire son ambulance à fond dans les épingles à cheveux, les pentes raides ou les sentiers gravillonnés de campagne. Pourtant ce jour-là, il ne put qu'écraser sa pédale de frein et croiser les doigts lorsque, au détour d'un virage, une voiture arrêtée surgit face à lui, portière béante.

L'impact sourd produisit un bruit horrible. Son pare-chocs arracha la portière avec un hurlement de métal déchiqueté, tandis que la voiture était poussée sur plusieurs mètres. Dans le mouvement, Ben vit quelqu'un gesticuler. Il crut discerner un corps svelte, une longue tresse brune et des bras étrangement gracieux. Des bras qui disparurent à une vitesse alarmante quand la personne touchée bascula dans le fossé d'une conduite d'irrigation agricole.

Hanté par la crainte d'avoir tué quelqu'un, Ben dut se retenir d'aller vérifier tout de suite. S'il ne prenait pas quelques secondes pour sécuriser les lieux, il risquait le suraccident, souvent responsable de morts parfaitement évitables.

Gyrophare allumé, il repartit en marche arrière. Par chance, la chaussée était dégagée, et il se gara de manière à être vu de loin par les autres automobilistes.

À peine sorti, il se mit à courir. Il faudrait vite déplacer le véhicule accidenté sur le bas-côté, mais d'abord, Ben devait s'assurer que personne n'était en train de se noyer dans le fossé.

— Hé ! Où êtes-vous ? cria-t-il. Vous êtes blessé ?

Un silence inquiétant lui répondit. Le genre de silence propre à ces routes de campagne, entourées de fermes à perte de vue et où, malgré le début du printemps, les cimes des montagnes au loin étaient toujours enneigées.

Soudain, Ben entendit le bêlement craintif d'un agneau. Il discerna aussi le reniflement bruyant de quelqu'un qui... pleurait ? Ou qui tentait de se retenir, peut-être.

En deux enjambées, il arriva au bord du fossé. Il n'y avait pas assez d'eau pour recouvrir complètement la brebis qui gisait au fond, mais la bête avait la tête immergée, et cela depuis un moment.

La femme recroquevillée sur la berge se frotta le nez.

— Elle est morte, gémit-elle. C'est ma faute. Je l'ai tuée.

Ben s'accroupit dans les herbes hautes.

— Ce sont des choses qui arrivent. Cette brebis n'aurait pas dû se trouver sur la chaussée. Heureusement que vous n'avez pas fait d'embardée pour l'éviter, sinon c'est vous qui auriez pu terminer dans le fossé et y laisser votre peau.

Tout en lui parlant, il tenta d'évaluer l'ampleur des blessures qu'il avait peut-être infligées à cette femme en la renversant avec son propre véhicule de secours. À moins qu'il ne se soit fait des idées ?

— Vous étiez seule en voiture ?

— Bien sûr.

Pourquoi fallait-il que la réponse soit aussi évidente ? Était-elle *toujours* seule en voiture ? Dans sa vie ? D'un battement de paupières, Ben chassa une curiosité mal placée.

— Où alliez-vous ?

Il fallait qu'il continue de la faire parler. Elle ne semblait pas gênée pour respirer, elle avait bonne mine et, après une brève inspection d'ensemble, il ne décela aucun signe d'hémorragie massive. Son jean et ses bottines avaient néanmoins pris l'eau, comme si elle avait sauté une première fois au fond du fossé pour tenter de sauver l'animal avant de regagner sa voiture.

Ben serait arrivé quelques secondes plus tard, elle aurait peut-être déjà quitté les lieux. Seulement, puisqu'il était là, il devait vérifier qu'elle n'était pas blessée.

Avec son jean trempé, elle avait besoin de se mettre au chaud. Son pull moulant était aussi humide aux manches mais, vu qu'il était en laine, il la protégerait du vent glacé.

— Je me rendais à Cutler's Creek, expliqua-t-elle. Je crois que ce n'est plus très loin d'ici.

Par-dessus son épaule, elle contempla le capot ratatiné de sa voiture. Sa portière, tordue, traînait dans l'herbe. Alors elle ferma fort les yeux, comme si elle n'avait pas envie de voir les preuves de ce qui venait d'arriver. Elle poussa aussi un soupir triste.

— Vous avez raison, dit Ben. Vous n'êtes pas loin. Enfin, vous n'irez nulle part avec ce tas de ferraille. Laissez-moi vous examiner, puis je préviendrai les secours.

Soulagé de ne pas avoir causé d'accident grave, il commençait à s'irriter du comportement stupide d'une femme qui, en mettant un obstacle sur la chaussée, aurait pu tuer quelqu'un d'autre.

— Notre policier local, Bruce, est très doué pour régler ce genre de situation. Vous seriez étonnée de connaître le nombre de touristes qui terminent dans le fossé.

— Je ne suis pas une touriste, rétorqua-t-elle, l'air vexé.

— Dans ce cas, vous n'auriez pas dû laisser votre voiture au milieu de la route.

Ben avait appris à garder son calme en toutes circonstances. Dans son métier, c'était indispensable, car on ne savait jamais ce qu'un patient pouvait cacher – une blessure grave à la tête, par exemple, ou une hypoglycémie. La femme à qui il avait affaire semblait, elle, en pleine possession de ses facultés cérébrales : elle le dévisageait comme si c'était lui l'inconscient. Il inspira profondément.

— Les conducteurs qui auraient emprunté le virage n'avaient aucune chance d'apercevoir votre voiture à temps.

— J'ai essayé de me déporter, mais il y avait le fossé. Et il fallait que je m'arrête. Je venais de heurter quelque chose...

— Vous étiez aussi obligée de laisser la portière ouverte ?

Elle parut surprise. Elle prenait enfin conscience de sa dangereuse irresponsabilité. Elle était même plus que surprise. Les yeux écarquillés, les lèvres entrouvertes, elle semblait plutôt horrifiée.

— Donc... vous êtes blessée ? Vous avez mal quelque part ?

Elle ne mit qu'une petite seconde à recouvrer ses esprits.

— Je vais bien. Inutile de m'examiner.

— Vous venez de vous faire renverser... comme cette pauvre brebis, ajouta-t-il sur un ton gentiment ironique.

— Vous exagérez. Votre véhicule m'a à peine frôlée et, en trébuchant, je suis tombée dans le fossé.

Elle contempla de nouveau sa malheureuse victime.

— J'ai atterri sur mes pieds, ajouta-t-elle. Pas de souci.

— Je suis ambulancier. C'est mon travail de vérifier que vous êtes indemne.

— Moi, je suis médecin. Si j'étais blessée, je saurais me soigner.

Elle se redressa et, malgré ses efforts pour rester impassible, Ben la vit tressaillir de douleur au moment où elle s'appuyait sur sa jambe gauche.

Elle avait les yeux presque aussi noirs que la longue tresse qui pendait sur son épaule. Si noirs qu'ils rendaient son teint plus pâle. À moins que ce soit dû à la douleur.

— Où avez-vous mal ?

— Ce n'est rien. Une simple foulure, je dirais.

— Vous possédez une vision à rayons X, docteur... ?

— Hamilton, lâcha-t-elle presque à contrecœur. Joy Hamilton. Et vous êtes... ?

— Ben Marshall. Coordinateur régional des transports en ambulance.

Elle parut étrangement déconcertée. Ou alors c'était de l'embarras, à présent qu'elle mesurait l'imbécillité de son geste ? D'ailleurs, pourquoi allait-elle à Cutler's Creek ? Était-elle amie avec un médecin des environs ?

— Vous venez voir Liv ? demanda Ben, curieux.

— Qui est Liv ?

— L'épouse du patron de notre hôpital, Isaac Cameron. Fille d'une légende locale qui a dirigé l'établissement pendant des décennies, jusqu'à l'arrivée de Zac, originaire d'Auckland. Elle est chirurgienne esthétique mais, si vous vouliez lui rendre visite, pas de chance ! Elle est à Dunedin, où le bébé est toujours en réanimation néonatale.

Le Dr Hamilton resta perplexe.

— Je n'ai jamais entendu parler de Liv.

— Désolé. À votre allure, je vous croyais tout droit sortie d'une grande métropole.

Et comment ! Elle portait un jean de créateur, des bottines hors de prix et le col de son corsage blanc ornait sagement le haut d'un pull rouge vif. Tirée à quatre épingles, avec sa coiffure si stricte, elle semblait avoir davantage sa place au guichet d'une bibliothèque que dans l'effervescence d'un hôpital. Peut-être avait-elle décroché son doctorat en archéologie ? Ou en philosophie ? Qu'importe ! De toute façon, Ben avait une nouvelle préoccupation : les bêlements de l'agneau devenaient plus forts. Désespérés, même.

— Je connais Isaac Cameron, précisa Joy Hamilton. Nous nous sommes entretenus par téléphone avant que je décide d'accepter...

Elle se tut en voyant Ben chercher d'où venaient les bêlements.

— Oh ! c'est sans doute ce qui a poussé cette brebis sur la route ! s'écria-t-elle, le front barré d'inquiétude. Son petit se trouve quelque part.

Elle fit volte-face pour marcher le long du fossé. Ou, plutôt, boiter péniblement. Les sourcils froncés, Ben tenta d'estimer la gravité de sa blessure, mais elle le fusilla du regard.

— Ne restez pas planté là. Aidez-moi plutôt à chercher !

À la moindre sollicitation, sa cheville lui faisait un mal de chien, mais Joy refusait obstinément de l'admettre. Ben, l'ambulancier, l'aurait sans doute toisée d'un regard insinuant qu'elle était trop bête pour qu'on la laisse sortir de sa grande ville.

Et il n'avait peut-être pas tort. Elle avait tué une brebis. Lorsqu'elle avait pilé après la collision, elle n'avait pas pensé un instant au virage sans visibilité derrière elle et... comment avait-elle pu oublier de fermer sa portière ? Jamais elle n'agissait sans réfléchir aux conséquences. Sur Terre, il n'y avait pas plus prudent qu'elle.

Quoi de plus normal, sachant qu'elle avait passé son enfance à subir les excès inverses de sa mère ? Joy avait appris à cocher chaque case, à n'omettre aucun détail clé, ce qui expliquait en grande partie pourquoi elle était aussi douée en médecine d'urgence.

Jusqu'ici, sa seule véritable prise de risque avait été de se porter candidate pour un poste temporaire dans un hôpital perdu en pleine nature, dans l'île du Sud. Elle n'était peut-être pas originaire d'Auckland, la métropole la plus peuplée du pays, mais Wellington, sa ville natale, en était la capitale dynamique et, pour l'heure, Joy aurait préféré fouler ses trottoirs bondés plutôt que se frayer un chemin dans les broussailles, le long d'une route isolée.

À chaque pas, sa douleur à la cheville s'intensifiait. Il était très possible qu'elle se soit cassé quelque chose, mais Joy gardait un souvenir cuisant de l'ambulancier lui demandant si elle possédait une vision à rayons X. Il avait posé sur elle un regard mi-patient, mi-amusé, comme s'il s'adressait à un vilain garnement. Ou à une simple d'esprit. Ses yeux d'un bleu intense l'avaient troublée.

Elle tourna la tête vers lui. Il était trop loin derrière pour qu'elle puisse l'observer en détail, mais ses cheveux bruns hérissés en pointes et émaillés de mèches claires indiquaient qu'il passait beaucoup de temps au soleil. Si les premières plages ne s'étaient pas trouvées à des dizaines de kilomètres, elle l'aurait imaginé surfeur. Non pas qu'elle ait dû s'intéresser à ses loisirs. À vrai dire, le charme indéniable de ce coordinateur des transports en ambulance ne faisait qu'aggraver la situation.

Non… le pire, c'était son sourire.

Elle connaissait ce sourire-là. C'était celui du genre d'homme à se délecter du non-conventionnel, allant jusqu'à créer le chaos par son incapacité ou sa réticence à suivre les règles. Des hommes que son grand-père n'avait jamais porté dans son cœur, car leurs exploits engendraient souvent de terribles dégâts matériels ou corporels.

« Ils auraient dû respecter les règles, non ? Elles n'ont pas été instaurées par hasard. »

Le genre d'homme dont Joy s'était préservée toute sa vie.

Un *bad boy*.

Signe qu'elle s'approchait de l'agneau, les bêlements s'amplifièrent, mais, dans les herbes folles, on n'y voyait rien.

— Il est au fond du fossé, coincé dans la gadoue, lança Ben derrière elle.

Joy rebroussa chemin et aperçut une boule de poils laineux, les pattes engluées de vase. L'animal la regardait fixement. Devant ses yeux comme deux billes noires et ses oreilles démesurées, elle se sentit fondre.

— Pauvre chou !

Elle se laissa glisser au bas de la pente, sans se soucier de ses nouvelles bottines italiennes, qui disparurent sous l'épaisseur de boue. Elle attrapa l'agneau à bras-le-corps, le délivra, puis, le serrant contre elle, entreprit de remonter.

Hélas, comme elle ne pouvait plus s'aider de ses mains, avec sa cheville blessée, c'était mission impossible.

Elle brandit le jeune rescapé.

— Hé ! Prenez-le.

Comme Ben haussait les sourcils, Joy comprit qu'elle s'était peut-être montrée un peu trop autoritaire.

— S'il vous plaît, ajouta-t-elle à mi-voix.

Un grand sourire aux lèvres, Ben la déchargea de l'animal.

Il allait s'éloigner quand, soudain, il se retourna : Joy n'avait pu retenir un cri de douleur au moment d'esquisser son premier pas pour gravir la pente. L'agneau plaqué sous le bras, il se baissa et lui tendit la main.

Elle n'eut pas d'autre choix que d'accepter son aide : le talus était trop raide pour qu'elle tente une remontée à quatre pattes. À cause de la boue, leurs paumes étaient glissantes, et Joy dut s'accrocher de toutes ses forces. Les doigts de Ben s'enroulèrent fermement autour des siens. Il avait la main large, chaude et puissante. Si puissante qu'il l'aurait sortie de là en un clin d'œil.

Pourtant, il ne se précipita pas et ses gestes, réfléchis, lui parurent même étrangement délicats.

De retour sur l'asphalte, Joy ne put tenir qu'à cloche-pied. Quelle situation gênante ! Trempée, crottée, elle frissonnait sous le vent glacé. Pire, elle allait devoir admettre sa mauvaise foi : elle était bien blessée et il lui faudrait demander de l'aide.

Sauf qu'elle n'eut rien à demander du tout. Ben posa l'agneau, qui, aussitôt, s'écroula sur l'herbe.

— Reste là. Je reviens.

Au moment où Joy crut qu'elle allait s'étaler de tout son long, Ben la souleva de terre sans un mot et repartit vers l'ambulance. Si sa poigne avait paru experte et puissante, ce n'était rien comparé à la sensation d'être dans ses bras. Joy était assez grande pour ne jamais s'être sentie minuscule. Jusqu'à cet instant précis...

De sa vie, aucun homme ne l'avait attrapée ainsi et portée comme un enfant. Son grand-père, qui souffrait du dos, avait toujours évité les charges lourdes. Ses petits amis n'avaient jamais envisagé de le faire, et s'ils en avaient eu l'idée, elle aurait refusé net de les fréquenter.

Bien sûr, Joy détestait se sentir impuissante, mais force était de reconnaître que, sous l'humiliation, elle éprouvait autre chose. Un frisson de... De quoi, au juste ?

De plaisir ?

Non, ce serait inacceptable. Peut-être fallait-il plutôt parler de soulagement, au sens où elle pouvait, un temps, se délester de ses responsabilités, laisser quelqu'un d'autre décider à sa place et la prendre en charge ?

Par chance, ils arrivèrent à destination avant que l'étrange sensation se soit clairement installée. Ben ouvrit les portières arrière de l'ambulance, monta à bord et déposa Joy sur un brancard tendu d'un drap immaculé.

— Où avez-vous mal ?

— À la cheville.

— Il faut que j'ôte cette bottine. Je vais peut-être devoir la couper.

— Non, elle est toute neuve ! s'affola Joy. Vous allez me porter malheur.

Devant la mine interloquée de Ben, elle continua :

— Il y a une fermeture Éclair sur le côté. Quelque part sous la boue... Attendez, je vais trouver.

— D'accord, acquiesça-t-il avant de lui montrer l'oreiller sur la civière. Allongez-vous, je m'en occupe.

Joy parut hésiter, mais il déclara sur un ton sévère :

— C'est mon ambulance, c'est moi qui décide.

Encore une invitation à passer la main ! Cette fois, impossible de résister. Joy posa la tête sur l'oreiller en frissonnant, puis elle tira la couverture jusqu'aux épaules et laissa Ben lui enlever ses bottines. Il déchaussa d'abord son pied indemne, car il était important, quand c'était faisable, de comparer un membre blessé avec son équivalent à l'état normal.

Joy s'en voulut de rougir bêtement. En vérité, elle avait l'impression d'être déshabillée pour autre chose qu'un examen médical.

Au moins, sa douleur à la cheville, encore plus vive lorsqu'il lui ôta sa chaussette humide, eut vite fait de replacer la situation sur un plan strictement professionnel. Joy ne sentit même pas la chaleur des mains de Ben sur sa peau glacée.

— Je ne constate aucune déformation apparente, annonça-t-il.

Le pouls pédieux est bon, le temps de recoloration capillaire aussi. Pouvez-vous remuer les orteils ?

Elle pouvait.

Il tint sa jambe d'une main, son pied de l'autre, et exerça différents types de pressions.

— Est-ce que je vous fais mal ?

— Oui.

— Et là ?

— *Aïe...*

— Pardon. Un hématome est en train de se former. Je ne crois pas que ce soit cassé, mais il faut attendre les radios.

Un frémissement de sa bouche suggéra que, malgré la tentation, il se retenait de refaire allusion à la prétendue vision à rayons X de sa patiente.

— Je pose un pansement compressif, je surélève votre jambe et, ensuite, je vous emmène aux urgences de Cutler's Creek.

Joy ferma les yeux, un gémissement affligé aux lèvres. Ce n'était pas du tout la manière dont elle aurait voulu arriver à son nouveau poste. Soudain, elle rouvrit les paupières.

— Vous n'allez pas laisser cet agneau livré à lui-même ? Avec le cadavre de sa mère au fond du fossé ?

Ben avait déchiré l'emballage plastique d'une bande Velpeau et commençait à lui envelopper la cheville.

— Ne vous inquiétez pas. Avant que nous nous mettions en quête de l'agneau, j'ai prévenu Bruce.

— Bruce... le policier ?

— Lui-même.

Les gestes de Ben étaient rapides et précis. Le pansement était assez serré pour que la douleur diminue déjà de façon significative.

— Que vouliez-vous dire tout à l'heure ? reprit-il sur un ton badin. Comme quoi j'allais vous porter malheur si je découpais votre bottine ?

D'accord, c'était gênant, mais tôt ou tard il apprendrait forcément la vérité.

— Je m'achète toujours de nouveaux souliers quand je change d'emploi. Histoire de me porter chance...

Ben leva son regard bleu perçant vers elle.

— Vous alliez à Cutler's Creek pour le travail ? Du genre... le poste que Zac essaie de pourvoir depuis une éternité ?

— Lui-même.

Joy prit soudain conscience d'avoir utilisé exactement les mêmes mots et le même ton que Ben lorsqu'il lui avait répondu au sujet de Bruce, le policier.

En silence, il fixa le bandage à l'aide d'épingles à nourrice, puis lui installa un coussin sous la cheville. Il semblait ne plus savoir quoi dire sur le fait que, dans un avenir proche, ils seraient sans doute amenés à collaborer. Parce que la perspective ne l'emballait pas particulièrement ?

— Je me demande ce qui retient Bruce...

Ben se redressa et regarda par une des vitres arrière.

— Ah, enfin !

Il ouvrit la portière, bondit de l'ambulance et lança d'une voix forte :

— Qu'est-ce qui t'a pris autant de temps, mon vieux ?

Joy entendit la réponse.

— J'essayais de dénicher un tracteur capable de remorquer la voiture. Greg arrive, mais il ne saute pas de joie à l'idée de faire le ménage derrière un énième touriste.

— Ah...

Avant de refermer la portière, Ben passa brièvement la tête à l'intérieur, et Joy aurait juré qu'il lui avait adressé un clin d'œil.

— Je reviens dans une minute, annonça-t-il avec entrain. Ne vous sauvez pas.

Comme si elle pouvait ! Les paupières closes, Joy tenta de se rappeler pourquoi elle avait cru que sa candidature à un poste de médecine rurale était une bonne idée.

Ah, oui ! Elle en avait eu ras le bol. Marre d'elle-même et sonnée par un nouvel échec sentimental qui remportait la palme du plus humiliant.

En amour, elle avait toujours pris l'initiative de la rupture – en général, parce que son compagnon finissait par être trop prévisible, inintéressant et, donc, ennuyeux. Là, c'était elle qui s'était fait quitter. Ian, radiologue au sein de son service d'urgence, lui avait préféré une infirmière blonde un peu évaporée qui devait avoir dix ans de moins qu'elle. Au moment de la séparation, il s'était excusé. Il avait même été très gentil, mais ses mots lui restaient encore sur le cœur :

« Tu es une femme adorable, Joy. Magnifique, intelligente et sacrément douée au travail. Mais… tu n'as aucune spontanéité. Je doute que tu aies jamais pris le moindre risque dans ta vie, si ? Je suis désolé, mais as-tu déjà pensé combien… combien cela pouvait devenir ennuyeux ? »

À force de regarder les nouveaux tourtereaux se faire de l'œil pendant leur garde, Joy avait eu l'impression désagréable de passer à côté de certains bonheurs de la vie.

Ses collègues avaient été si étonnés d'apprendre qu'elle prenait un congé pour changer d'air qu'elle s'était demandé s'ils ne pensaient pas tous la même chose que Ian – à savoir qu'elle était la personne la plus ennuyeuse au monde. Son ex avait-il vu juste ? Était-ce sa faute à elle si ses relations amoureuses tombaient systématiquement à l'eau ?

Eh bien, on ne pourrait plus la traiter de bonnet de nuit, alors qu'elle semait le chaos avant même d'avoir franchi la porte de son nouvel hôpital. Tant pis pour les bottines porte-bonheur ! Sa voiture était hors d'usage, elle s'était peut-être brisé la cheville, il y avait une brebis morte dans le fossé et…

Et elle n'eut pas besoin de se rappeler l'adorable minois de l'agneau orphelin, car les portes de l'ambulance se rouvrirent et qu'il apparut, pelotonné sous le bras de Ben, ses longues pattes grêles pendillant derrière lui.

— Je ne peux pas demander à Greg de le prendre dans sa ferme, expliqua Ben en grattouillant l'animal entre ses oreilles ridiculement grandes. La pauvre bête semble avoir la patte cassée.

L'agneau bêla fort, comme pour signifier son assentiment. À la vue de cet homme grand et compétent qui tenait contre lui un animal aussi vulnérable, Joy se sentit toute chose. C'était une situation déconcertante et, en même temps, elle était incapable de détourner le regard.

— Vision à rayons X, hein ?

Oh ! oui, Ben avait des yeux d'un bleu incroyable ! Et leur éclat insinuait qu'il avait beau la trouver un peu nunuche, il ne la considérait pas comme l'être humain le plus ennuyeux du monde.

Au fond d'elle, Joy concéda que c'était plutôt agréable. L'idée lui traversa même l'esprit que, les gens ici ne connaissant rien sur elle, elle pouvait devenir une femme totalement différente. Et adopter un mode de vie plus excitant, en accord avec le choix de sa nouvelle personnalité.

Sans crier gare, Ben lui fourra l'agneau dans les bras.

— Tenez-le-moi. Je dois lui poser une attelle de fortune.

Une minute ou deux plus tard, alors qu'il se servait d'un rouleau de gaze pour plaquer un morceau de carton plié sur la patte avant de l'animal, les portières de l'ambulance se rouvrirent.

Un grand gaillard posa quelque chose à l'intérieur.

— C'est le sac à main du docteur, précisa-t-il à Ben. Je me suis dit qu'elle pouvait avoir besoin de son téléphone ou je ne sais quoi. Je vais sortir ses bagages avant que la voiture soit remorquée et je les apporterai à l'hôpital.

Il croisa le regard de Joy et sourit.

— Bienvenue à Cutler's Creek.

Ben leva la tête vers elle, l'air amusé. Tout comme elle, il avait compris que ses nouvelles chaussures porte-bonheur avaient failli à leur mission.

— Oui, dit-il en réprimant un petit rire. Bienvenue à Cutler's Creek, docteur Hamilton. Vous allez adorer la vie ici !

2

— Et voilà… nous y sommes !

Souriant, le nouveau patron de Joy, Zac Cameron, se gara devant une vieille grange et indiqua la maison voisine.

— Je conserve des souvenirs merveilleux de ma vie ici et j'espère sincèrement que vous vous y plairez.

Joy contempla l'adorable pavillon avec son bardage en bois, son toit métallique rouge piqueté de rouille et sa cheminée, promesse de bons feux à venir. Au-delà du jardin, la vue était imprenable sur les montagnes, encore enneigées en cette fin d'hiver, et il n'y avait pas un voisin à la ronde.

— Moi qui voulais changer de cadre, c'est le jour et la nuit avec mon appartement de Wellington.

Elle frémit néanmoins à la perspective de dormir dans un lieu si isolé. Comment s'en sortirait-elle, alors qu'elle s'était sentie souvent si seule au sein de son immeuble surpeuplé ?

Zac lui ouvrit la portière.

— Je vous offre un tour rapide du propriétaire et, ensuite, je vous laisse vous installer. Comment va votre cheville ?

— Bien mieux. Sans doute parce que je sais qu'il n'y a pas de fracture.

Le pansement compressif était aussi d'un grand secours.

— Vous voyez ? Je ne boite même plus tant que ça.

— Excellent. Autrefois, nous vous aurions prescrit des béquilles, mais des études ont prouvé qu'une entorse légère guérissait plus vite si on y appliquait un peu de poids. Dans la mesure du raisonnable, évidemment.

Zac souleva un nain de jardin, sous lequel dormait une clé.

— Ici, inutile de s'enfermer mais, la nuit, vous vous sentirez ainsi plus en sécurité.

La porte donnait directement sur la cuisine.

— Betty, qui gère la cantine et la blanchisserie de l'hôpital, a préparé votre lit et vous a rempli le frigo avec quelques denrées de première nécessité.

— C'est très gentil de sa part.

— Quant à Jill, une de nos réceptionnistes, elle a trouvé une voiture à vous prêter, le temps que vous vous arrangiez avec l'assurance. On vous la déposera demain matin.

— Waouh ! Si j'étais en ville, j'aurais déjà de la chance qu'on me conseille un hôtel.

— Les petites communautés sont très douées pour résoudre n'importe quelle situation de crise. Certes, tout le monde connaît les secrets de tout le monde, mais je n'habiterais nulle part ailleurs.

— Être logée est un sacré avantage. Je crois que c'est ce qui m'a convaincue d'accepter le poste.

Zac acquiesça d'un air satisfait.

— C'était l'objectif. Les postes temporaires en zone rurale n'attirent guère, et je ne vous parle pas des offres d'emploi à long terme. Si je ne lui trouve pas de successeur, nous aurons du mal à persuader mon beau-père de prendre sa retraite.

— Oh...

Pendant que Zac ouvrait le réfrigérateur, peut-être pour vérifier de quoi Betty l'avait garni, Joy regarda autour d'elle. Un gros poêle noir, installé à l'intérieur de la cheminée en brique, était surmonté d'un rail qui devait servir à sécher le linge. Une fenêtre au-dessus de l'évier encadrait le paysage de montagne, des casseroles usées pendaient à une étagère et la vieille table en pin était cernée de chaises.

La pièce était aux antipodes de la belle cuisine moderne

qu'elle avait chez elle, ce qui la rendait d'autant plus agréable. Accueillante même. Elle devait toutefois jouer franc jeu avec son nouvel employeur :

— Je n'imagine pas rester ici de manière définitive. Comme je vous l'ai expliqué, je cherche juste à changer temporairement de décor. Je ne peux pas m'engager au-delà des trois mois dont nous sommes convenus la semaine dernière.

— Je comprends. De toute façon, ce n'est pas comme si Don envisageait de nous quitter bientôt. Je crois même qu'il adore être revenu à plein temps. Enfin, on ne sait jamais. Vous pourriez tomber amoureuse de...

Zac s'interrompit quand la porte du fond s'ouvrit sur quelqu'un chargé d'un énorme carton. Le visage du mystérieux livreur était caché par son paquet, mais dès qu'elle aperçut ses bras Joy sut de qui il s'agissait. Ben avait beau s'être envolé après l'avoir remise aux bons soins des urgences de Cutler's Creek, il lui avait fait forte impression. De façon assez troublante, elle se rappela la sensation exacte qu'elle avait éprouvée lorsqu'il l'avait portée jusqu'à l'ambulance. Ou lorsqu'il lui avait ôté ses chaussettes humides avec délicatesse.

Zac termina sa phrase, hilare :

— ... de la vie à la campagne. Salut, Ben ! Il y a quoi dans ton gros carton ? Un cadeau de crémaillère pour notre nouvelle collègue ?

— Plus ou moins.

D'un coup, la cuisine semblait avoir rétréci. Ben posa son colis près du poêle et Joy en découvrit le contenu. Le petit agneau orphelin qu'ils avaient sorti du fossé était couché sur un lit de paille, sa patte avant entourée d'un gros bandage élastique.

— J'ai pensé que vous apprécieriez un peu de compagnie, déclara Ben. Et que vous voudriez vous en occuper, étant donné que... disons...

— Que j'ai tué sa mère ?

Le sourire de l'ambulancier s'élargit.

— Laissez-moi vous allumer un feu. La soirée s'annonce glaciale.

Faisait-il allusion à la météo ou au ton sur lequel elle s'était adressée à lui ? Et comment était-elle censée prendre soin d'un agneau ? Ben savait bien que Joy était une citadine pur jus, non ? Essayait-il de la taquiner ? Peut-être sa décision de se mettre au vert avait-elle été une grosse erreur, finalement...

Ce fut sans doute cette pensée négative qui raviva sa douleur à la cheville. Elle tira une chaise et s'assit.

— Vous devriez surélever votre pied, conseilla Ben, tandis qu'il allumait le petit bois déjà entassé dans le poêle. Il serait aussi judicieux d'appliquer de la glace plusieurs fois par jour, le temps que l'œdème se résorbe.

— Souvenez-vous de ne pas trop forcer dessus, renchérit Zac. Même s'il s'agit d'une entorse légère, évitez de courir ou de sauter.

— Aucun problème, le saut est loin d'être ma spécialité, répliqua Joy d'un ton plus sec qu'elle ne l'aurait voulu.

Silence gêné. Décidément, elle ne semblait pas faite pour la campagne. Ce fut Zac qui reprit sur un ton compatissant :

— Ne vous tourmentez pas. Il est presque de tradition ici de faire une entrée fracassante.

— Comment ça ?

— Le jour de son retour à Cutler's Creek, mon épouse, Liv, a vu un avion s'écraser à deux pas d'elle, dans un champ. Sur la route même où vous avez eu votre accident.

Tout compte fait, en écrasant une brebis et en détruisant sa voiture, Joy ne s'en sortait pas si mal.

— Seigneur, balbutia-t-elle. Combien de victimes ?

Ben souffla pour attiser les flammes.

— Juste le pilote, répondit-il, mais la mission était excitante. Je l'utilise encore comme exercice d'entraînement pour mes secouristes. Même si je n'ai pas fait grand-chose d'autre que de regarder le toubib et Liv en action.

— Faux, objecta Zac. Tu as autant participé que nous à lui sauver la vie. Ça, c'était du super boulot, non ?

— Il y avait tout, expliqua Ben à Joy en souriant. Une victime coincée dans le cockpit, une fracture ouverte avec hémorragie massive, une épave qui explose, une intubation nécessaire et l'hélicoptère des secours qui se pose devant notre nez. Oui... c'était du *super* boulot.

Un soupir d'aise aux lèvres, il alimenta le feu.

À cet instant-là, Joy prit conscience que, tout le temps qu'il parlait, elle avait retenu sa respiration – happée par une histoire où il fallait lire entre les lignes. À vrai dire, la survie du pilote avait été la cerise sur le gâteau. La satisfaction venait plutôt de l'excitation et de la décharge d'adrénaline qui avaient accompagné une situation ultra-périlleuse. L'épave qui explosait ? L'hélicoptère qui atterrissait à quelques mètres ? Joy n'avait jamais vécu un pareil cas de figure et elle n'en avait aucune envie.

Le goût du danger était un autre trait de caractère des *bad boys*, non ? Au même titre que leur tendance à transgresser les règles, à fendre les cœurs et à se moquer de tout, tant ces insouciants invétérés avaient un ego surdimensionné.

Joy dut s'obliger à détourner son regard de Ben.

Pourquoi ces hommes-là avaient-ils le malheur d'être aussi attirants pour des femmes comme elle, qui n'auraient jamais rêvé de briser aucune règle ni aucun cœur ? Parce qu'ils avaient aussi la réputation d'être des passionnés ? Des amants incomparables ? Joy émit un soupir discret. D'accord, peut-être bien qu'elles en rêvaient. À l'occasion...

Elle eut le sentiment effrayant qu'elle n'y couperait pas cette nuit-là et elle ferma les paupières de longues secondes, de sorte que ses deux interlocuteurs ne devinent pas les idées malvenues qui lui trottaient dans la tête.

Par chance, l'agneau bêla bruyamment.

— À propos de Liv, il faut que j'y aille, reprit Zac. Je récupère

Milly et nous partons à Dunedin afin qu'elle profite un peu de sa maman et que je fasse un gros câlin à Super Hugo.

— Super Hugo ? répéta Joy, ravie de changer de sujet et de se détacher enfin d'un homme aussi hypnotisant.

— Le petit frère de Milly a pointé le bout de son nez en avance, à vingt-neuf semaines de grossesse.

Face au mélange de bonheur, d'inquiétude et de fierté de Zac, les yeux de Joy s'embuèrent de larmes.

— C'est un guerrier, il se débrouille comme un chef, mais disons qu'il est aussi la raison de votre présence ici. À force de multiplier les allers-retours à Dunedin et de vouloir assurer la continuité des soins médicaux, notre vie est devenue très chaotique. Dieu merci, le père de Liv a élargi ses horaires de travail et il pallie ainsi notre absence.

Il pivota vers Ben.

— Don gère sur place les patients déjà admis et je devrais être de retour vers minuit. J'espère que tu seras en ville au cas où il se passerait quelque chose en dehors de l'hôpital. À moins que tu aies prévu une soirée romantique ?

Une soirée romantique ? Donc, Ben Marshall n'était pas célibataire. Ce n'aurait pas dû être une déception et… ça ne l'était pas, se sermonna-t-elle.

— Non, répliqua Ben. Ingrid est rentrée en Allemagne. Je crois qu'elle en avait assez de pousser les gens du haut d'un pont.

Comme Joy fronçait les sourcils, intriguée, il lui adressa un clin d'œil.

— Elle était employée par une société de saut à l'élastique, expliqua-t-il. Une activité géniale que je vous conseillerais bien de tenter, mais vous disiez tout à l'heure que le saut n'était pas votre truc, c'est ça ?

À la différence de sa petite amie qui, apparemment, venait de plier bagage. Sans prêter attention à son tacle subtil, Joy se concentra sur Zac :

— Je peux revenir à l'hôpital et assurer la permanence.

— Non, vous avez besoin de repos. Demain, vous serez

plus opérationnelle et nous établirons un nouveau planning de garde qui nous soulagera tous beaucoup.

L'agneau bêlait toujours. Il s'était mis debout et regardait par-dessus le bord du carton.

Ben se dirigea vers la porte.

— Oui, je sais. Je vais te chercher le lait en poudre et le biberon que le vétérinaire m'a donnés.

Il sourit par-dessus son épaule.

— Avant de décharger son barda, je voulais vérifier que vous étiez contente de prendre soin du petit, acheva-t-il.

— Peux-tu contacter Bruce et voir ce qui est arrivé aux valises de Mademoiselle ? lança Zac. Elle en aura besoin ce soir.

— Je les ai, répondit Ben d'une voix déjà lointaine. On va finir par me prendre pour un livreur, et plus pour un ambulancier.

Joy ne bougea pas de son siège.

Impossible ! Pas à cause de sa douleur à la cheville, qui s'était calmée dès qu'elle s'était assise. Non, elle était sonnée, tel un poisson hors de l'eau. Voilà qu'elle se retrouvait dans une bicoque isolée, avec un agneau orphelin, dont elle venait a priori d'accepter de s'occuper. Pour couronner le tout, l'homme le plus sexy de la Terre allait bientôt repasser le seuil et, Zac parti, ils se retrouveraient en tête à tête, au milieu de nulle part.

Si Joy avait eu l'esprit mal tourné – ce qui n'était *absolument pas* le cas –, c'était la scène d'introduction rêvée pour un fantasme sexuel, non ?

Au secours... Il fallait vite qu'elle fasse quelque chose, n'importe quoi. En vérifiant ce qui se passait sur la planète, elle tomberait peut-être sur une catastrophe naturelle qui lui changerait les idées. Une éruption volcanique, par exemple ? Ou une avalanche qui aurait enseveli des dizaines de victimes ? Ou encore un séisme annonciateur d'un tsunami ?

À présent qu'elle y réfléchissait, elle n'avait entendu aucune notification de son portable. Elle jeta un coup d'œil au fond de son sac à main. Aucune trace de l'appareil. Cela, c'était ennuyeux. Elle n'égarait jamais rien. Bruce le policier aurait-il laissé quelque chose d'important dans sa voiture qui, depuis, avait été remorquée Dieu sait où ?

Une fouille rapide entre les paquets de Kleenex, les pansements adhésifs, les pastilles pour la gorge et autres articles du quotidien se révéla infructueuse.

Joy s'en inquiéta au point de renverser le contenu entier de son sac sur la table. Elle avait besoin de son téléphone ! Cet objet, qui la reliait au reste du monde, lui procurait en outre un sentiment de sécurité, elle qui se retrouvait seule en rase campagne avec Ben, l'ambulancier *bad boy*.

Le nouveau médecin avait l'air dans tous ses états.

Perplexe, Ben observa le bric-à-brac sur la table. Qui aurait cru qu'une maniaque de la propreté viderait son sac de la sorte ? Certes, elle n'était plus vraiment tirée à quatre épingles. Il y avait des taches de boue séchée sur son jean ultra-chic, sur son pull en cachemire et même sur le col de son chemisier. Elle avait aussi les joues rose vif et quelques mèches échappées de sa tresse encadraient son visage.

Franchement, Joy était assez mignonne, même si elle n'était pas du tout le genre de Ben. Son idéal, c'était plutôt Ingrid – grande, blonde, et accro à l'adrénaline comme lui.

Le souci avec les splendides Européennes qui venaient travailler en Nouvelle-Zélande dans le tourisme d'aventure, c'était qu'elles ne restaient jamais très longtemps. Soit elles attrapaient le mal du pays, soit leur visa arrivait à expiration et, hop ! elles repartaient à l'autre bout du monde. Comme Ben avait un seuil très bas de tolérance à l'ennui, c'était pourtant ce qui l'attirait chez elles.

Il posa son sac de lait en poudre à terre, puis aligna sur le banc un pichet en plastique, un agitateur, un biberon et plusieurs tétines.

— Vous avez trop chaud ? demanda-t-il.

— Non, la température est parfaite, répondit Joy. Mais peut-être est-elle trop élevée pour un agneau si jeune ?

— Au contraire, il va adorer. Quand il aura grandi, vous pourrez l'installer dans la grange.

— À quelle fréquence faut-il le nourrir ?

— D'après l'état de dessèchement du cordon ombilical, le vétérinaire estime qu'il a deux ou trois jours. C'est une bonne chose : puisqu'il a pu téter le colostrum de sa mère, vous ne devriez pas être obligée de vous lever toutes les deux heures la nuit ni de l'emmener au travail pour assurer le rythme des repas.

Joy ouvrit des yeux ronds. Quel régal de pouvoir la choquer si facilement ! À la campagne, elle était à mille lieues de sa zone de confort. Et puis, la pauvre se sentait coupable, aussi.

— Toutes les quatre à cinq heures, ça devrait suffire, indiqua-t-il avant de sortir une cuillère-mesure du sac de lait. Vous vous en servirez pour doser la poudre. Voyons...

Il lut les instructions sur l'emballage.

— Il faut mettre deux cents grammes par litre d'eau, ce qui revient à vingt grammes pour cent millilitres, la quantité approximative dont notre petit protégé a besoin en ce moment.

Il versa une cuillerée de lait dans le biberon.

— Voilà qui devrait faire l'affaire, poursuivit-il. Utilisez de l'eau chaude pour diluer et complétez avec de l'eau froide pour arriver à température corporelle.

— Quelle température corporelle ? La mienne ou celle de l'agneau ? Et la cuillère ? Rase ou bombée ?

— Là, elle est un peu plus que rase, mais j'augmenterai la quantité d'eau en conséquence. Il devrait boire à peu près cent cinquante millilitres.

— Il ne s'agit donc pas d'une science exacte, déduisit Joy, l'air pensif, comme si le concept lui était foncièrement étranger.

— Le mode d'emploi figure sur le paquet. Veillez à ne pas préparer un lait trop riche, sinon la pauvre bête sera malade.

À son regard, Ben sentit qu'elle ne le considérait pas comme un modèle de respect des consignes. En fait, sa réaction allait de pair avec l'allure de bibliothécaire-institutrice qu'elle affichait depuis le début.

Ben vissa une tétine, agita le mélange afin qu'il se dissolve au mieux, puis il rejoignit l'agneau, qui tentait d'enjamber son carton. Il tendit le biberon à Joy.

— Allez-y.

Elle s'agenouilla et proposa à boire à l'animal. Quelques gouttes de lait s'échappèrent de la tétine et il donna un coup de tête contre le biberon, qu'elle lâcha aussitôt.

— D'accord, marmonna Ben.

Il s'accroupit et prit fermement l'agneau sous le bras.

— Tiens-toi bien, mon grand.

Cette fois-ci, quand Joy approcha la tétine de sa gueule, il s'y accrocha et téta avec gourmandise.

— Oh...

Les yeux de Joy s'écarquillèrent, non plus de stupeur mais de ravissement. Souriant, Ben se remémora l'époque où, enfant, il nourrissait les agneaux avec le même plaisir.

— Il faut lui trouver un nom, annonça-t-il. Que pensez-vous de « Côtelettes » ?

Joy le toisa avec mépris, mais l'expressivité de ses grandes prunelles noires le frappa.

— Alors, « Shaun », peut-être ? proposa-t-il. En hommage au célèbre mouton de dessin animé ?

Aussitôt, une lueur d'amusement éclaira le regard de Joy. Plus surprenant fut son petit éclat de rire, qui engendra chez Ben une sensation familière.

Bon sang ! Il était *attiré* par elle ?

Non... Il n'eut aucun mal à chasser l'idée de son esprit, tant elle lui paraissait ridicule.

Même le prénom désuet de cette fille ne faisait pas envie. Sa grand-mère n'avait-elle pas une amie appelée Joy ? Ou, plutôt, une vieille voisine qui était la pire commère de la ville. Cette dernière adorait dire du mal et affichait en permanence une mine sévère, loin de l'image enjouée de son prénom.

— Essayez de tenir l'agneau et de le nourrir en même temps, conseilla Ben. Vous saurez ainsi si vous êtes capable de vous débrouiller seule. Puisque... je ne serai pas ici au beau milieu de la nuit.

Il ne put s'empêcher de conclure par un clin d'œil taquin. À moins qu'il cherche à se la mettre à dos pour prouver qu'il n'était pas du tout séduit ? Sans un regard, Joy prit l'agneau, le cala contre son flanc, puis, imperturbable, elle continua de lui donner le biberon.

Et voilà ! insinuait son geste. *On n'a pas besoin de vous.*

Très bien. Ben se redressa.

— Je vais chercher vos bagages dans l'ambulance. Il est temps que je rentre à la station.

Une minute après, il franchissait le seuil avec les valises.

— Où voulez-vous que je les mette ?

— Laissez-les ici. Je m'en occuperai plus tard.

La panse tendue comme un tambour, Shaun, l'agneau, avait presque terminé, mais Joy inclina son biberon afin qu'il aspire les dernières gouttes.

Au moment où Ben posait les bagages, son regard fut attiré par le fouillis qui jonchait toujours la table. Il y avait les traditionnelles affaires de fille, comme un bâton de rouge à lèvres ou des mouchoirs en papier, mais aussi tout un lot de plaquettes de comprimés.

— Vous transportez une pharmacie là-dedans ?

— Ça ne vous regarde pas, mais on m'a prescrit des anti-inflammatoires pour ma cheville.

— D'accord.

Ben ne résista pas à l'envie de prendre un nouvel objet.

— Waouh ! Maintenant, il faut un passeport pour voyager entre les deux îles du pays ?

— Lâchez-le ! s'exclama Joy, affolée. C'est personnel...

Trop tard. Ben le feuilletait déjà.

— J'espère toujours découvrir une photo d'identité pire que la mienne. Bien sûr, ça n'arrive jamais, mais...

Joy jeta pratiquement Shaun dans son carton et, malgré son entorse, elle traversa la cuisine en trombe pour lui arracher le document des mains. Ben comprit pourquoi elle était si pressée... et cela n'avait rien à voir avec une photo ratée.

— *Journey* ?

Elle ne répondit pas.

— Journey Joy Hamilton, énonça Ben. Eh bien, je vois pourquoi vous vous présentez sous votre deuxième prénom. Où vos parents avaient-ils la tête ? Vous êtes beaucoup trop jeune pour avoir été conçue à Woodstock. Peut-être au festival mythique de Glastonbury ? s'esclaffa-t-il. Ou alors ils sillonnaient l'Europe en vieux Combi Volkswagen ?

— Quelque chose du genre. C'est ainsi qu'ils ont été tués, en chutant d'une falaise en Italie. Je n'ai survécu que parce que j'étais solidement attachée à l'arrière, dans mon siège auto.

Ben se rembrunit.

— Oh ! la vache ! Désolé. Je... hum... j'ai vraiment mis les pieds dans le plat, non ?

— Peu importe. C'est ma faute si je n'ai jamais entrepris la démarche administrative de changement de nom. Je ne me souviens même pas d'eux. J'ai été recueillie par les parents de mon père.

— Alors, nous voilà un point commun, répondit Ben, prêt à tout pour rattraper sa bourde monumentale. Moi aussi, j'ai été élevé par ma grand-mère. Et par ma mère, lorsqu'elle nous rendait visite. Je n'ai jamais connu mon père.

Joy ne parut guère impressionnée par le lien qui les unissait.

— Je vous saurais gré de ne pas divulguer mon premier prénom aux quatre coins de la région.

— Ce sera notre petit secret, promit Ben.

Pressé de fuir, il se dirigea vers la porte, puis se retourna.

— Vous savez quoi ? Je ne vous appellerai même pas par votre deuxième prénom, déclara-t-il, avec un sourire penaud. À bientôt, JJ.

3

— Je vous dérange, Joy ? demanda Zac.

— Pas du tout. Je suis passée voir nos trois patients hospitalisés et je rédigeais mes conclusions. Hannah et les jumeaux me semblent prêts à sortir. Souhaitez-vous les réexaminer avant ?

— J'irai leur faire mes adieux et leur souhaiter bonne chance, mais pas tout de suite. Un malade arrive en ambulance. C'est l'occasion de tester notre service d'urgence fraîchement restructuré, non ? lança-t-il, radieux.

— Avec plaisir.

Joy lui rendit son sourire et délaissa ses notes pour rejoindre avec lui l'unité de soin. Quelques jours après la mésaventure dans le fossé, sa cheville bandée supportait désormais aisément son poids, ne lui causant qu'une gêne toute relative.

Joy apprécia beaucoup moins de sentir, en elle, une certaine impatience. Celle-ci n'avait aucun rapport avec la découverte des urgences que, la veille, ils avaient réagencées en profondeur. Ni avec l'arrivée de son premier patient assez mal en point pour avoir besoin d'une ambulance.

Non... Joy rechignait peut-être à l'admettre, pourtant elle espérait qu'il serait amené par Ben Marshall, resté aux abonnés absents depuis qu'il l'avait laissée seule avec Shaun, l'agneau.

Naturellement, elle ne souhaitait le voir que pour lui donner des nouvelles rassurantes de l'animal. Joy était fière de s'être accoutumée à vivre isolée en rase campagne, mais aussi d'élever un agneau orphelin en respectant, entre autres, à la lettre les horaires des repas. Selon le vétérinaire, venu se présenter quelques jours plus tôt et vérifier comment elle se débrouillait, Shaun se portait à merveille.

En fait, Joy était tombée sous le charme de cette petite boule de poils. Peut-être étaient-ce les bêlements impatients qui accueillaient son retour à la maison. Ou alors le plaisir de lui donner son biberon, qu'il vidait toujours avec gourmandise jusqu'à la dernière goutte. À moins que ce ne soit la manière dont il la suivait partout, comme si elle était la personne la plus importante sur Terre.

La veille, elle avait nettoyé un box de l'ancienne grange et tapissé le sol pavé d'une bonne couche de paille propre, afin que Shaun puisse enfin quitter leur cuisine exiguë.

Ce matin-là, en partant travailler, elle avait aperçu, derrière la remise, un tas de vieilles barrières qui pourraient servir à construire un enclos et permettre ainsi à son protégé de s'ébattre dans l'herbe. Elle aurait sans doute besoin d'aide pour concrétiser son projet, et qui était la meilleure personne à solliciter, sinon l'homme qui lui avait flanqué la pauvre bête dans les bras ?

Elle ne se cherchait pas une excuse pour passer du temps avec Ben.

Si ?

Oh ! Seigneur ! À sa grande consternation, Joy sentit ses joues en feu. Avec un peu de chance, les gens croiraient qu'elle souhaitait faire ses preuves à son nouveau poste, et non qu'elle était gênée de nourrir des pensées osées, voire carrément déplacées, au sujet de Ben Marshall, tard le soir, lorsqu'elle avait besoin d'oublier sa solitude.

Ce serait une bénédiction que Ben amène le patient. En confrontant sa version fantasmée à la réalité, Joy reprendrait sans doute vite ses esprits… et elle se rappellerait pourquoi c'était le genre d'homme à éviter dans la vraie vie.

Quoi qu'il en soit, elle n'était pas près de se laisser distraire, surtout à quelques minutes de traiter son premier cas d'urgence à Cutler's Creek.

Avec Zac, ils enfilèrent une surblouse jetable, des gants, puis Joy admira une salle qui, la veille, était encore sens dessus dessous. Dorénavant, tout respectait un ordre logique, le matériel était clairement étiqueté et, de cela aussi, elle tirait une certaine fierté.

Il était un peu excessif de qualifier la modeste salle d'examen de « service d'urgence » mais, à Cutler's Creek, c'était là qu'on traitait les traumatismes et autres maladies graves grâce à un large éventail de matériel d'échographie, de radiologie, d'électrocardiogramme et de ventilation.

Les patients qui avaient besoin de soins plus poussés pouvaient être stabilisés, puis transférés par hélicoptère ou par ambulance vers un établissement plus grand, doté d'urgences auxquelles Joy était plus habituée.

Deux hommes amenèrent un vieux monsieur assis sur une civière et, oh, mon Dieu ! Joy sentit son cœur s'emballer. Dès qu'elle reconnut les mèches blondes dans la tignasse légèrement ébouriffée de Ben, pire, dès qu'elle croisa son regard d'un bleu stupéfiant, elle vit resurgir les fantasmes étrangement satisfaisants qui peuplaient ses nuits.

Par chance, la tentation ne dura qu'un quart de seconde. Joy la réprima toutefois si fortement que son expression, désormais très professionnelle, sembla intriguer Ben. Il pivota vers son collègue.

— Mike, tu n'as pas encore rencontré JJ Hamilton, notre nouveau médecin.

— Salut, JJ, dit Mike. Je suis pompier et, pendant mes jours de repos, il m'arrive de donner un coup de main aux ambulanciers.

— Voici Albert Flewellan, quatre-vingt-six ans, annonça Ben. Un de nos bons clients. Un voisin nous a contactés, parce qu'on ne le voyait plus dans son potager et qu'il ne répondait pas quand on frappait à sa porte. Il souffre d'une maladie pulmonaire obstructive chronique, aggravée ici par une infection respiratoire. Il a aussi oublié où il a rangé ses prothèses auditives, conclut Ben avec un sourire.

Il se pencha et éleva la voix :

— Depuis quelques jours, vous vous sentez essoufflé, hein, Albie ?

L'octogénaire écarta le masque à oxygène qui couvrait son nez et sa bouche.

— Nous sommes mercredi aujourd'hui, mon garçon... Enfin, je crois... Ou peut-être jeudi...

Joy n'avait pas l'habitude de transmissions aussi informelles. Les complications d'une telle affection chronique pouvaient être très sérieuses. Si la saturation sanguine baissait trop, le patient risquait l'intubation et la mise sous assistance respiratoire. Il pouvait avoir besoin d'un lit en réanimation.

Albert ne semblait pas aussi mal en point mais, fidèle à la procédure classique, Joy réclama des informations complémentaires.

— Quelle était la saturation en oxygène à votre arrivée ? Et les autres constantes vitales ?

Ben regarda Mike.

— JJ vient de la grande ville. Il va falloir être carré, mon vieux.

Sans même jeter un regard à son dossier, il se racla la gorge, puis détailla sur un ton formel :

— À notre arrivée, le patient était assis dans son lit. Toux grasse et essoufflement. Sifflement perceptible. Température à 38,1 °C. Fréquence respiratoire à 36. Tension artérielle élevée à 18/15, rythme sinusal mais tachycarde à 110, deux à trois mots par respiration et saturation à 88, ce qui est un peu bas, même pour Albie.

Le compte rendu était succinct mais clair. Joy se dit que si elle lui demandait les constantes suivantes, normalement prises durant le trajet, Ben les réciterait aussi de mémoire.

— Merci, répondit-elle en attrapant son stéthoscope. Écoutons un peu votre poitrine avant que nous vous transférions sur la table de soins, monsieur Flewellan.

Albie ôta de nouveau son masque.

— Bonjour. Vous êtes nouvelle ?

— Il a bien réagi à l'oxygène associé à un bronchodilatateur à effet rapide, précisa Ben. En cinq minutes, la saturation était remontée à plus de 90. Nous vous l'avons quand même amené, car, en général, il doit être surveillé quelques jours, le temps que les antibiotiques et les corticoïdes agissent.

Zac ne parut pas s'offusquer qu'un ambulancier prescrive le traitement d'un patient potentiel. Il scrutait plutôt Joy.

— JJ ? Vous préférez qu'on vous appelle ainsi, Joy ?

Occupée à écouter les poumons d'Albie siffler et crépiter, Joy y trouva l'excuse idéale pour se taire. Elle n'avait pas envie de répondre parce que… au fond, oui… elle appréciait l'idée d'être désignée par ses initiales. C'était plutôt sympa. Pas le genre de chose qu'une personne ennuyeuse demanderait. En même temps, elle se crispa. Ben tiendrait-il sa promesse de ne pas divulguer son premier prénom si insolite ?

— Je crois que ça vient de moi, expliqua-t-il à Zac. J'ai eu une mauvaise expérience avec une Joy et on sait tous combien un prénom marque les esprits. C'est une longue histoire. Un jour, je te barberai avec ça.

D'un discret signe de tête, Zac déclina la proposition. Joy, de son côté, avait terminé les examens préalables du patient.

— Voulez-vous qu'on l'installe sur la table, JJ ?

Il suffit d'un coup de menton, à la fois pour que le patient quitte sa civière et que le changement d'identité de Joy soit entériné. Parfait. Nouvelle vie, nouveau nom. Pourquoi pas ? Au moins, les considérations personnelles n'avaient plus lieu d'être et elle pourrait se consacrer entièrement à son métier de médecin.

Elle regarda les ambulanciers installer Albie. Ben releva le haut de la table et cala un oreiller supplémentaire dans le dos du vieil homme pour l'aider à mieux respirer. D'un geste rapide et efficace, il rebrancha les fils du moniteur d'ECG et plaça un nouveau tensiomètre brassard.

— Une radiographie de la poitrine permettra d'éliminer une pneumonie, un pneumothorax ou un épanchement pleural, reprit sèchement JJ. A-t-il des antécédents d'insuffisance cardiaque congestive ou d'arythmie ?

— Il est sous inhibiteur de l'ECA et diurétique pour soigner un peu d'hypertension et d'insuffisance cardiaque droite, l'informa Zac. Je vous ressortirai son dossier, mais en général, Albie se porte bien entre deux crises. La précédente avait eu lieu au début de l'hiver, ce qui remonte maintenant à quelques mois.

— Vous n'avez plus besoin de nous, je pense ? reprit Ben qui, tout en remettant son rapport médical à Zac, sourit à JJ. À moins que je puisse encore vous aider ?

Oh ! ce sourire ! Pendant une fraction de seconde, elle resta envoûtée. En fait, il lui insufflait une chaleur immédiate, digne des puissants rayons du soleil. Par chance, elle se reconcentra aussitôt. Au travail, elle ne se laissait jamais distraire.

Et elle n'allait certainement pas lui rendre son sourire.

— Un jour, si vous êtes en sous-effectif, je vous conseille d'appeler Ben. Il est aussi compétent que n'importe quel confrère que vous pouvez côtoyer aux urgences.

La recommandation de Zac était de taille et, d'un hochement de tête assorti d'un bref coup d'œil, JJ lui signifia qu'elle en prenait bonne note. Pourvu que ce ne soit pas considéré comme une invitation à lui sourire de nouveau ! En parallèle, elle se redressa. Elle aussi devait gagner sa place à Cutler's Creek.

— Nous pourrions proposer à M. Flewellan une canule nasale jusqu'à ce qu'il ait besoin d'une nouvelle dose de bronchodilatateur, suggéra-t-elle. Avec un débit de deux à quatre litres par minute, ce serait beaucoup plus confortable.

— Bien sûr, approuva Ben.

Il se dirigea vers une paillasse et s'arrêta net.

— Où est passée la boîte ?

— Dans le placard « Voies respiratoires », devant vous.

Étagère du haut, avec les autres types de masques. Vous remarquerez aussi que tout est étiqueté.

JJ s'enorgueillissait d'avoir rendu la pièce plus fonctionnelle. Dans une seconde ou deux, Ben lui décocherait sans doute un regard admiratif. Elle sentait d'ailleurs déjà poindre sa propre réaction au coup d'œil tant attendu de l'ambulancier. Un élan de fierté encore plus vif, car c'était Ben Marshall qu'elle avait impressionné ?

En réalité, il resta bouche bée lorsqu'il ouvrit le placard et qu'il scruta les rayonnages. Il lança un regard incrédule à Mike, qui repliait la couverture de la civière, puis à Zac, qui haussa les épaules et dit en souriant :

— Nous finirons par nous habituer. Et il faut admettre que tout semble plus optimisé. On croirait la version miniature d'un véritable service d'urgences, et non plus une modeste salle d'examen qui essaie de s'en donner l'air.

— Tu parles d'une efficacité si on est pressé et qu'on ne retrouve plus rien, marmonna Ben. Et le jour où, après une intubation ratée, il nous faudra en urgence un plateau de cricothyroïdotomie ?

— Placard d'à côté, répondit calmement JJ.

Elle était déçue qu'on ne loue pas ses efforts mais n'en laissa rien transparaître. C'était même une bonne chose. Elle s'était dit qu'en remplaçant la version fantasmée de Ben par la réalité elle désamorcerait la tension gênante entre eux. Eh bien, son espoir s'était matérialisé plus tôt que prévu. Non seulement ce n'était pas le genre d'homme avec lequel elle entamerait une relation personnelle, mais il présentait aussi quelques défaillances d'ordre professionnel.

— Celui étiqueté « Respiration », précisa-t-elle. Étagère du milieu, avec les plateaux de drain thoracique et de trachéotomie. Les nécessaires à perfusion, les seringues et les solutions intraveineuses sont rangés dans le placard suivant. Tout a été trié selon les consignes de base d'évaluation médicale que, j'en suis sûre, vous connaissez sur le bout des doigts.

JJ était consciente d'avoir émis un commentaire assez condescendant, mais elle était un peu contrariée.

— Prenez quelques minutes et vous constaterez que ce classement vous permettra de dénicher, intuitivement, tout ce que vous cherchez.

— Mouais...

Alors que Joy était plus agacée que jamais par son ton dubitatif, Ben sortit une canule nasale, qu'il inséra délicatement dans les narines de son patient avant de coincer les tubes derrière ses oreilles.

— Vous êtes entre de bonnes mains, Albie, annonça-t-il d'une voix forte. En revanche, vous avez intérêt à filer droit.

Le vieux monsieur sembla avoir entendu, car il leva le pouce en direction de Ben, qui partait aider Mike avec la civière.

Soudain, Albie eut une quinte de toux. Le temps que JJ vérifie que les chiffres à l'écran ne signalaient aucune détérioration subite, Ben avait disparu sans dire au revoir. Eh bien, il ne semblait guère apprécier les changements qu'elle avait introduits aux urgences. Ou était-ce carrément sa propre personnalité qui le dérangeait ?

Au fond, elle s'en moquait. C'était même une bonne chose d'ajouter « légère impolitesse » aux défauts de Ben Marshall. Le fait d'être aussi ravie d'allonger la liste mentale de ses mauvais côtés était quelque peu inquiétant, mais elle saurait s'en accommoder, sans que cela interfère dans sa nouvelle vie.

Elle ne laisserait aucun détail concernant l'ambulancier local – et peut-être le seul ambulancier compétent de la région – lui gâcher l'existence.

Ben devait reconnaître que cela l'agaçait.

Bizarrement, il se surprenait à penser assez souvent au nouveau médecin de Cutler's Creek. Comme à cet instant précis, alors qu'il filait à vive allure sur les lieux d'un accident.

JJ Hamilton était un peu trop maniaque. Trop organisée.

Non, mais qui étiquetait les rayonnages de masques à oxygène, pourtant parfaitement identifiables à travers leur emballage ?

Le plus horripilant, à vrai dire, c'était qu'elle le considère, lui, comme agaçant et qu'elle refuse de tomber sous le charme. Elle n'avait pas bronché lorsqu'il l'avait rebaptisée par ses initiales. Elle avait aussi relevé le défi de prendre soin d'un agneau orphelin, source considérable de stress qui s'ajoutait à la nécessité de s'acclimater à une nouvelle ville, un nouvel hôpital, et de dénicher une nouvelle voiture.

Selon Greg, le vétérinaire que Ben et Mike avaient croisé au pub la veille au soir, JJ se débrouillait très bien avec son jeune protégé, qui vivait désormais heureux dans la grange et grossissait à vue d'œil. Elle avait rempli le dossier d'assurance en un temps record et fait le choix judicieux d'un 4x4, idéal sur les routes de campagne. Elle avait aussi réglé le cas du vieil Albert Flewellan, qui avait quitté l'hôpital avec un nouveau traitement médicamenteux et du matériel d'oxygénothérapie à domicile.

Selon Albie, elle était ce qu'on avait fait de mieux depuis l'invention des tartines, alors que Ben la comparait plutôt à une vilaine démangeaison dans le dos, impossible à atteindre. Elle avait la fâcheuse tendance de s'inviter dans son esprit aux moments les plus incongrus, quand, par exemple, il apercevait des agneaux dans un enclos ou – comme ce jour-là – lorsqu'il était appelé sur un accident de la circulation et qu'il réfléchissait à l'endroit où garer son ambulance afin qu'elle protège au mieux les secouristes arrivés sur place.

Ben fut presque surpris de n'apercevoir ni Zac, ni le Dr Donaldson, ni même JJ. Il s'agissait d'une intervention prioritaire, impliquant d'éventuels blessés graves, et le drame s'était produit plus près de l'hôpital que du poste d'ambulances ou de la caserne de pompiers. Les renseignements concernant son degré élevé d'urgence avaient dû être envoyés sur les téléphones des médecins en même temps que Ben avait été bipé.

Leur absence n'avait cependant pas grande importance. Son collègue Chris et lui ne seraient bientôt plus seuls. Bruce, le policier, était en route et Mike les talonnait de près avec des pompiers bénévoles.

A priori, quelqu'un était prisonnier de l'épave et ils pourraient avoir besoin du matériel de désincarcération. Ce serait à Ben d'évaluer la nécessité de moyens supplémentaires, par exemple un hélicoptère. Il était donc assez perturbé de sentir son attention dévier ainsi.

Il y avait une autre raison logique pour laquelle JJ occupait son esprit. Quelques jours après la collision qui avait détruit la voiture de la jeune femme, voilà que Ben partait sur un accident impliquant aussi un seul véhicule. La différence était qu'au lieu de s'arrêter sur le bas-côté le conducteur avait dérapé sur le gravier, perdu le contrôle, et qu'il s'était retourné, défonçant la clôture barbelée avant d'enchaîner les tonneaux et de terminer sa course sur le toit, au milieu de la pâture.

L'unique voiture sur la chaussée appartenait à la dame qui s'était arrêtée et avait averti les secours, laissant sagement ses feux de détresse allumés.

Ben la remercia et lui demanda de rester, le temps de confirmer aux prochains véhicules d'intervention qu'ils étaient arrivés au bon endroit. Il se tourna ensuite vers Chris.

— Il doit y avoir un portail plus loin. Je préfère approcher en voiture afin que nous ayons le matériel à portée de main.

— J'en vois un au bout de la rangée de cyprès, indiqua son collègue avant d'attraper la radio. Je vais expliquer à Mike où nous sommes.

Ben l'entendit parler au pompier, mais il avait déjà l'esprit ailleurs. Pas encore sur ce qu'il risquait de trouver à l'intérieur de l'épave, même si, une fois qu'il serait dans l'enclos, son professionnalisme reprendrait vite le dessus.

Non, c'était encore à JJ Hamilton qu'il pensait ! Elle aussi aurait pu mordre le gravier si elle avait braqué trop violemment pour éviter la brebis. Sa voiture serait peut-être partie en tonneau si, au détour du virage, Ben avait heurté l'arrière de plein fouet au lieu d'arracher juste la portière.

Comme dans un film de cinéma, il visualisa la scène : le corps de JJ projeté en l'air, puis son soulagement de la retrouver consciente et à peu près indemne.

Étrangement, il se rappela aussi sa curiosité, plus vive que pour l'évaluation normale d'un blessé. Il s'était, par exemple, demandé pourquoi JJ lui avait rétorqué être toujours seule.

Il n'avait pas non plus oublié sa propre surprise la première fois qu'il avait croisé son regard. À cause de ses prunelles d'encre ? Ou avait-il pressenti que JJ hanterait bientôt sa vie ?

Le temps que Chris se démène pour faire pivoter une vieille barrière métallique dans les herbes hautes, le cerveau de Ben laissa surgir une nouvelle pensée, comme s'il cherchait à résoudre l'énigme du siècle.

Les yeux de JJ. Leur noirceur infinie. La manière dont ils s'étaient illuminés de bonheur la première fois qu'elle avait donné le biberon à Shaun. Ce spectacle incroyable qui avait poussé Ben à sourire. Et à la taquiner au sujet du futur nom de l'agneau.

Le choc de se dire qu'il était peut-être attiré par elle.

Heureusement, il put enfoncer la pédale d'accélérateur, lancer son ambulance sur de vieux sillons d'engin agricole et chasser, par la même occasion, ses pensées malvenues.

Évidemment qu'il n'était pas attiré par JJ !

Et, même à supposer qu'il l'ait été un quart de seconde, leur dernière rencontre avait tout balayé. Ses conquêtes devaient, comme lui, apprécier l'aventure et la décharge d'adrénaline engendrée par l'imprévu. Or, il était évident que le Dr Hamilton compartimentait les moindres aspects de sa vie, au point d'y apposer sans doute des étiquettes.

En plus, son véritable prénom – Joy – rappelait à Ben la patience de sa grand-mère envers la commère d'à côté. Le souvenir de son adorable aïeule lui était revenu en pleine face et il souffrait d'avoir perdu, depuis une éternité, la seule personne qui l'ait jamais vraiment aimé.

Pour ne pas ruminer un passé trop déprimant, Ben avait

appris à mettre ses pensées sous cloche. L'essentiel était de rester sans cesse en mouvement. De ne jamais rechigner à explorer de nouveaux horizons, y compris avec les femmes.

Son obsession lancinante vis-à-vis de JJ s'expliquait peut-être par le fait qu'il n'avait pas comblé le vide du départ d'Ingrid.

Dommage que ce médecin soit si peu son genre ! Et qu'elle le trouve si agaçant. Quand la personne convoitée ne séjournait pas plus de deux ou trois mois sur place, il était impossible de s'ennuyer ou encore de se voir réclamer plus qu'on avait à offrir.

Chris regagna l'ambulance et ils pénétrèrent dans l'enclos, en route vers l'inconnu et une situation potentiellement compliquée. Dopé par l'adrénaline, Ben ne pensait plus qu'à une chose : relever un nouveau défi.

Découvrir si le conducteur malchanceux de la voiture était en vie. Et tout mettre en œuvre pour que cela continue.

4

Incroyable ! Non seulement le conducteur était en vie, mais il était conscient et alerte.

Ben se présenta par la vitre fracassée.

— Comment vous appelez-vous ? demanda-t-il.

La tête en bas, coincé contre son siège entre les airbags dégonflés, le jeune homme était loin d'être à l'aise, cependant il respirait plutôt bien et n'aurait probablement pas besoin de renforts spécialisés.

— Nathan.

— Vos poumons vous font-ils souffrir ?

Ben prit son pouls au niveau du poignet.

— Non… tout va bien…

— Avez-vous perdu connaissance ?

— Pas que je sache…

— Vous souvenez-vous de ce qui s'est passé ?

— Je pense, oui… Tout est arrivé très vite.

— Avez-vous mal ailleurs ?

— À la jambe… Impossible de la remuer.

Ben pointa sa lampe torche à l'intérieur du véhicule, vers le plancher devenu plafond.

— C'est parce qu'elle est coincée sous le tableau de bord.

Nathan avait son jean taché de sang mais, là encore, rien d'alarmant qui fasse redouter une grave hémorragie.

— Les pompiers vont nous aider à vous extraire de là.

D'un coup d'œil par-dessus son épaule, Ben vit leur camion se frayer un chemin entre les gros rochers de l'enclos.

— J'ai bousillé ma voiture, hein ? gémit Nathan. Et je ne l'avais… que depuis… dix ou quinze jours.

Sa position acrobatique commençait à affecter sa respiration. Ben sentit aussi son haleine chargée.

— Vous avez consommé de l'alcool, mon vieux ?

— Pas depuis hier soir. Boire ou conduire… il faut choisir.

Ben croisa le regard de Mike, qui inspectait la voiture en réfléchissant à la meilleure manière de désincarcérer leur patient. Les gens nourrissaient souvent l'idée fausse qu'on pouvait faire la nouba jusqu'à l'aube, puis se lever et être assez sobre pour prendre le volant sans risque.

— Vous n'aviez pas non plus attaché votre ceinture ?

— J'ai oublié, admit Nathan, penaud. Vous n'allez pas… me passer un savon, j'espère ?

— Pour nous, l'essentiel est de vous sortir de là. Vous parlerez à Bruce plus tard… Nous allons d'abord vérifier qu'on peut vous poser un collier cervical, puis Chris ici présent vous donnera un masque à oxygène, car il est un peu difficile de respirer la tête à l'envers, non ?

Nathan se plaignit de nouveau.

— Ma jambe… Elle me fait un mal de chien…

— À quel niveau sur une échelle de 0 à 10 ?

— 11… non… Aaah ! Plutôt 12.

— Autant ? Ne vous inquiétez pas. Je vais vite vous poser une perfusion d'antalgiques dans le bras.

— Ce serait cool…

La voiture tressauta quand Mike tira sans ménagement sur la portière opposée.

— J'ai réussi à l'ouvrir suffisamment. Ben, peux-tu t'occuper de ton patient de ce côté, le temps que nous enlevions sa portière et que nous redressions le tableau de bord ?

— Bien sûr.

— Parfait, approuva Mike avant de se tourner vers son

groupe de pompiers bénévoles. Allons chercher des cales pour stabiliser le véhicule. Ensuite, il me faudra les écarteurs.

Pour Ben, ce ne fut pas une partie de plaisir de se faufiler dans l'habitacle afin de mettre le collier cervical à Nathan.

Il n'y avait pas non plus la place de poser facilement une voie veineuse. Sa première tentative fut un échec. La deuxième ne fut pas plus concluante, car, au moment où il insérait la canule, un crissement de carrosserie déchiquetée fit sursauter Nathan.

— Ne bougez pas, lui conseilla calmement Ben. Il va y avoir un peu de bruit, car nous sommes obligés de découper la voiture pour vous sortir de là. Chris, peux-tu me donner de quoi recouvrir ça et une autre canule, s'il te plaît ?

La pose d'un cathéter ne servirait pas qu'à administrer un antidouleur à Nathan. Ben voulait une bonne perfusion au cas où l'état de son patient se dégraderait. La tache de sang s'étendait peu à peu sur son jean et il n'avait aucune idée de ce qui se passait dans le bas de la jambe de Nathan, masqué par le tableau de bord défoncé. Le délai de désincarcération était aussi une grande inconnue et, en cas d'hémorragie persistante, plus il faudrait de temps pour trouver une veine, plus la manœuvre deviendrait ardue, à mesure que la pression artérielle diminuerait et que les veines se contracteraient.

L'équipe d'intervention comptait davantage de bénévoles que de salariés comme Mike et lui, mais ces gens-là adoraient aider leur communauté en assurant les services d'urgence. Ils suivaient chaque formation proposée et, dès qu'il les voyait se frotter aux différents protocoles de secours, Ben était fier de leurs compétences et de leur engagement.

La portière du véhicule accidenté fut découpée, le tableau de bord écarté pour libérer la jambe de Nathan, puis une foule de mains gantées de cuir s'approchèrent du blessé pour l'installer sur une planche et le faire glisser doucement jusqu'à la civière.

— Attention aux tubes !

Trop tard. La ligne de la poche à perfusion se prit dans un lambeau de métal. Ben avait beau l'avoir fixée à l'aide d'un sparadrap, il n'avait pas eu le temps de poser un bandage par-dessus et il suffit d'une légère secousse pour arracher le sparadrap, puis la canule. La quantité de sang perdue était toutefois moins préoccupante que l'hémorragie à la jambe, qui s'était aggravée depuis qu'on avait dégagé Nathan de sous le tableau de bord. Le drap de la civière fut vite trempé et Ben avait même sa chemise tachée par endroits.

— Chris, fais-lui un point de compression au bras. Je m'occupe de sa jambe.

— Je peux vous aider ? proposa Mike.

Ben découpait ce qui restait du jean de Nathan.

— J'ai besoin d'un grand morceau de gaze et de deux ou trois pansements. Il faut stopper le saignement.

Heureusement qu'il avait injecté un antalgique, car il sentit un os fracturé crisser lorsque, d'une pression assez forte, il tenta d'enrayer l'hémorragie.

Nathan cria de douleur, mais il n'y avait, hélas, aucun moyen rapide d'augmenter la dose.

Chris appliqua un autre sparadrap sur la trace de piqûre au bras.

— Tu veux le set de perfusion pour une nouvelle voie ?

Ben entoura la profonde entaille à la jambe d'un bandage aussi serré que possible.

— Non. Rapporte-moi plutôt une attelle. Je vais rester à l'arrière de l'ambulance et surveiller une reprise éventuelle du saignement, mais nous sommes proches de l'hôpital. Il sera plus facile de gérer le problème là-bas.

Ben dut balayer de son esprit la pensée que sa décision offrirait à JJ l'occasion de frimer avec sa réorganisation des urgences.

Dès qu'il eut fixé solidement l'attelle et le pansement compressif, il annonça :

— On charge et on y va.

— J'ai envie de vomir, balbutia Nathan, livide.

Mike lui tendit un bassin et une serviette. Trop tard ! Il

adressa à Ben un regard compatissant quand la civière fut chargée à l'intérieur de l'ambulance.

— Ne respirez pas trop profondément, murmura le pompier. Vous pourriez vous sentir mal.

Une fois les portières arrière refermées, l'odeur nauséabonde s'amplifia mais, pour Ben, c'était presque la routine. JJ éprouverait sans doute plus de difficultés, se dit-il en chemin. À Cutler's Creek, ce genre de ménage-là n'était pas assuré par un bataillon d'infirmiers et d'agents hospitaliers.

Quelques minutes plus tard, JJ ne parut toutefois déstabilisée ni par la puanteur ni par l'apparence physique de son patient. Elle regarda Ben et Chris le transférer sur la table de soins, puis écouta attentivement leurs transmissions.

— Nathan Brown, vingt et un ans. Après une sortie de route, sa voiture a effectué un tonneau et terminé sur le toit, le coinçant à l'intérieur. Il avait un score de Glasgow à 15 à notre arrivée, n'a probablement pas perdu connaissance et ne semble pas avoir été blessé à la tête.

Ben reprit son souffle avant d'énumérer les constantes vitales qui, à son grand étonnement, s'étaient toutes révélées normales.

— La désincarcération a duré vingt-cinq minutes, conclut-il en glissant un oreiller sous la nuque de Nathan. Il a reçu cinq milligrammes de morphine pour calmer la douleur de sa fracture tibia-péroné.

JJ s'approcha du jeune homme.

— Sur une échelle de 0 à 10, à combien estimez-vous la douleur ?

— 10, répondit Nathan.

D'un regard, elle eut l'air d'insinuer que Ben n'avait pas injecté une dose suffisante d'antalgiques. Il se justifia :

— À ma décharge, il l'avait d'abord évaluée à 12, donc il y a du progrès.

Elle vérifia l'écran de contrôle, signe qu'à ses yeux le pouls et l'état de santé général de la victime ne reflétaient pas l'extrême souffrance annoncée. La tension était juste un peu basse. JJ retroussa aussi légèrement le nez au moment d'inspirer de nouveau.

C'était un aveu discret de l'odeur fétide que Nathan dégageait, mélange d'alcool et de vomi. *Mignon, cet infime frémissement de lapin*, songea Ben, jusqu'à ce qu'il se rende compte que cette image-là resurgirait bientôt dans sa tête aux moments les plus incongrus, lui rendant la jeune femme encore plus agaçante.

De son côté, elle ne le vit pas froncer les sourcils, car elle s'était tournée vers Debbie, l'infirmière, qui s'apprêtait à découper ce qui restait du jean de leur patient.

— Peut-être pourrions-nous trouver une blouse à Nathan. Histoire de... nous débarrasser de ses vêtements ?

L'intérêt de JJ se porta de nouveau sur l'écran.

— La tension est un peu faible, marmonna-t-elle avant de lorgner le drap souillé. Pertes sanguines estimées ?

— Difficile à dire, admit Ben.

Même une petite quantité de sang pouvait paraître impressionnante dès lors qu'elle imprégnait un tissu.

— Moins de cinq cents millilitres, je dirais, avança-t-il.

Du coin de l'œil, JJ sembla lui adresser une deuxième remontrance sur la prise en charge de Nathan. Avait-elle envie d'étudier leurs procédures opérationnelles normalisées concernant le contrôle des hémorragies sur site ? Peut-être ignorait-elle la difficulté de stopper une hémorragie externe quand on n'avait pas accès à la partie du corps blessée ? Ou quand les pompiers mettaient du temps à extraire la victime et qu'on ne pouvait pas s'approcher suffisamment pour effectuer, par exemple, un point de compression ?

Il ne s'agit que d'un bref regard, mais Ben prit conscience de l'allure débraillée qu'il devait avoir avec sa chemise souillée de sang. Il y avait aussi fort à parier qu'il ne sentait pas la rose. Enfin, cela faisait partie du métier, non ? Et il savait qu'il était un sacré professionnel. Il n'avait pas besoin qu'on le toise avec une mine sévère d'institutrice.

Ben était officiellement agacé, mais fallait-il s'en étonner ? Après tout, on parlait du Dr Journey Joy Hamilton. Une citadine très collet monté et férue de protocoles.

— Nous avions posé une voie intraveineuse, expliqua-t-il calmement. Manque de chance, elle s'est arrachée au moment où on extrayait Nathan de son véhicule. Je n'ai pas voulu perdre de temps sur place à la remplacer.

Inutile d'ajouter qu'il lui avait fallu plus d'une tentative pour insérer le cathéter. JJ, qui avait remarqué les pansements adhésifs recouvrant les différents points de ponction, fixa un garrot sur l'autre bras de Nathan.

D'une efficacité redoutable, elle inséra une canule, ôta le garrot, qui claqua d'un coup sec, et découpa un morceau de sparadrap pour fixer la nouvelle voie. Face à elle, Ben eut l'impression que, par ses gestes, JJ prenait encore un malin plaisir à dénigrer ses compétences. Même sa façon d'attacher le cathéter et la poche à perfusion était rapide et professionnelle. Évidemment ! Dans un environnement contrôlé, tout était plus simple. Le robinet à deux voies permettait, par exemple, de prélever sans douleur un échantillon de sang ou d'injecter un médicament. La façon dont le regard de JJ croisa le sien fut une confirmation superflue de son jugement.

Vous voyez ? semblait-elle le narguer. *Voilà comment il faut faire. Fastoche...*

— On y va, Nathan. Pendant que nous examinons votre jambe de près, je vais vous redonner des analgésiques. S'il y a plus qu'une fracture simple, nous devrons vous transférer dans un hôpital plus grand.

Le cas échéant, JJ serait contrainte de demander à Ben comment procéder, car elle n'avait jamais abordé le sujet avec Zac, et, ce jour-là, il était absent.

Ben ne sautait pas non plus de joie à l'idée d'être aux urgences. Il l'avait presque fusillée du regard, tandis qu'elle installait la poche à perfusion. Était-il vexé qu'elle remplace la voie intraveineuse qui s'était arrachée ?

Eh bien, il faudrait qu'il ravale sa fierté ! Elle n'avait pas critiqué son travail. Elle faisait juste ce qu'il y avait à faire... et cela incluait une prise de sang. Il était flagrant que leur patient avait bu plus que de raison et, à coup sûr, Bruce, le policier, voudrait connaître son taux d'alcoolémie.

Ben était-il contrarié de rester planté là, à la regarder s'activer, alors qu'il aurait été plus utile en remplaçant lui-même le cathéter ? Son collègue avait presque terminé de nettoyer la civière. Il était donc fort possible qu'il parte, peut-être encore sans dire au revoir ? Hors de question. JJ était le seul médecin de garde et, même si elle pouvait se débrouiller, elle préférait que Ben l'aide à prendre les radios. Au besoin, qu'il organise le transfert de Nathan.

Au moins, lorsqu'elle ôta le bandage compressif à la jambe, elle put apprécier la qualité des soins.

— Excellent contrôle de l'hémorragie. L'entaille, pourtant assez profonde, ne suinte même plus.

— Vous allez suturer ?

— Tout dépendra du résultat des radios. Si Nathan doit passer sur la table d'opération, inutile. Nous nous contenterons d'un pansement bien propre et nous vérifierons que l'attelle supporte le trajet.

Elle esquissa un sourire.

— Là-dessus, je m'en remets à votre expertise, ajouta-t-elle.

D'un haussement de sourcil, Ben lui signifia que sa tentative pour apaiser la tension larvée entre eux avait échoué. Elle décida d'être plus directe.

— Pourriez-vous m'épauler avec les radios ?

— Vous êtes seule avec Debbie ? demanda Ben, une lueur d'inquiétude dans le regard.

— Oui. J'ai persuadé Don d'accompagner Zac à Dunedin pour rendre visite à Liv et au bébé. Je leur ai garanti qu'il n'y aurait pas de problème.

— Ah ! C'est donc pour ça que vous n'avez pas répondu au message concernant l'accident ?

— Je pensais qu'on me prévenait juste de l'arrivée d'un nouveau patient. J'étais censée vous rejoindre sur place ?

— Zac vient toujours, s'il n'est pas occupé à autre chose. Le Dr Donaldson aussi. Surtout si je ne suis pas de service ou s'il s'agit d'un appel prioritaire, synonyme de potentiels cas graves.

JJ eut l'impression que c'était au tour de Ben de la blâmer, ce qui lui parut injuste.

— En fait, j'étais sur une petite opération chirurgicale.

Debbie, qui actualisait les constantes, sourit à Ben et lui dit :

— Drainage d'un hématome sous-unguéal. Franchement, le vieux Harvey White devrait cesser de charrier des briques. Hier, il en a encore lâché une sur son orteil et, aujourd'hui, la douleur l'empêchait de marcher.

— Pas possible...

Ben lui rendit son sourire. Ils semblaient connaître le patient bien mieux que JJ et celle-ci se sentit mise à l'écart, au point d'en éprouver une émotion désagréable. L'envie, peut-être, d'appartenir à une communauté ? De connaître ce genre de connexion, où on se comprend sans se parler ?

Lorsqu'il refit volte-face vers JJ, Ben se renfrogna, mais une pointe d'amusement continua d'éclairer son regard.

Se moquait-il parce qu'elle avait choisi d'ignorer une possible urgence vitale pour drainer un ongle douloureux ?

— Qu'avez-vous utilisé ? lâcha-t-il. Une aiguille ou un trombone ?

Sans répondre à sa question, elle haussa les épaules.

— Il est temps d'aller à la radio, non ?

Les clichés de la vilaine fracture de Nathan nécessitaient l'avis d'un chirurgien orthopédiste.

— Quelle est la procédure habituelle en matière de transfert ? demanda JJ, tandis que Nathan somnolait sur le lit.

— Si le patient est dans un état grave ou en urgence absolue, nous contactons les secours aériens, expliqua Ben. Leur hélicoptère peut atterrir à l'hôpital. Si la situation est moins critique, nous le transportons par la route. En général, nous nous arrangeons pour qu'une ambulance parte de Dunedin ou d'Invercargill et nous la rejoignons à mi-chemin.

Il se tut, l'air grave, comme s'il allait communiquer une information cruciale.

— Les deux villes sont à trois heures de Cutler's Creek en voiture, reprit-il. Notre véhicule sera donc indisponible pendant ce temps, en comptant le retour.

JJ acquiesça en silence. Il serait excessif de solliciter un hélicoptère pour évacuer Nathan, mais… oh ! Ben la mettait-il en garde sur le fait qu'en son absence elle devrait assumer l'ensemble des urgences extérieures ?

Aucun souci ! Zac lui avait montré où était rangée la trousse de secours. Elle pouvait aussi emporter le défibrillateur de la salle d'examen.

Ben ne lui laissa toutefois pas le temps de répondre.

— Nous disposons d'un véhicule de réserve : notre ancienne ambulance. Je peux demander à un bénévole de prendre le volant. Nathan est assez stable pour se passer d'escorte médicale.

— Parce que, selon vous, je ne saurais pas gérer ?

— Avez-vous déjà effectué une sortie en ambulance ?

— En quoi cela serait-il différent ? Spécialisée en traumatismes d'urgence, je suis formée à traiter toutes sortes de cas.

— Dans les services d'une grande métropole, bien sûr. Là où il est facile de suivre les organigrammes des protocoles de soins à la lettre. Même dans un établissement aussi modeste que celui-ci, tout est à portée de main et *étiqueté*.

Ça, c'était une attaque directe. Et Ben n'avait pas terminé :

— Vous aurez sans doute plus de mal à poser une voie sur une victime qui a la tête en bas et à vous faufiler à l'intérieur d'une épave de voiture pour travailler. Surtout à la campagne, où les renforts spécialisés arrivent de trop loin pour qu'on puisse compter dessus. Vous vous direz peut-être même qu'il n'est pas évident de maîtriser l'hémorragie et que votre patient risque de perdre plus de sang que vous ne l'auriez souhaité.

Ben s'était-il senti critiqué lorsqu'elle avait demandé une estimation des pertes sanguines ? Tentait-il de lui faire comprendre qu'elle n'avait pas sa place à Cutler's Creek ? À moins qu'il ne lui lance un nouveau challenge, comme quand il l'avait laissée seule avec un agneau orphelin et un sac de lait en poudre ? Peu importe. JJ s'étonnait juste de vouloir autant faire ses preuves auprès de lui.

Non, peut-être qu'elle souhaitait juste faire ses preuves, point. Montrer qu'elle était capable de relever des défis. Qu'elle ne rentrait pas sagement dans telle ou telle case, ce qui aurait été typique d'une personne terne et sans imagination. Ennuyeuse, même...

— Voilà exactement ce que vous devriez faire, conclut Ben.

— Quoi donc ?

— Vous rendre compte. Quitter votre zone de confort. Nous accompagner en intervention sur le prochain cas grave ou, en attendant, participer à une de nos séances d'entraînement. Si le cœur vous en dit, naturellement.

Oui, il la mettait au défi. Et JJ était plus que partante !

— Avec plaisir. Appelez-moi dès que l'une ou l'autre occasion se présentera. Sous réserve que je sois disponible, bien sûr.

Inutile qu'il ajoute quoi que ce soit. Un cas aussi bénin qu'un orteil douloureux ne serait pas une excuse valable. Le regard de Ben frétilla, signe qu'il avait compris que, chez JJ, le message était passé.

Un instant, elle eut l'impression qu'il s'établissait enfin entre eux une espèce de connexion. Qu'ils étaient sur le point d'échanger un sourire. De poser les bases d'une amitié sincère, qui sait ?

La situation les troubla peut-être tous les deux, car ils se détournèrent pile au même moment.

— Restez parée à toute éventualité, prévint Ben. Vous pourriez être amenée à mettre en application tout ce que votre formation vous a déjà appris.

5

Sa formation n'avait jamais rien englobé de tel.

Et JJ Hamilton n'aurait sans doute pas choisi l'alpinisme comme activité de loisir. En revanche, une chose était sûre : depuis le début de l'ascension, elle bataillait ferme. Avant même d'avoir atteint cette partie escarpée du parcours, hérissée de rochers imposants, elle était déjà hors d'haleine. Ben put d'ailleurs constater ses efforts pour s'accrocher à une pierre lisse et passer à la prise suivante.

On sentait que, malgré son entorse récente, elle donnait le meilleur d'elle-même.

Ben, qui n'avait aucune envie de redescendre la pente avec deux victimes, lui tendit la main et l'enroula aussitôt autour de la sienne, sans qu'elle puisse refuser son aide.

JJ agrippa ses doigts avec une fermeté étonnante et il n'eut aucune difficulté à la hisser jusqu'à lui. En fait, elle était légère comme une plume, sans doute parce qu'elle poussait à fond sur ses jambes. L'aisance et la rapidité avec lesquelles elle le rejoignit firent qu'elle se retrouva soudain tout près de lui. Si près qu'il l'entendit ahaner et qu'il lut la surprise dans ses prunelles noires.

Tout s'était passé si vite qu'il ne lui avait pas lâché la main, et ils avaient beau porter des gants de protection, il sentit le galbe et la chaleur de sa paume, comme s'ils étaient peau contre peau.

Enfin, ce n'était pas que de la chaleur. Là-dessous couvait

un feu ardent qui n'avait rien à voir avec leur température corporelle.

Sidéré, Ben desserra son étreinte. Il dut résister à l'envie de frotter sa main à quelque chose, histoire de se débarrasser d'une sensation étrange qui lui remontait le long du bras et envahissait son corps. Il avait aussi toutes les peines du monde à rompre le contact visuel.

— Tout va bien en bas ? lança Mike.

Les autres membres de l'équipe de secours en montagne de Cutler's Creek avaient disparu derrière les rochers.

Combien de temps Ben et JJ étaient-ils restés immobiles ?

Sans doute pas plus de quelques secondes, mais la jeune femme respirait dorénavant calmement, signe que l'instant avait peut-être duré plus longtemps.

Trop longtemps...

— Venez, reprit Ben, soulagé de détourner enfin le regard. Pas question de lambiner.

À présent qu'ils avaient négocié le passage par-dessus les rochers, il pouvait accélérer, car le chemin devenait plus aisé.

— Ce sentier de Twin Rocks me sert à la fois de terrain d'entraînement et de test d'aptitude physique pour les gens qui souhaitent devenir sauveteurs bénévoles. Quand on est assez sportif pour effectuer le parcours sans difficulté particulière, on saura se sortir de toutes les situations, même les plus imprévues. Si j'arrive dernier, c'est la honte.

Il ne put s'empêcher de lorgner derrière lui, mais c'était par pure conscience professionnelle : il devait s'assurer que JJ gravisse la dernière portion du trajet en toute sécurité.

Confrontée à une situation qui la poussait dans ses ultimes retranchements, JJ affichait une formidable détermination. Au fond, il importait peu que Ben ferme la marche. Ses camarades savaient qu'il veillait sur elle.

Ben ralentit. Pas assez pour insinuer qu'il voulait faciliter la tâche à son élève. Il adaptait juste la cadence afin qu'elle ne s'effondre pas. Il n'avait aucune envie non plus de saper une opiniâtreté qui, en certaines circonstances, pouvait se révéler décisive. Il savait enfin que la condition athlétique d'une citadine ne suffisait pas, en général, à relever un pareil défi en extérieur.

Il esquissa donc un demi-sourire et marmonna :

— Vous faites du bon boulot.

Du bon boulot ?

JJ était en train de mourir sur place ! Elle sentait ses joues en feu, ce qui expliquait peut-être pourquoi ses poumons la brûlaient autant. Son cœur battait à tout rompre et de longs filets de sueur lui coulaient dans le dos. Les muscles de ses jambes étaient prêts à lâcher et sa cheville, pourtant bandée, ne lui avait jamais fait aussi mal depuis qu'elle avait accepté de suivre Ben Marshall sur une intervention prioritaire ou de participer à une de ses séances d'entraînement, « légendaires » selon Zac.

« Vous aurez ainsi une idée de votre condition physique, l'avait-il avertie. À moins que vous ne rendiez l'âme avant. »

Pour couronner le tout, Ben s'était de nouveau montré très distant.

Certes, il l'avait aidée à escalader un rocher devant lequel son corps meurtri aurait sans doute déclaré forfait, mais, aussitôt après, il avait eu une réaction quasi épidermique et lui avait brusquement lâché la main.

Il y avait aussi sa manière de la regarder, qui rappelait le jour où ils avaient discuté du transfert de Nathan. Quand JJ avait cru qu'une connexion s'était enfin établie entre eux et qu'ils pourraient devenir amis.

Ce n'était pas demain la veille, hein ? Au mieux, elle pouvait espérer prouver ses talents d'urgentiste auprès de la population de Cutler's Creek et ainsi se faire accepter. Trouver sa place. Si elle le souhaitait, bien sûr.

En fait, le nœud du problème était peut-être là. JJ voulait

démontrer qu'elle pouvait être qui elle avait envie d'être. À trente-cinq ans, elle n'était, avec un peu de chance, ni trop vieille ni trop ancrée dans ses habitudes pour choisir un chemin susceptible de lui embellir la vie.

Mike, le pompier, applaudit quand JJ et Ben rejoignirent le groupe. Massés à l'ombre de la falaise, les autres participants enfilaient leur baudrier et triaient des cordes.

— Bravo ! La première fois, c'est toujours une galère.

À bout de souffle, JJ sourit jusqu'aux oreilles.

— Voici donc Twin Rocks, annonça Ben.

Il ne regardait pas JJ mais, à l'évidence, elle était bien la seule à découvrir l'endroit. Il enchaîna :

— Il s'agit d'une paroi rocheuse d'un bloc, même si son énorme brèche centrale donne l'impression qu'il y en a deux. Ces cent cinquante mètres d'à-pic ont été truffés de goujons qui permettent de descendre en rappel et offrent plusieurs niveaux de difficulté, selon le couloir sélectionné. Les gens débarquent de toute la Nouvelle-Zélande pour s'y frotter et il n'est pas rare qu'on nous demande de secourir un blessé coincé quelque part sur la paroi. Il ne suffit donc pas d'arriver ici pour sauver la victime.

Enfin, l'air grave, Ben pivota vers JJ. De toute évidence, elle n'était pas au bout de ses peines.

— Nous pratiquons souvent la descente en rappel, qu'il s'agisse d'un alpiniste à récupérer ou d'un véhicule qui, après une sortie de route, aurait basculé dans le vide. Il faut accéder au patient, le stabiliser et l'évacuer d'une manière ou d'une autre.

Logique ! Décidément, JJ n'en finissait plus d'apprécier le grand professionnalisme de Ben. Le fait que des habitants de la région s'entraînent dur et soient prêts à risquer leur vie pour accomplir de périlleux sauvetages forçait aussi son admiration.

— Vous assistez aujourd'hui à une des formations censées nous garder le plus affûté possible, continua Ben. Mes gars maîtrisent les bases de la descente en rappel. Vous allez donc devoir mettre les bouchées doubles. Quand nous serons au sommet, je vous lancerai un baudrier et vous pourrez y aller.

Cet entraînement de haut vol avait été un défi incroyable à relever, mais il n'avait pas été terrifiant. Jusqu'à présent.

JJ refusa de laisser transparaître son envie furieuse de déguerpir. Il existait forcément une devise dont elle pourrait s'inspirer. Du genre « À vaincre sans péril, on triomphe sans gloire » ? Ou « Sens ta peur et vas-y quand même » ?

Elle pouvait réussir.

Peut-être...

C'était comme un point de non-retour et elle était prête à sauter le pas. Soudain, les commissures des lèvres de Ben se relevèrent, puis l'ensemble du groupe éclata de rire.

— Ben adore cette blague, expliqua Mike. Rassurez-vous, vous vous formerez ailleurs à la descente en rappel.

— Et pas après vous être coltiné cinq kilomètres d'ascension, renchérit Ben.

— J'y serais allée, répondit calmement JJ.

— Je sais.

Oh ! Était-ce une lueur d'admiration qui brillait dans son regard ?

— Ce que j'aimerais, en revanche, si vous l'acceptez, c'est que vous jouiez le rôle de la victime. Vous voyez la saillie là-bas ? Une fois munie d'un casque et d'un baudrier, vous vous y installerez. Mes sauveteurs grimperont au sommet et établiront un plan de bataille pour vous évacuer sans risque, évaluer vos blessures, puis redescendre la piste, au pied de laquelle une ambulance vous attendra sur le parking.

Malgré la fatigue, la douleur et le sentiment d'avoir ralenti les autres, JJ eut hâte d'entrer dans la peau du personnage.

— De quelle nature sont mes blessures ?

— Voyons, répondit Ben en souriant, si nous partions sur un problème à la cheville ? Une méchante entorse ? Non... une fracture.

— Je suis consciente ?

— Oui. Vous souffrez le martyre et vous êtes frigorifiée. Ça fait des heures que vous êtes bloquée sur votre petit promontoire, à guetter les secours. Les conditions météorologiques se dégradent, raison pour laquelle on ne vous a pas envoyé d'hélicoptère.

— Mes antécédents médicaux ?

— Vous êtes jeune et en parfaite santé.

— D'accord. J'ai encore une question...

— Je vous écoute.

— Comment vais-je grimper là-haut sans *réellement* me casser la cheville ?

— Suivez-moi.

Au moment de longer le groupe, Ben s'adressa à Mike :

— Emmène tout le monde au sommet et occupez-vous des cordages et des nœuds. Je vous rejoins vite. Ce sera plus réaliste si vous ignorez où se trouve la blessée.

Le temps que JJ atteigne son à-pic rocheux, les apprentis secouristes s'étaient volatilisés dans les méandres d'une autre voie escarpée. Elle eut l'impression d'être seule au monde avec Ben.

— Enfilez ce baudrier, dit-il. Ainsi, votre sauveteur pourra vous attacher à son propre harnais et assurer votre sécurité.

JJ acquisça.

— La sécurité, c'est la vie.

Pour l'instant, la sécurité était toutefois le cadet de ses soucis, car Ben était si près d'elle qu'elle en avait des papillons dans le ventre.

— Il y a trois sangles, indiqua-t-il. Une pour la taille et une pour chaque jambe. Attention, rien ne doit être entortillé.

Il secoua le baudrier, puis s'accroupit.

— Passez la jambe gauche par ce trou.

JJ n'eut aucun mal à peser de tout son poids sur sa cheville indemne pour s'exécuter. En revanche, au moment de lever l'autre jambe, elle fut obligée de s'appuyer sur l'épaule de Ben.

Ses joues s'empourprèrent avant même qu'il commence à remonter les sangles le long de ses cuisses.

— Je peux me débrouiller.

— Alors, remontez-les bien droit. Le plus haut possible. Comme elles sont fabriquées dans une matière élastique, elles ne devraient être ni trop serrées ni trop lâches.

Ben attrapa les extrémités de la ceinture et inséra une des sangles dans la boucle du milieu. Il serra bien fort, puis glissa un doigt dessous et le fit courir sur le ventre de JJ.

Seigneur ! Elle crut sentir une traînée de flammes sur sa peau.

— Le plus important est de vérifier que cette partie-là reste bien au-dessus des hanches, insista-t-il. Vous serez alors en sécurité, même la tête à l'envers.

JJ avait déjà l'impression d'avoir la tête à l'envers. Elle n'osa pas regarder Ben en face lorsqu'il fixa la ceinture en la passant dans la seconde moitié de la boucle.

Après quoi, il lui tendit un casque. Elle le posa sur sa tête mais rencontra quelques difficultés avec la jugulaire.

— Laissez-moi faire.

Les paupières closes, JJ leva le menton. Les doigts de Ben effleurèrent la peau délicate de sa mâchoire, qu'elle n'avait jamais considérée comme une zone érogène. Jusqu'à maintenant...

Elle rouvrit les yeux quand la boucle claqua, signe que Ben avait terminé. Surprise ! Il ne s'écarta pas. Il la dévisagea même et, alors que le temps semblait s'être arrêté, JJ eut la conviction qu'il pouvait lire dans ses pensées.

Qu'il avait compris qu'elle rêvait d'être embrassée. Par *lui*... Que, pendant une fraction de seconde, c'était peut-être la chose à laquelle elle tenait le plus au monde.

Le miracle aurait pu se produire si Mike n'avait pas crachoté dans la radio :

— Tout est prêt, chef. Tu penses nous rejoindre bientôt ?

Ben ne lâcha pas JJ du regard jusqu'à ce qu'il empoigne lui-même son émetteur et réponde :

— Je mets notre victime en position. Vérifie le baudrier de

chacun et la qualité des nœuds autobloquants. Que personne ne s'élance avant mon arrivée.

— Message reçu.

— Allez, au travail !

Sans un regard pour elle, Ben conduisit JJ à l'endroit où elle devait se tenir sur la saillie rocheuse.

Au moment de lui emboîter le pas, elle sentit son estomac brûler d'un feu de plus en plus vif. À cause de la peur, peut-être ?

Ou avait-elle compris que son attirance déplacée, qu'elle croyait cantonnée à un drôle de fantasme nocturne, allait bientôt franchir les frontières de sa vie intime ?

Ce ne serait pas un problème, sauf que…

Sauf que, dans cet étrange moment hors du temps, elle aurait juré que Ben avait fait plus que lire dans ses pensées : il avait personnellement songé à l'embrasser.

Et il en avait eu envie autant qu'elle.

6

Queenstown.

Nichée sur les berges du lac Wakatipu, à l'ombre des spectaculaires Alpes néozélandaises, cette petite ville de l'île du Sud était souvent considérée comme la capitale internationale du tourisme d'aventure et c'était l'endroit préféré de Ben Marshall. Pas seulement à cause de ses excellents bars et restaurants, de son panorama époustouflant ou même de sa population jeune et dynamique, constituée essentiellement d'étrangers venus chercher du travail là où le salaire était soit un bonus, soit un moyen de recevoir sa dose d'adrénaline.

En fait, Queenstown avait été la plus grosse métropole à côté de laquelle Ben avait grandi et il s'y sentait comme à la maison. Parmi ses premiers jobs d'été, il avait ainsi piloté des jet boats sur les rapides de la rivière Shotover, ou encore été moniteur de ski dans le massif des Remarkables, et son excitation d'avoir découvert la liberté de l'âge adulte dans une ambiance aussi exaltante était un souvenir cher à son cœur.

En dehors de Cutler's Creek, Queenstown demeurait au centre de sa vie sociale et il y avait fort longtemps qu'il n'avait pas apprécié, en front de lac, cet agréable bar à tapas, également réputé pour sa cave à bières.

Ben savoura une gorgée du seul verre qu'il s'autoriserait à boire lors de sa soirée de congé. Ce ne fut qu'au moment d'essuyer, du bout du pouce, la mousse au coin de ses lèvres qu'il vit sa camarade de jeu imiter son geste… avec la langue.

Il détourna le regard et se racla la gorge.

— C'était une excellente idée de venir ici, Heidi. Merci de m'avoir envoyé un message.

— Tout le plaisir est pour moi, répondit la Suissesse avec un accent français aussi sexy que ses longs cheveux platine, ses yeux bleus et ses jambes interminables. Depuis qu'elle a déménagé, Ingrid me manque beaucoup, et je me suis dit que tu devais te sentir aussi seul que moi. Il y avait une éternité que je ne t'avais pas vu en ville.

Ben caressa la condensation à l'extérieur de son verre.

— J'ai une vie bien remplie, sans doute.

— Ton village croule sous les accidents incroyables ?

— Pas trop, je l'avoue. Le truc le plus excitant de la semaine était même une mise en scène. À l'entraînement, nous avons sauvé une victime coincée sur une falaise. Elle s'était cassé la cheville lors d'une descente en rappel.

— Vous vous êtes servis d'un… Comment ça s'appelle déjà ?

— Un mannequin ? Non, nous avons demandé à quelqu'un qui, en réalité, n'avait pas de fracture. Elle s'était quand même fait une entorse il y a peu, ce qui l'a bien aidée à jouer la comédie.

Et tout n'avait peut-être pas été feint. JJ avait sans doute vraiment souffert après s'être débrouillée comme un chef sur les kilomètres de sentier escarpé.

Elle n'avait pas non plus bronché à l'idée d'être installée sur une saillie rocheuse et de remettre son destin entre les mains de sauveteurs encore en formation - non seulement lorsqu'on l'avait descendue de la falaise mais aussi quand il avait fallu l'attacher au brancard et refaire le trajet en sens inverse, notamment sur la portion rocailleuse du parcours.

JJ donnait peut-être l'image d'une femme prudente, qui organisait son environnement au cordeau, mais elle ne manquait pas de courage. Loin de là.

— Donc… la prochaine fois, d'accord ?

— Pardon ?

Ben n'avait pas écouté un mot de ce que Heidi avait dit.

— La prochaine fois, je pourrai faire la blessée ? Venir jouer avec vous ?

Waouh ! N'importe quel homme digne de ce nom aurait rêvé de voir ainsi briller les grands yeux bleus de Heidi.

Elle descendit de son tabouret et glissa une main dans celle de Ben.

— Si tu as fini de manger, on marche un peu ?

Jusqu'à chez elle ?

Ben accepta avec plaisir. C'était bien ce qui l'avait poussé à venir passer la soirée en ville, non ? Heidi avait raison, cela faisait trop longtemps.

Tandis qu'ils s'éloignaient du centre animé de Queenstown, la lune brillante se refléta sur l'onde du lac. Heidi n'habitait pas loin mais, sans trop savoir pourquoi, Ben se surprit à ralentir, puis à s'arrêter complètement.

Elle crut qu'il voulait apprécier la vue.

— C'est drôle, non ? susurra-t-elle avec un sourire. Je viens de l'autre bout de la planète et j'adore ces montagnes, qui me rappellent tant mon pays natal.

Elle lui tenait toujours la main lorsqu'elle pivota pour capter son regard, et il parut très clair qu'elle attendait un baiser.

Au lieu de s'en réjouir, Ben sentit son estomac se nouer. Il avait déjà vécu la scène quelques jours auparavant, non ?

Dans les yeux de JJ.

Bon sang, son plan ne fonctionnait pas ! À son grand désarroi, il avait toujours envie d'embrasser JJ.

Il pensa qu'en se rabattant sur Heidi le tour serait joué. Son désir monterait forcément, car elle était son idéal féminin – et l'exact opposé de JJ Hamilton.

Raté ! Son piètre stratagème était même un échec cuisant.

— Désolé, marmonna-t-il en interrompant le baiser peut-être le plus décevant de sa vie. J'ai la tête ailleurs.

— Pas de souci. La prochaine fois, peut-être ?

— Peut-être.

Ben s'excusa d'un sourire et lâcha la main de Heidi. Une

minute plus tard, il lui disait au revoir et partait rejoindre sa voiture. Une profonde impression de malaise lui étreignait la poitrine. On aurait dit une espèce de tristesse.

Comme s'il savait qu'il n'y aurait pas de prochaine fois ?

— Queenstown ?

— Oui, mon endroit préféré au monde. J'y possède une maison de vacances depuis vingt ans. Et aussi une place de bateau en front de lac. Ah...

Venu en consultation à Cutler's Creek, le spécialiste, Nigel Shaw, n'hésita pas un instant lorsqu'il poussa la porte de la cuisine de l'hôpital.

— Betty, j'espère que c'est votre fameuse soupe de légumes qui me chatouille les narines ?

— Et vos croque-monsieur favoris, docteur Shaw. Fromage-moutarde.

— Vous me connaissez par cœur.

— Venez vous asseoir. Vous aussi, docteur Hamilton.

— Merci, ce n'est pas de refus, répondit JJ en posant ses livres. Docteur Shaw, j'aimerais vous parler de deux ou trois patients que vous avez vus ce matin en cardiologie.

— Aucun souci. Vous recevrez mon rapport complet par mail ce soir mais, d'ici là, certains cas vous préoccupent-ils particulièrement ?

Sur la table trônaient un pot à couverts et un distributeur de serviettes en papier. Peu importait le nombre de gens qui se présentaient à midi, Betty avait toujours de quoi les nourrir et le sourire aux lèvres. En quelques semaines, JJ avait déjeuné avec ses collègues médecins – Zac et Don –, Bruce – le policier –, plusieurs pompiers, des bénévoles et, bien entendu, Ben.

Elle cligna des paupières, comme pour couper court à d'éventuels fantasmes mal placés. Juste après son regrettable face-à-face avec Ben à Twin Rocks, elle avait adopté un plan de bataille auquel elle refusait de déroger.

— Oui, je pense à Shirley Keen, répondit-elle. Ses palpitations l'angoissent beaucoup.

— Pour une patiente avec un IMC de 35, l'électrocardiogramme était normal. J'ai prescrit un bilan sanguin afin d'éliminer un possible déséquilibre en potassium ou en magnésium. Le déficit en magnésium est étonnamment très fréquent.

— Vous a-t-elle apporté son journal de bord ? Je lui avais conseillé de noter tous les facteurs de risque, tels que la caféine, l'exercice physique ou encore l'alcool.

— Elle m'a dit qu'elle avait oublié.

— De l'apporter ou de le remplir ? Oh ! tant pis ! Je suivrai son dossier de près. Ce n'est pas votre problème.

JJ huma d'un air ravi son bol de soupe.

— Ça a l'air succulent.

— Les croque-monsieur arrivent, annonça Betty. Et il me reste une marmite pleine de soupe.

Nigel Shaw ne voyait aucun inconvénient à manger et à discuter des patients en même temps.

— Si vous en sentez Shirley capable, nous pourrions envisager une surveillance électrocardiographique sur vingt-quatre heures. Vous repérez ses épisodes de trouble du rythme et vous m'envoyez les résultats à Dunedin. Votre service d'ambulances serait-il en mesure de s'en charger ?

— Absolument. Nous avons ici le meilleur des ambulanciers.

Nigel remercia Betty d'un signe de tête lorsqu'elle servit les croque-monsieur.

— Ben ? Je le connais. Il était venu à Dunedin pour suivre une formation sur les traitements thrombolytiques en milieu rural. Vous avez de la chance qu'il soit encore des vôtres. Je crois me souvenir qu'il souhaitait devenir sauveteur du ciel.

— Oh ?

Chez JJ, l'idée que Ben ait pu ne pas être là eut l'effet d'une bombe. C'était fou, car elle faisait de son mieux pour se le sortir de l'esprit !

Après leur séance d'entraînement, elle s'était rendue à

l'évidence qu'elle ne possédait pas les qualités athlétiques des randonneurs d'escalade mais, en plus, qu'elle n'avait aucune idée des compétences en extérieur qui, professionnellement, pourraient lui être utiles en milieu rural. Elle s'était donc fixé un programme ambitieux visant à améliorer sa condition physique et ses connaissances.

Nigel prit un croque-monsieur.

— Donc... y a-t-il un autre patient qui vous tracasse ?

— Thomas Sefton. Il a beaucoup plus qu'une simple angine de poitrine. Sa polynévrite l'empêche de faire de l'exercice, mais il craint qu'un antalgique à base d'opiacés crée une dépendance.

Nigel sourit.

— Il a quatre-vingt-treize ans. Où est le problème ? Si vous voulez, j'irai rediscuter avec lui. Je ne rentre à Dunedin que lundi, car j'avais envie de passer un long week-end à Queenstown. J'imagine que vous vous plaisez à découvrir les charmes de la région ?

— Je vous avoue que je n'ai pas exploré grand-chose. Dès mon arrivée, je me suis fait accaparer par un agneau que j'élève au biberon. Maintenant qu'il ne prend plus que deux repas par jour, je pourrais m'évader quelques heures.

— Accompagnez-moi ce week-end. Je vous montrerai les environs. Un tour des vignobles, peut-être. Ou une croisière sur le lac ?

À l'aide... Ce cardiologue de passage à l'hôpital était-il en train de flirter ? Voire de lui proposer un rendez-vous ?

— Enfin, si vous avez du temps libre. C'est vrai que je n'ai pas vu Zac de la matinée. Ni Don.

Soulagée d'éluder l'invitation, JJ répondit :

— Don est là. Il a dû oublier l'heure du déjeuner. Zac, lui, se trouve à Dunedin, comme deux ou trois fois par semaine. Liv et lui ont eu un bébé prématuré.

— J'en ai entendu parler.

À voir la mine inquiète de Nigel, la situation lui tenait à cœur. C'était un garçon bien, comprit JJ. Et, avec sa moustache parfaitement taillée, il n'était pas désagréable à regarder. Il était même pile son genre.

Alors, pourquoi l'attention qu'il lui portait l'indifférait-elle autant ?

— Je ne sais pas trop quand Zac a prévu de rentrer, donc impossible de faire des projets de week-end. Le but de ma venue est, avant tout, de compenser ses absences.

— Je comprends. Je me consolerai avec la pêche et la randonnée de brousse, mes passe-temps favoris.

Des plaisirs charmants et sans risque, nota JJ. Sans doute aimait-il aussi lire d'intéressants ouvrages documentaires. Ou regarder les grands classiques du cinéma. Au fil des minutes, elle aurait dû tomber sous le charme.

— Je pratique moi-même la marche, dit-elle. Avec Shaun.

— Un ami ?

— Non, l'agneau dont je vous parlais. Il me suit partout et, chose étonnante, en balade, il est d'excellente compagnie. J'essaie de travailler ma condition physique.

D'ailleurs, lorsqu'il deviendrait trop facile de pratiquer sur terrain plat, JJ laisserait Shaun à la maison et retournerait s'entraîner à Twin Rocks. Quelle humiliation d'avoir fini hors d'haleine devant Ben et d'avoir eu besoin de sa main secourable pour enjamber les rochers !

— Excellente idée, approuva Nigel avant d'esquisser un sourire. Même si le professionnel que je suis vous trouve déjà parfaite.

Oui, c'était bien du flirt. JJ détourna le regard et changea vite de sujet :

— J'apprends aussi les techniques de survie en brousse.

Sous son journal de bord apparut la couverture de l'autre livre qu'elle avait apporté.

— C'est bourré d'informations en tout genre. En ce moment, je lis un chapitre sur la manière de traverser une rivière sans risque.

Après s'être essuyé la bouche et les doigts, Nigel sourit à JJ.

— Je vais vous laisser. À moins que vous n'ayez un autre cas à me soumettre ? Il fait beau et, si je termine ma paperasse assez tôt, j'irai passer une heure ou deux sur le lac.

— Non, ça ira. Profitez-en bien. De toute façon, j'ai votre adresse mail. Si l'état d'un patient m'interpelle, je vous contacterai.

— N'hésitez pas.

À en juger par son sourire chaleureux, Nigel serait ravi d'avoir de ses nouvelles, même si cela n'avait aucun rapport avec la médecine.

Surtout si cela n'avait aucun rapport...

Le grand ponte à peine parti, Betty débarrassa la table.

— Vous auriez pu tomber plus mal, murmura-t-elle à JJ d'un air entendu. Il vous aime bien.

— Betty... Je ne sais même pas s'il est célibataire.

— Il l'est. Je crois qu'il y a un an sa femme est partie avec son professeur de yoga.

— Mmm... je me demande pourquoi, lâcha JJ, amusée.

Elle imagina la joie de sa grand-mère si elle apprenait qu'elle fréquentait un cardiologue séduisant et respecté. Quelqu'un de sûr. Aux antipodes d'un *bad boy* qui avait le goût du risque et de la transgression.

Et hop, voilà qu'elle revoyait la fameuse lueur dans les yeux de Ben ! Celle qui, selon elle, prouvait qu'il avait eu envie de l'embrasser.

Aussitôt, son maigre début d'attirance pour un autre homme s'évanouit.

— Madame en a peut-être eu assez de la pêche, lança-t-elle avec ironie.

Betty rejoignit son évier en riant.

— Si vous passez devant le bureau du Dr Donaldson, prévenez-le que le repas va refroidir.

— Inutile ! lança Don. J'ai croisé Nigel, qui m'a informé que j'étais en retard pour le déjeuner.

Il n'était pas seul.

— Moi, je m'incruste, annonça Ben. Ah, Betty ! Votre soupe est aussi irrésistible que vous.

JJ se leva de table. Rester bavarder avec l'objet de ses fantasmes ne faisait pas partie de ses nouvelles résolutions. De toute façon, elle devait retourner travailler. Elle fut néanmoins un peu trop prompte à prendre ses livres et l'un d'eux lui échappa des mains.

Ben se baissa pour le ramasser.

— Techniques de survie en brousse ? lut-il avant d'ouvrir à l'endroit du marque-page. La traversée de rivières ?

— Bah ! C'était à la maison. Zac l'y a peut-être oublié. En fait, on ne sait jamais quand ce genre d'informations pratiques peut se révéler utile.

— Que faites-vous demain ?

— Quoi ? Pourquoi ?

— Parce que je vous en apprendrai davantage sur les passages à gué que n'importe quel manuel.

— Elle ne fait rien, intervint Don. Du moins, pas à l'hôpital. Je suis de garde.

— Vous organisez une séance d'entraînement ? se renseigna JJ. Sur la manière de franchir un cours d'eau ?

— Maintenant, oui, déclara Ben, taquin. Mon après-midi s'annonçait ennuyeux à souhait et je ne supporte pas de rester les bras ballants, alors pourquoi pas ? Comme vous le disiez, on ne sait jamais… Un jour, ça pourrait nous sauver la vie. Je passe vous chercher à 13 heures ?

Sans attendre de réponse, il alla chercher un bol de soupe.

— Betty, si vous n'étiez pas déjà prise, je vous épouserais.

La cuisinière s'esclaffa.

— Il y a trente ans, mon garçon, vous n'auriez pas eu l'ombre d'une chance.

L'écho de sa bonne humeur fit sourire JJ au moment où elle quittait la pièce. Du coup, elle ne s'étonna pas que sa journée se soit aussi subitement illuminée.

— Où sont les autres ? fit JJ, l'air étonné.

Excellente question.

Ben haussa les sourcils en silence. Peut-être avait-il eu besoin de le découvrir lui-même lorsqu'il avait écarté de sa liste les bénévoles susceptibles d'être intéressés par une formation aux techniques de survie en brousse.

JJ plissa le front, perplexe.

— Vous m'aviez parlé d'un cours sur la traversée de rivières, mais il n'y a personne à part nous. Allons-nous les attendre ?

— Je n'ai jamais dit qu'il s'agissait d'un cours collectif, si ?

— Euh... non.

Était-ce simplement de la méfiance que Ben lisait dans les grands yeux noirs de JJ ? Ou autre chose ? De l'étonnement ? Voire du plaisir ?

À l'idée qu'elle se réjouisse d'être seule avec lui en montagne, il frémit d'impatience et s'avoua enfin que c'était ce qui l'avait poussé à monter un plan pareil. Cette femme-là lui faisait tourner la tête. Au vu de son rendez-vous désastreux avec Heidi l'autre soir, elle chamboulait même sa vie.

JJ contempla le sac à dos qu'il était en train d'enfiler.

— Auriez-vous prévu de partir huit jours ?

Ben jeta un coup d'œil à sa minuscule besace.

— Avez-vous une tenue de rechange complète là-dedans ? Une bonne housse de protection ? Une trousse de secours ? Une lampe torche, un briquet et un canif ?

JJ ouvrit des yeux ronds, comme si elle ne s'était pas figuré à quel point la traversée d'une rivière pouvait être une épopée. D'un coup, l'inquiétude l'envahit.

Au lieu de s'en agacer, Ben trouva l'idée charmante. Il pourrait ainsi veiller sur elle. La garder saine et sauve en même temps qu'il lui enseignerait les notions clés.

— Pas de souci. J'ai emporté tout le nécessaire.

— Moi, j'ai pris à manger, annonça JJ, le sourire empli d'espoir. J'ai préparé des sandwichs au fromage et à la moutarde, car j'ai adoré ceux de Betty hier. J'ai aussi une thermos de soupe, au cas où le fait d'avoir les pieds mouillés nous donnerait froid. Bon, ma grand-mère serait atterrée : ce n'est que de la soupe de tomate en boîte.

— La préférée de mon enfance, commenta Ben. Et quelque chose que mamie conservait toujours dans un placard.

Le sourire de JJ se figea. Ben devina que c'était parce qu'il avait parlé au passé.

— Elle est décédée quand j'avais quinze ans.

— Oh... je suis désolée.

Il se détourna.

— C'est de l'histoire ancienne. Il arrive souvent qu'on perde ses grands-parents, non ?

— Moi, j'ai la chance d'avoir encore ma grand-mère. Mon grand-père est mort il y a quelques années.

Ben acquiesça, mais il n'avait pas envie d'aborder le sujet. À vrai dire, il avait oublié que, bizarrement, ils avaient tous deux été élevés par leurs aïeuls. Parce qu'il avait préféré chasser de son esprit le moment particulier où s'était établie une connexion spirituelle avec JJ ? De la même façon qu'il tentait, à cet instant précis, de refouler son désir ardent de l'embrasser ?

— Bon...

Le ton était un peu brusque, mais Ben commençait à se dire que son idée de formation était peut-être une erreur.

— Allons-y.

Il réussit à faire le vide en lui à mesure qu'ils remontaient la rivière jusqu'au site où il aimait former ses bénévoles. Cours d'eau typique de Nouvelle-Zélande, elle était constituée de chenaux qui s'entrecroisaient avant de se jeter dans la mer. Ceux-ci offraient plusieurs niveaux de difficulté, du gué facile et peu profond jusqu'à des zones d'eau vive, plus en amont, qui pouvaient donner du fil à retordre aux sauveteurs les plus chevronnés.

JJ sembla l'écouter avec plaisir lorsqu'il expliqua comment choisir le meilleur endroit pour franchir une rivière sans encombre.

— Observez le cours d'eau depuis le plus haut point possible de la berge. Il faut estimer la profondeur, le débit, mais aussi déterminer si le lit est constitué de galets, de gros rochers ou s'il y a le moindre danger, comme des rapides, des branches immergées ou des courants latéraux.

En chemin, il s'arrêta plusieurs fois et incita son élève à sélectionner ce qu'elle considérait comme un lieu sûr.

— Ici. Non... ça ne convient pas : les berges à pic indiquent des eaux trop profondes. Et puis, on risque de ne pas pouvoir remonter de l'autre côté. D'ailleurs, que se passe-t-il si on est emporté ?

— Il n'est pas prévu que vous vous fassiez emporter. C'est une initiation à la traversée de rivières. Je ne vous lâcherai pas.

Lorsqu'ils arriveraient sur un gué plus ardu, Ben lui montrerait comment rester à l'abri ou se laisser flotter au gré du courant.

Sa méthode d'apprentissage impliquait d'enrouler son bras autour du sac de l'autre et de s'accrocher soit à une bretelle du sac en question, soit à un vêtement.

Hélas, même le principe d'apprendre à JJ à marcher à petits pas, à ne pas trop lever les pieds et à se concentrer sur la berge opposée pour ne pas être désorientée, ne suffit pas à lui faire oublier que ses mains touchaient le corps de la jeune femme.

Ce fut peut-être la raison pour laquelle il ne la tenait pas assez fermement lorsqu'elle dérapa sur un rocher. Ils venaient d'attaquer une deuxième traversée, cette fois avec de l'eau aux genoux et un courant plus marqué.

Il honora sa promesse de ne pas la lâcher mais, malgré ses efforts, il ne réussit pas à les maintenir debout.

Emportés par un débit puissant, ils furent trempés jusqu'aux os avant que Ben se rétablisse et hisse JJ sur un îlot situé entre deux bras d'eau.

JJ toussa d'avoir bu la tasse. Transie, elle tremblait comme une feuille et la peur la faisait paraître beaucoup plus jeune qu'elle ne l'était en réalité.

Elle semblait si vulnérable que Ben sentit quelque chose

fondre en lui. Liquéfié de l'intérieur, à l'image de l'eau qui dégoulinait de ses cheveux et de ses vêtements, il avait même les yeux qui picotaient.

— Tout va bien, dit-il à voix haute en serrant JJ contre lui. Tout va bien. Vous êtes en sécurité maintenant. Je vous tiens.

7

Jusqu'où le cauchemar était-il allé ?

JJ n'avait pas eu peur quand son pied avait dérapé, car c'était arrivé trop vite. Stupéfaite de chuter dans la rivière glacée, elle n'avait pas eu le temps de s'affoler. Ce ne fut qu'au moment où elle sentit le courant la maintenir sous l'eau et qu'un énorme caillou la frôla qu'elle prit conscience du risque de noyade.

Alors, non seulement la peur se manifesta, mais elle se mua aussitôt en terreur.

Ce sentiment effroyable ne dura qu'une fraction de seconde, peut-être deux, car Ben la tenait toujours solidement. Son sort était entre ses mains et elle avait eu raison de placer sa confiance en lui, car voilà qu'elle était de nouveau hors de l'eau. Saine et sauve. Ben la serrait dans ses bras et, pour être franche, JJ ne s'était jamais sentie autant en sécurité de sa vie. Insensé, non ?

En tout cas, assez fou pour qu'elle éclate de rire lorsqu'elle s'écarta et leva les yeux vers lui.

— La t-traversée de rivières pour d-débutants, hein ? bégaya-t-elle en claquant des dents. J-je détesterais suivre vos f-formations avancées.

— Vous êtes la première personne que je laisse tomber à l'eau. Désolé.

— Je n-ne m'accrochais pas assez fort. Et j-j'avais le regard b-baissé...

— Vous êtes frigorifiée. Venez ! Avec un peu de chance, mes vêtements de rechange n'ont pas été mouillés.

Les chenaux à négocier pour regagner la berge devinrent de plus en plus accessibles. Ben tenait JJ d'une main de fer mais, au bout de dix minutes, elle avait si froid que ses doigts refusèrent de coopérer en agrippant la bretelle du sac. Même ses jambes ne la portaient plus.

— La v-voiture... est encore l-loin ? demanda-t-elle.

— Nous ne repartons pas à la voiture. Avec le vent qui se lève, vous tomberiez en hypothermie. Il y a une cabane plus près. Le confort y est sommaire, mais nous pourrons allumer un feu et enfiler des habits secs. Dites-vous que c'est un entraînement aux techniques de survie, acheva-t-il avec un sourire.

Le refuge se composait d'une pièce unique, où trônaient deux vieilles chaises en bois, une table minuscule et un poêle ventru. Enfin, ils purent échapper aux rafales glacées.

— Déshabillez-vous, ordonna Ben en ouvrant son sac. Bonne nouvelle, malgré notre bain forcé, les housses de protection ont fait leur travail. Je peux vous prêter un bas de survêtement et un sweat-shirt. Au besoin, j'ai aussi une couverture de survie.

— Et vous ?

— Il me reste un pantalon, mais je vais d'abord faire du feu. Moi, je porte des sous-vêtements thermiques en laine mérinos. Enlevez tout ce qui a pris l'eau. Votre lingerie séchera vite. Le temps que nous nous réchauffions et que nous grignotions un truc, le reste sera au moins en état d'être remis pour regagner la voiture.

JJ entendit à peine la dernière phrase. Il voulait qu'elle ôte ses *sous-vêtements* ? Alors qu'elle aurait dû être horrifiée, son corps fut envahi d'une chaleur qui ne s'expliquait pas par le seul fait d'être à l'abri du vent.

Cela n'avait pas de sens ! Pas plus que sa réaction lorsqu'elle avait appris que personne ne participerait à l'entraînement. Au lieu d'être agacée, de se sentir manipulée, elle s'était secrètement réjouie. Comme si la situation lui donnait l'impression d'être... spéciale ?

Ben laissa son anorak s'égoutter à une grosse patère.

— Ne vous inquiétez pas, je ne regarde pas. J'ai assez de travail avec cette histoire de feu. Si vous vous dépêchez, je vous apprendrai à tailler du petit bois dans ces grosses bûches.

Il s'était assis devant le poêle, son canif à la main, et il tournait le dos à JJ. Elle aussi pivota lorsqu'elle commença à ôter ses vêtements trempés, mais la situation lui semblait toujours incroyablement… incongrue. Voire excitante ? En tout cas, son attitude n'était pas celle d'une personne respectueuse des règles.

C'était quelque chose qu'une fille « ennuyeuse » n'aurait jamais rêvé de faire, mais JJ vivait décidément une sacrée aventure. Elle venait d'être emportée par une rivière ! Et sauvée de la noyade par le genre de héros qui faisait fantasmer toutes les femmes – quelqu'un qui lui prêtait même ses propres vêtements de rechange pour qu'elle puisse être au chaud et au sec.

Comment s'étonner ensuite qu'elle voie la vie d'un œil neuf ? Ou que les préceptes qu'elle avait toujours observés lui paraissent soudain hors de propos ?

Lorsqu'elle avait été en âge de poser des questions, JJ avait appris que c'était à cause de sa mère que ses grands-parents avaient perdu leur fils unique adoré. Le jour du drame, elle conduisait. L'idée d'une virée en Europe était aussi venue d'elle – une folie dans laquelle leur garçon si raisonnable ne se serait jamais lancé s'il n'était pas tombé amoureux d'une demoiselle aussi extravagante.

Bien entendu, JJ n'en avait pas été moins aimée. Seulement, ses grands-parents lui avaient appris à ne jamais se mettre en danger, à la fois pour son propre salut et pour ses proches.

Elle avait toujours su qu'elle devait combattre toute velléité de ressembler à sa mère.

Cet après-midi-là, JJ n'avait rien prémédité. Néanmoins, au lieu d'être rongée par la culpabilité, elle se sentait plus vivante que jamais et elle n'avait aucune envie de réprimer son exaltation. Enfin, elle semblait comprendre la philosophie de vie de sa mère.

Fallait-il donc s'étonner que JJ réprime un sourire quand, de ses doigts glacés, elle dégrafa son soutien-gorge ?

Ben ne voyait pas JJ.

En revanche, il savait ce qu'elle faisait et imagina les vêtements mouillés glisser le long de sa peau nue. Il se figura même la chair de poule que seule une source de chaleur pourrait apaiser, comme le feu qu'il allumait... ou le contact d'une autre personne, peut-être ?

Mon Dieu ! Lui-même transi, Ben avait beau s'occuper l'esprit avec une activité physique sur laquelle il devait se concentrer, son corps entier brûlait à l'idée de ce qui se passait derrière lui.

Et c'était bien le problème avec JJ Hamilton.

En dépit du fait qu'elle n'avait rien à voir avec ses conquêtes précédentes – ou peut-être *à cause* de cela, son attirance atteignait des sommets. Enfin, c'était beaucoup plus que de l'attirance. Plus que du désir, même. On pouvait parler d'appétit charnel, pur et simple. Heureusement, pas de souci, Ben était loin d'être un adolescent novice et il saurait gérer la situation.

Il laissa à JJ le temps de passer des vêtements secs. À présent que les flammes crépitaient dans le poêle, il avait ôté sa chemise, ne gardant que son T-shirt à manches courtes. Il approcha les chaises du feu pour qu'ils y fassent sécher leur linge. Il évita encore de regarder JJ en face mais, du coin de l'œil, il eut un bref aperçu de la scène. Les fesses les plus parfaites du monde disparurent sous un bas de survêtement et Ben, contraint de fermer les paupières, laissa échapper une lente, très lente expiration. Il se racla aussi la gorge pour espérer afficher une voix normale.

— Nous allons pendre nos affaires mouillées devant le feu.

— D'accord, approuva JJ. J'adore ce sweat que vous m'avez prêté. Le rouge est ma couleur préférée.

— Gardez-le. Il vous va à ravir.

Elle lui rendit son sac.

— Vous pouvez mettre un pantalon sec, maintenant.

— Je vais d'abord essorer vos vêtements au maximum.

JJ avait toujours les cheveux trempés et la pointe de sa tresse avait imbibé l'avant du sweat-shirt. Ben tâcha de ne pas regarder... et de ne pas penser à ce qu'il y avait sous le rond humide.

JJ, elle, ne sembla pas s'en soucier. Avec énergie, elle essora son petit linge et le disposa sur les dossiers de chaise.

Misère ! Qui aurait cru qu'une femme si guindée portait des sous-vêtements affriolants en dentelle quasi transparente ?

Désormais en caleçon long, Ben tendit le bras vers le bas de jogging que JJ avait laissé sur la table. Le nez plongé dans son propre sac, elle n'eut pas un regard pour lui.

— Oh ! non !

Lorsqu'elle ressortit un truc qui lui dégoulinait entre les doigts, il se surprit à afficher un grand sourire.

— Ah ! En général, les sandwichs n'aiment guère l'humidité.

Le visage de JJ s'éclaira. Elle lui rendit son sourire et, durant de longues secondes, ils se fixèrent, rendant, d'un seul coup, la pièce beaucoup plus petite qu'elle ne l'était juste avant.

Ce fut JJ qui rompit le charme.

— Beurk ! grogna-t-elle en relâchant la masse informe dans son emballage. Au moins, la soupe devrait être intacte.

Elle avait encore les doigts poisseux. Sans réfléchir, Ben les essuya avec le morceau de tissu doux qu'il avait entre les mains.

Interloquée, elle redressa la tête et, cette fois, il sentit bien une flamme s'allumer. Peut-être parce qu'à l'endroit où il lui tenait la main ils étaient peau contre peau. Ou peut-être parce que le regard de JJ était encore plus sombre que d'ordinaire, comme si ses pupilles s'étaient dilatées. À moins que cela n'ait été écrit dès le jour de leur rencontre.

D'où que vienne l'étincelle, elle n'était pas près de s'éteindre. Elle avait même trouvé son carburant – à l'image de l'allumette que Ben avait approchée des copeaux de bois.

Conscient que JJ ne romprait pas le contact visuel, il se sentit envahi par un puissant élan de désir.

Ben non plus ne détournerait pas le regard. Du bout du doigt, il lui caressa la tempe, la pommette, puis l'arête du nez. JJ laissa ses paupières papilloter au moment où il suivit l'ourlet de sa lèvre inférieure. Le geste était si délicat que Ben ne sentit que le frisson de sa peau incroyablement douce. Lorsque la bouche de JJ s'entrouvrit et que l'extrémité de sa langue lui effleura l'index, il comprit qu'il était perdu.

JJ aussi apparemment, à voir la manière dont elle se hissa sur la pointe des pieds lorsqu'il prit sa nuque entre les mains et que, la gorge renversée, elle lui offrit ses lèvres.

Il avait eu raison de penser que tout était écrit depuis le début, car leur premier baiser fut loin d'être timide. Une tension devenue intolérable entre eux venait de se libérer. Depuis longtemps, ils en rêvaient tous les deux, brûlant d'impatience.

Bon sang ! Il avait déjà les mains sous le sweat-shirt trop grand qu'il lui avait prêté.

Était-ce le rond humide sous sa tresse qui rendait son mamelon aussi dur qu'un galet de rivière ou le contact de sa main la mettait-il dans tous ses états ? Auquel cas, il attendait avec fébrilité la réaction de JJ à la chaleur râpeuse de sa langue.

Les choses allaient trop vite, mais aucun d'eux n'avait envie de ralentir. Problème : Ben s'apprêtait à enfreindre une règle à laquelle il n'avait jamais dérogé de sa vie. Comment aurait-il pu, quand sa propre mère lui avait tant rabâché que sa grossesse non désirée lui avait gâché l'existence ?

— Nous ne pouvons pas...

Jamais il n'avait fait quelque chose d'aussi difficile que de mettre un terme à leur baiser, à leurs caresses.

Hélas, il n'avait pas le choix.

— Ce n'est pas prudent...

Évidemment que ce n'était pas prudent !

C'était même l'acte le plus irresponsable que JJ ait accompli de sa vie. Elle s'apprêtait à coucher pour de vrai avec un *bad boy*. Le genre d'homme qu'avant, jamais, au grand jamais elle n'aurait approché, de crainte qu'elle fasse un truc dingue et qu'on l'accuse d'être « bien comme sa mère ».

Il était fort probable que l'occasion ne se représenterait plus, donc, à supposer qu'elle rate le coche, JJ ne saurait peut-être jamais si la réalité rejoignait ses plaisants fantasmes.

Et ce n'était pas *imprudent*. Du moins, pas au sens où Ben semblait l'entendre.

— Je prends la pilule, le rassura-t-elle.

Elle sentit son souffle sur elle et se pencha au point que leurs nez s'effleurèrent. Les paupières closes, il avait les mains posées sur ses hanches et ses doigts se resserrèrent au niveau de sa taille marquée.

— Tu en as envie ? susurra-t-il d'une voix rocailleuse. Autant que moi ?

Le torrent de volupté déchaîné par ses caresses descendit vers son sexe, là où elle était la plus avide de ses mains expertes.

— Oui, répondit-elle avec une intonation tout aussi rauque.

Elle n'aurait pas supporté qu'il arrête.

Il ne devait pas s'arrêter.

— S'il te plaît...

Ils n'arrivèrent pas jusqu'au plancher poussiéreux de la cabane. Le temps du deuxième baiser le plus ébouriffant de sa vie, JJ sentit le mur rêche contre son dos. Ils ôtèrent assez de vêtements pour que leurs peaux entrent en contact exactement où il le fallait et, quand Ben la souleva par les fesses, JJ ne songea pas un instant aux échardes susceptibles de la blesser.

Elle enroula les bras autour de son cou, les jambes autour de sa taille – geste qui, jusqu'alors, n'existait, pour elle, que dans les livres mais qui lui parut étonnamment naturel.

Facile.

Et, surtout, sans risque, comme quand elle s'était sentie en sécurité contre Ben lorsqu'il l'avait sortie de la rivière. À la différence près que, là, elle se laissa flotter au gré du courant, portée par un plaisir extraordinairement intense.

Le cri d'extase qui jaillit de sa gorge quelques minutes plus tard fut aussi une grande première, mais force était d'admettre qu'elle n'avait jamais vécu pareille expérience. Elle venait de céder aux avances d'un *bad boy*. Et d'une façon qui lui donnait l'impression d'avoir reperdu sa virginité.

Rien ne serait plus comme avant.

— Waouh...

Comme conversation post-coïtale, on avait déjà fait mieux, mais Ben peinait à trouver ses mots.

Il se pencha de nouveau pour embrasser JJ. Avec douceur, cette fois-ci, car une passion aussi explosive que celle qu'ils venaient de vivre ne pouvait pas resurgir de sitôt.

À moins que... ? Le contact – ainsi que le goût – des lèvres de JJ était devenu familier, mais il restait hyper excitant.

— Que vient-il de se passer ? murmura Ben.

— Je ne sais pas trop, lâcha-t-elle, béate. En tout cas, c'était... hum... franchement bien.

— Je sais. Et ça n'aurait pas dû.

— Pourquoi ? Parce que c'était... ennuyeux ?

— Tu plaisantes ? « Ennuyeux » est le dernier mot que j'emploierais pour qualifier ce que nous avons fait.

— Mais, selon toi, ç'aurait dû être un échec ?

— Oui.

Ben refusait d'admettre qu'une véritable relation sexuelle avec JJ ait pu avoir la saveur incomparable de ses fantasmes.

— Sans vouloir te vexer, tu n'es vraiment pas mon genre.

Avec une pointe de rire dans la voix, JJ répondit :

— Et tu n'es vraiment pas le mien. Tu as raison, ça n'aurait pas dû fonctionner.

— Pourtant, quel festival ! fit-il en l'embrassant de nouveau. Soyons honnête, j'en avais envie depuis longtemps.

— Mmm...

Cela ressemblait à un marmonnement d'approbation, non ?

— Donc…

Ils auraient eu intérêt à s'approcher du feu pour se réchauffer comme il se devait, mais JJ ne frissonnait plus et Ben sentit le contact tiède de sa peau contre la sienne.

— Crois-tu que nous ayons voulu explorer de nouveaux horizons ? Assez pour revenir ensuite à nos « goûts » habituels ?

Une lueur d'amusement éclaira le regard de JJ.

Ou alors était-ce le désir de recommencer leurs folies ?

— Je ne suis pas sûre, avoua-t-elle. Qu'en penses-tu ?

Ben sentit un coin de sa bouche se retrousser.

— Je n'en suis pas sûr non plus. Enfin, la prochaine fois, il faudra choisir un endroit plus confortable.

Oui, c'était bien du désir qu'il lisait au fond de ses yeux !

Elle détourna néanmoins la tête, comme si elle ne voulait pas lui montrer à quel point elle voulait une prochaine fois.

— Notre histoire n'a pas d'avenir, reprit-elle avant de cacher décemment son intimité sous le sweat-shirt. D'une part, je ne suis venue à Cutler's Creek que le temps que Zac règle ses problèmes familiaux. D'autre part, même si je restais définitivement, ça ne durerait pas. Nous sommes trop incompatibles.

— Exact. Je ne devrais d'ailleurs pas tarder à déménager. Il y a un bout de temps que je songe à me reconvertir dans le sauvetage aérien.

Ben savait que le plaisir inouï auquel ils venaient de goûter n'était qu'une histoire de désir charnel, mais il fut soulagé d'entendre que JJ était sur la même longueur d'onde. Son attirance incongrue pour elle avait piqué sa curiosité au vif et, même si le feu d'artifice avait dépassé de loin ses espérances, il restait persuadé que la relation serait éphémère.

Comme d'habitude.

Même avec les filles qui étaient tout à fait son genre.

Enfin, qui n'aurait pas eu envie de profiter de l'instant présent ?

JJ débloquait ou quoi ?

Elle agissait comme s'il ne s'était rien passé de spécial. Comme s'il lui arrivait souvent de s'accorder une aventure avec un *bad boy*. Elle sortit même sa thermos de soupe, en mode pique-nique, mais peut-être avait-elle juste besoin d'avoir les mains occupées.

À autre chose qu'à caresser Ben Marshall.

Peut-être cherchait-elle à oublier les mots qui, en plus de résonner dans sa tête, lui tenaillaient le ventre.

La prochaine fois...

On ne pouvait pas parler de comportement irresponsable. JJ faisait juste quelque chose qui ne lui avait encore jamais traversé l'esprit. Et s'il s'agissait d'une crise d'adolescence tardive ? Une phase que chacun traversait avant de comprendre le but réel de sa vie ?

C'était bien ce qui l'avait amenée à Cutler's Creek, non ?

Et si elle avait mis le doigt dessus ? En un mot ?

Passion.

Voilà un concept avec lequel elle n'avait jamais osé jouer. Un aperçu de ce que son existence pourrait être si elle n'était pas aussi entravée par un bataillon de règles et d'attentes. Une vision du genre de personne que sa mère avait manifestement été... et ce n'était peut-être pas aussi terrible que ce qu'elle avait pu croire.

D'autres gens non seulement s'en contentaient, mais ils en tiraient une joie à laquelle elle n'était pas habituée. Ce n'était pas comme si elle souhaitait passer le restant de ses jours avec Ben ! Tous deux étaient conscients que leur couple ne fonctionnerait jamais mais, oh, là, là... pour un temps, ce pourrait être vraiment amusant !

Toute sa vie, JJ avait travaillé sans relâche. Elle avait suivi la norme et veillé à ce que personne ne la juge aussi irresponsable que sa mère, dont elle ne connaissait que quelques photos jaunies. Elle méritait bien du bon temps, non ? Ils étaient adultes et nul n'en sortirait meurtri.

Tandis que Ben disposait les vêtements mouillés sur les chaises, près du poêle, elle proposa :

— Un peu de soupe ? Elle est encore chaude et sans doute aussi bonne que celle de ta grand-mère.

Touchée en plein cœur par le sourire de Ben, elle sentit son propre corps irradier de lumière.

Oh ! oui ! Qui ne voudrait pas savourer au maximum ce plaisir suprême, le temps qu'il durerait ? Et si la prochaine fois était ne serait-ce qu'à moitié aussi bien que la première, comment résister ?

Impossible.

Pour la simple et bonne raison que JJ n'en avait aucune envie.

8

Pour quelque chose qui, par principe, n'aurait pas dû fonctionner, il fut remarquable de constater que non seulement leur relation perdura mais qu'elle alla en s'améliorant.

À chaque fois.

Le premier jour, ils n'étaient restés à la cabane que le temps d'avaler une soupe et de se sécher, puis ils avaient rejoint la voiture, à une heure de marche. Certes, leurs tenues étaient encore humides, mais ils savaient que, chez JJ, ils pourraient se délecter d'une longue douche chaude et également assouvir l'extraordinaire élan de désir qui s'était vite ravivé entre eux.

La fameuse « prochaine fois » n'avait pas été à moitié aussi bien que la première.

Elle avait été deux fois mieux.

Ce soir-là, JJ avait fait la découverte ultime qu'un bon lit confortable – le seul endroit où, dans son ancienne vie, elle avait envisagé d'avoir des rapports intimes – ne rendait pas le sexe moins excitant.

Par déduction, soit ses partenaires précédents avaient cruellement manqué de savoir-faire, soit elle n'avait pas été assez attirée pour enclencher un bouton dont, jusqu'alors, elle ne soupçonnait pas l'existence. Un interrupteur qui la rendait plus aventurière que jamais et lui permettait, en plus de ressentir un plaisir inouï, d'en donner elle aussi.

Naturellement, JJ s'était attendue à ce que l'effet de nouveauté s'estompe. Ou que Ben se lasse et passe à autre chose – sans doute une énième blonde splendide, fan de sensations fortes, venue visiter la Nouvelle-Zélande.

Or, ce n'était pas arrivé. Peut-être parce que Ben avait une vie particulièrement remplie. Il ne lui consacrait, en général, qu'une soirée ou deux par semaine et ne restait jamais toute la nuit : non seulement ils souhaitaient préserver le secret de leur histoire mais, surtout, Ben se levait souvent aux aurores pour prendre sa garde, retrouver des collègues ou diriger un entraînement.

La première semaine passa à la vitesse de l'éclair, puis une autre et encore une autre. Jusqu'à ce qu'ils cessent de compter. Jusqu'à ce que Shaun ne soit plus un agneau mais un vrai petit mouton. Il n'avait plus besoin d'être nourri au biberon et gagnait ses croquettes fortifiantes en tondant l'herbe autour de la maison.

Les voisins s'étaient habitués à le voir trottiner derrière sa maîtresse lorsqu'elle faisait son jogging en bord de route et ils ne furent pas surpris de voir Ben l'accompagner de plus en plus régulièrement. Tout le monde savait qu'il aidait JJ à se remettre en condition physique mais qu'il se donnait aussi du mal avec les autres secouristes d'urgence pour qu'ils affûtent leurs aptitudes en sport et en techniques de survie. Il avait même suscité des vocations.

Chacun semblait posséder des domaines de compétence originaux. Bruce, par exemple, construisait des abris de fortune avec ce qui lui tombait sous la main et sa journée de stage avait attiré des gens originaires de Queenstown et de la côte Ouest – parmi lesquels JJ s'étonna d'identifier de nombreux visages déjà familiers.

Lorsque Bruce avait sorti une carte des cabanes érigées sur l'espace public et que Ben et elle avaient échangé en douce un regard complice, elle s'était sentie encore davantage intégrée au groupe.

En fait, elle passa une des meilleures journées de sa vie à utiliser des bâches de protection ou des éléments naturels, tels que de gros rochers ou des surplombs, pour bâtir son abri. Elle rassembla aussi des brassées de graminées sèches, des frondes de fougère ou de la mousse pour se fabriquer un matelas étonnamment chaud et douillet. On pouvait même installer des matériaux secs au-dessus de sa tête pour emprisonner l'air et retenir ainsi la chaleur corporelle.

Bruce avait un vieux camarade de classe, retraité du Service météorologique, qui avait, par la suite, donné une conférence passionnante sur la façon de décrypter une carte météo ou de deviner, selon la forme des nuages, quel front risquait de se transformer en orage dangereux. Les nuages filamenteux en « queue-de-cheval », qui signalaient des vents élevés, annonçaient souvent du mauvais temps. Les gros cumulus floconneux pouvaient avoir une base méchamment sombre et présager un système dépressionnaire susceptible d'apporter des vents forts, des pluies soutenues, voire de la neige à presque n'importe quelle période de l'année.

JJ elle-même avait donné un cours sur les trousses de secours – quel matériel y mettre et comment l'utiliser – qui avait attiré des habitants de toute la région. Non seulement elle faisait partie intégrante de la communauté mais elle lui avait apporté sa contribution.

En plus des patients que JJ recevait à l'hôpital, chaque entraînement lui permettait de connaître d'autres personnes et de mieux cerner les caractères.

Elle se souvenait, amusée, qu'à son arrivée des semaines plus tôt elle s'était sentie comme un poisson hors de l'eau et qu'elle avait craint de ne pas pouvoir s'adapter à une région aussi isolée et aussi peu peuplée. En fait, elle s'était sentie beaucoup plus seule dans son immeuble surpeuplé de Wellington.

Peu à peu, Cutler's Creek devenait un vrai foyer et, grande nouveauté, elle avait enfin l'impression d'être à sa place.

Elle commençait à y enfoncer ses petites racines et, si elle les laissait pousser, il y avait de fortes chances qu'elle s'y ancre définitivement. Elle adorait la proximité des montagnes et le sentiment de liberté qu'offraient les champs à perte de vue. Elle appréciait les habitants et admirait leur âme d'aventurier, leur ingéniosité et leur dévouement, eux qui consacraient tant de temps et d'énergie à se former pour secourir leurs semblables.

Don Donaldson ne manifestant aucune volonté de partir à la retraite, elle n'était pas vouée à rester à cet endroit précis, mais elle pourrait toujours décrocher un poste équivalent ailleurs. La Nouvelle-Zélande était assez vaste pour qu'on y manque cruellement de médecins de campagne.

JJ devrait toutefois partir avant de s'être trop enracinée à Cutler's Creek.

— C'est quoi cette tête ? lança Ben.

Il se trouvait à la cuisine de l'hôpital au moment où JJ vint prendre sa pause-café. À sa vue, elle sentit son cœur bondir.

— Rien. Je réfléchissais.

— Expérience intéressante.

Ah, ce sourire insolent ! Lui aussi, il allait lui manquer.

— Je me demande juste si je pourrai emmener Shaun le jour où je déménagerai.

Betty lâcha bruyamment sa poêle dans l'évier.

— Vous n'envisagez pas de nous quitter, j'espère ?

— Je ne suis ici qu'à titre provisoire, vous savez.

JJ se servit un café. À table, il y avait une corbeille remplie de scones encore tièdes et une grosse motte de beurre.

— Selon le Dr Donaldson, Super Hugo progresse si bien qu'il devrait rentrer à la maison dans la semaine. Zac sera donc vite de retour à plein temps, expliqua-t-elle en tâchant de rester enjouée. Je vais devoir chercher du travail.

— Je doute que Shaun saute de joie à l'idée d'habiter ton appartement de Wellington, la taquina Ben.

— Il est fort possible que je ne retourne pas en ville.

— Alors, où irais-tu ? demanda-t-il avec un intérêt certain.

Comment réagirait-il en apprenant qu'elle recherchait un poste en zone rurale, peut-être aux environs de Cutler's Creek ?

Qu'ils pourraient continuer à se voir de temps en temps ? En toute amitié, bien sûr.

Des amis vraiment très proches.

Le genre de relation qui pourrait reprendre à l'endroit où ils l'avaient laissée, même si cela incluait une intimité que JJ n'imaginait pas apprécier par intermittence. Pour l'heure, elle refusait d'y songer, mais c'était toujours mieux que de mettre un terme définitif à leur couple, non ?

— Le monde m'appartient, reprit-elle sur un ton faussement nonchalant. Mon séjour ici m'a appris que je pouvais redémarrer de zéro et faire tout ce que je voulais.

Elle croisa le regard de Ben et sourit.

— Je n'ai peut-être pas envie que ça s'arrête, ajouta-t-elle.

Avec un peu de chance, il comprendrait qu'elle tenait beaucoup à leur amitié surgie de nulle part.

— Mouais, maugréa Betty. Moi, je n'aime pas que les choses changent trop vite. Juste au moment où on commence à s'y habituer.

Ben prit un scone.

— Tout change... sauf la qualité de votre cuisine. Qui sait ? Moi aussi, un jour, je pourrais bien changer d'air. JJ a raison de vouloir suivre ses envies et il est peut-être temps que je me lance dans un truc qui m'a toujours fait vibrer : le secours héliporté.

Il offrit à la quinquagénaire furieuse son sourire le plus enjôleur.

— Hé ! Je vous verrai toujours, Betty. Les sauveteurs aériens sont souvent appelés à l'hôpital. Je pourrais vous envoyer un message et vous me prépareriez votre fameuse soupe et vos croque-monsieur.

Avant que Betty puisse lui donner la réplique, le téléphone de Ben sonna.

— Que se passe-t-il ? fit-il en prenant l'appel.

Pendant qu'il se renseignait, les sirènes de la protection civile de la ville retentirent. JJ imagina Mike, Chris et Bruce se ruer à leur poste. En quelques minutes, Bruce serait au volant de son véhicule de police, Mike aurait fait en sorte que le camion de pompiers soit prêt à partir dès l'arrivée des volontaires et Chris attendrait devant la station que Ben le prenne au passage. D'autres guetteraient des nouvelles.

— Message reçu, répondit Ben avant de se lever de table. Je file. Un camping-car a basculé dans le ravin. Il est coincé à mi-hauteur de la falaise de Goat's Corner. On ne sait rien du nombre de passagers ni de leur état de santé.

Alors que Ben allait sortir, JJ se précipita sur ses talons.

— Je t'accompagne. Laisse-moi juste prendre ma trousse de secours et ma combinaison.

Il pila si net qu'elle l'aurait heurté de plein fouet s'il ne l'avait pas saisie par les épaules.

— Non, pas cette fois.

JJ n'en crut pas ses oreilles. Depuis quelques semaines, leurs sorties en duo faisaient partie de son quotidien. C'était peut-être même son activité favorite.

Sans doute Ben devina-t-il que sa décision l'avait sidérée. Voire blessée ? Certes, il n'avait pas une seconde à perdre, mais elle refusait de rester en plan.

— C'est un camping-car, répéta-t-il doucement. À flan de falaise. Il pourrait y avoir des morts... Tes parents sont décédés dans les mêmes circonstances, non ?

Waouh ! Ben se rappelait un événement dont elle lui avait parlé il y a, semblait-il, une éternité. Quelques mots marmonnés pour effacer la honte éprouvée lorsqu'il avait découvert son premier prénom. Elle avait ajouté n'avoir aucun souvenir de l'accident, mais il excluait quand même qu'elle soit témoin d'une scène similaire.

Redoutait-il que cela déclenche un flash-back émotionnel traumatisant ? Essayait-il de la protéger ?

Parce qu'il tenait à elle ?

En un instant, JJ sentit son monde se transformer. Changer d'axe de rotation aussi brusquement que la première fois où Ben l'avait embrassée. Il ne s'agissait pas là d'une simple réaction physique. À l'idée qu'il puisse lui être attaché au point de vouloir l'épargner, elle eut l'impression que son âme venait de capturer cette émotion particulière et que le puzzle de son être était enfin complet.

Il n'en fallut pas plus à JJ pour comprendre à quel point elle aussi tenait à Ben. En fait, peut-être même était-elle tombée amoureuse...

Elle chassa cette pensée incongrue. Il y avait plus urgent. Un événement grave mobilisait de nombreux membres de la communauté. Et JJ, désormais bien intégrée parmi eux, souhaitait participer le plus possible.

— Ce n'est pas un souci, insista-t-elle en rattrapant Ben dans le hall. Je peux le faire. Je veux venir. S'il te plaît ?

Heureusement que JJ l'avait accompagné en intervention, car Chris, pourtant réserviste, n'était pas là quand Ben arriva en trombe devant le poste d'ambulances. Peut-être son portable ne captait-il rien au fin fond de la ferme familiale ou alors son collègue avait eu un problème de voiture.

Ben pouvait contacter un autre bénévole, mais il préférait de loin être aidé de JJ, même si la mission s'annonçait beaucoup plus périlleuse que les précédents sauvetages routiers auxquels elle avait participé. Restait juste à espérer que la confiance affichée de JJ – autant émotionnelle que professionnelle – n'était pas un leurre.

Il actionna son gyrophare, sa sirène, puis écrasa la pédale d'accélérateur pour rejoindre la nationale. Ils n'avaient reçu aucune information complémentaire sur le drame. Bruce, qui avait installé un barrage routier sur les lieux, arrêterait tout véhicule et, de toute façon, personne ne pourrait s'approcher du camping-car avant que les pompiers aient stabilisé le véhicule accidenté. Un hélicoptère de secours avait décollé de Dunedin, car le seul moyen d'atteindre les victimes serait peut-être d'hélitreuiller quelqu'un le long de la falaise.

Même en roulant pied au plancher, Ben mettrait du temps à rallier Goat's Corner, célèbre virage situé à mi-chemin d'une gorge spectaculaire, où la rivière serpentait en contrebas. Entre les messages radio qui l'informaient des faits et gestes de chacun pour gérer l'urgence et les processus de pensée automatiques qui lui remémoraient la marche à suivre en cas de blessés graves, Ben avait aussi des flashs sur sa passagère.

En fait, le jour de leur rencontre, il s'était lourdement trompé sur le compte de JJ Hamilton.

L'image de la jeune femme impeccable en jean de créateur et bottines hors de prix n'était plus qu'un vague souvenir. Ben s'en amusa quand, du coin de l'œil, il vit JJ arborer ses bottes coquées et une affreuse combinaison de protection orange.

L'avait-il réellement cataloguée comme une insupportable mégère collet monté ?

Ha ! Même concentré sur les virages de la route, Ben ne pouvait pas s'empêcher de penser que sa première impression avait été balayée par l'expérience fabuleuse qu'il avait vécue dans la cabane.

D'ailleurs, pour une fille aussi attachée au respect des règles, JJ ne critiquait étrangement pas sa conduite à la limite de l'inconscience. Il avait beau multiplier les infractions au Code de la route, franchir parfois la ligne médiane et rouler bien au-delà de la vitesse autorisée, elle avait dans les yeux un éclat qu'il connaissait bien et, aussitôt, ses doutes à propos de l'intervention s'envolèrent.

Il savait que JJ ne manquait pas de courage. Elle le lui avait prouvé lorsque, à Twin Rocks, elle s'était montrée prête à surmonter tous les obstacles possibles et qu'après, elle avait accepté de jouer le rôle de la victime. À cet instant précis, il y avait toutefois plus que de la bravoure dans son regard. Ben y lisait un mélange de conscience professionnelle et d'adrénaline à la perspective de se mettre potentiellement en danger pour sauver la vie d'autrui. Un exercice d'équilibriste entre les facteurs de risque et son envie farouche de réussir.

Au départ, il n'aurait jamais imaginé qu'une telle facette de JJ Hamilton ait pu exister… et elle-même ne l'aurait peut-être pas cru non plus. Ce fut la dernière pensée fugace qu'il eut sur le sujet, car, au détour d'un virage, il aperçut le gyrophare de police de Bruce, qui avait mis en place son barrage routier.

Ils étaient arrivés.

9

JJ avait assuré à Ben que l'intervention ne lui posait aucun problème.

À présent qu'elle se tenait au bord de la falaise, au-dessus du camping-car qui gisait sur le flanc, coincé entre la paroi et un rocher énorme, elle avait quand même un sérieux doute.

Le spectacle était... choquant.

Il paraissait hautement improbable qu'il y ait des rescapés. Enfin, on ne savait jamais. Ce n'était pas un vieux Combi des années 1970 mais un gros caisson blanc moderne, sans doute muni d'airbags et de multiples équipements de sécurité.

Allaient-ils tomber sur un jeune couple dont l'amour et les rêves d'aventure venaient de subir un violent coup d'arrêt ? Avaient-ils un bébé dans son siège auto ?

Et comment les sauveteurs allaient-ils se débrouiller ? Comment atteindre le véhicule cabossé et, le cas échéant, par quel miracle soigner un blessé grave dans un espace aussi réduit ?

L'expérimentée JJ avait confiance en ses capacités pour gérer n'importe quel traumatisme, mais elle pouvait en général compter sur le confort sûr et agréable d'un service d'urgence, où elle disposait de tout le personnel et de tous les équipements imaginables. Quelles procédures fallait-il appliquer dans des circonstances pareilles ?

Quelles règles suivre quand le seul bon réflexe face à une situation aussi périlleuse semblait être de rester le plus à l'écart possible ?

Ben, lui, demeurait imperturbable. Tout en sortant de gros rouleaux de corde et du matériel d'alpinisme du camion de pompiers, il discutait avec Mike et distribuait ses consignes. Des câbles en acier étaient déroulés à l'arrière du véhicule. Un secouriste posait les outils de désincarcération sur une bâche goudronnée, tandis qu'un autre descendait une grande échelle à flanc de falaise.

Bruce aussi savait exactement quoi faire et la file d'automobilistes s'allongeait déjà devant sa voiture qui, gyrophare allumé, bloquait les deux sens de circulation.

JJ fut soulagée de voir Ben approcher.

— Ça va ? demanda-t-il.

Elle acquiesça en silence. Au moins, elle se sentait mieux que quelques instants plus tôt, seule face à l'accident. Le simple fait d'avoir Ben à ses côtés lui redonnait courage.

— Enfile ce baudrier. Et un casque.

JJ frémit.

— Nous allons descendre en rappel ?

Elle tenta de ravaler sa peur. Cependant, elle ne possédait pas encore les compétences nécessaires pour se frotter sans danger à l'exercice.

— Non, la rassura Ben. Mike a installé une échelle sur les vingt premiers mètres. Quelqu'un va descendre pour fixer des câbles sur le camping-car et le stabiliser. Nous aurons aussi des cordes à disposition. Le baudrier te permettra juste d'avoir une ligne de vie pour ta sécurité. Il te servira également si, à l'arrivée des secours aériens, nous devons être hélitreuillés pour une raison quelconque.

Sécurité... À lui seul, ce petit mot galvanisa JJ.

Ben l'aida à enfiler son baudrier.

— Tu peux nous attendre ici, le temps que nous extrayions d'éventuels blessés, mais ça risque de durer un moment. Nous ignorons encore si nous aurons besoin d'outils de désincarcération. À toi de décider, JJ, acheva-t-il, son regard rivé au sien.

— Je suis venue aider. À quoi bon rester simple spectatrice ?

— Ça, c'est ma chérie...

Les prunelles de Ben brillaient sinon de fierté, du moins d'approbation, et dans ses mots JJ puisa, en plus du courage, une sacrée détermination. Elle ignorait peut-être ce qu'elle avait à faire, mais elle pouvait se fier à Ben pour le savoir. Et il n'était pas question de le laisser tomber.

Plus que tout au monde, elle voulait être la personne qu'il pensait avoir face à lui. Quelqu'un dont il avait raison d'être fier. *Sa* chérie... ?

Il n'y avait guère de place sur les rochers autour du camping-car. Il fallut donc attendre que les pompiers soient remontés après avoir fixé l'échelle, les filins et les cordages.

— Le véhicule est stable, annoncèrent-ils. Il est coincé entre les rochers, mais nous avons aussi posé des câbles. Vous pouvez y aller.

— Les occupants ?

— Deux personnes d'un certain âge. Le conducteur ne réagit pas. La passagère semble à peu près en forme, mais elle est terrorisée. Jack est resté lui parler, le temps que vous descendiez. Elle s'appelle Glenys.

— Moyens d'accès ?

— À l'avant, c'est bloqué, mais la portière latérale est à moitié ouverte. Avec un peu de matériel, nous devrions pouvoir passer par là.

Ben hocha la tête.

— J'y vais en premier et je descends la trousse de secours. De cette manière, JJ, je pourrai te rattraper si tu as un peu de mal avec l'échelle et les cordes.

Le pire moment pour JJ fut de surmonter sa peur du vide en posant le pied sur l'échelle. Elle n'avait jamais rien fait d'aussi dangereux de sa vie, mais rien ne l'arrêterait plus. Parce que Ben l'attendait en bas ?

Heureusement qu'elle travaillait sa condition physique depuis des semaines, car il lui fallut piocher dans ses nouvelles capacités musculaires, surtout au moment d'agripper les cordes pour enjamber une rangée de rochers acérés au-dessus du promontoire.

Ben avait pris la place de Jack, le pompier, tandis qu'elle se hissait, pour voir ce qui se passait côté passager. Une femme aux cheveux blancs avait, au milieu du front, une grosse bosse barrée d'une large entaille. Des filets de sang coulaient le long de son visage.

Il se pencha par la vitre brisée.

— Bonjour... Vous êtes Glenys, c'est ça ? Je m'appelle Ben. Je suis ambulancier. Et voici ma partenaire JJ, qui est médecin.

Sa partenaire. JJ appréciait l'idée. Elle s'approcha.

— Nous allons nous occuper de vous jusqu'à ce qu'on vous sorte du véhicule. Vous souvenez-vous de ce qui s'est passé ?

— Tout est arrivé si vite... Je crois que Derek a perdu connaissance. J'ai essayé de lui tenir le volant, mais il s'est effondré vers moi et m'a repoussée...

— Vous êtes-vous évanouie ?

— Je... Non, je ne crois pas...

— Mal à la tête ?

— Un peu.

— Des nausées ? Des vertiges ?

— Je suis... juste morte de peur.

JJ se prit de compassion pour cette femme qui, à l'âge de sa propre grand-mère, était assez téméraire pour sillonner le pays en camping-car. Elle écouta Ben poser les questions qui permettraient d'évaluer l'ampleur des blessures de Glenys.

La vieille dame s'exprimait normalement, preuve qu'elle respirait bien et que sa trachée n'était pas obstruée. Elle paraissait aussi assez alerte pour laisser supposer que sa bosse au crâne n'avait pas causé de dommages cérébraux.

En revanche, elle s'était peut-être abîmé le cou. Les patients âgés pouvaient souffrir de lésions du rachis cervical sans présenter de symptômes neurologiques ou presque.

— Je vous en prie, gémit Glenys. Ne vous inquiétez pas pour moi. Vérifiez d'abord l'état de Derek. Il... ne bouge pas et...

Elle se décomposa de détresse.

— Je crois qu'il est peut-être... que c'est peut-être... trop tard...

Si le mari s'était écroulé sur le volant, il y avait fort à craindre que l'accident ait été engendré par un problème médical, tel qu'un infarctus ou une attaque. Il suffisait de voir sa silhouette avachie pour observer des signes révélateurs - teint terreux, immobilité, absence totale de mouvements respiratoires - et corroborer l'effrayante hypothèse de Glenys.

Même à supposer que Derek ait survécu à la collision, la position dans laquelle il se trouvait à présent, le menton posé sur la poitrine, l'aurait empêché de respirer, alors qu'il était inanimé. Il fallait néanmoins confirmer le décès et Ben avisa un passage étroit, là où la portière latérale avait été enfoncée.

JJ se dit qu'il était trop grand pour s'y frayer un chemin. De toute façon, c'était contraire à toute procédure, non ? Et si le camping-car se mettait à glisser avec une victime à l'intérieur ? Rien qu'à l'idée, elle eut la chair de poule.

— Aïe ! cria Glenys en voulant se tourner vers son époux.

JJ passa le bras par la vitre pour lui soutenir la nuque.

— De quoi souffrez-vous ? Du cou ?

— Oui... mais uniquement quand je bouge.

JJ la palpa en douceur.

— Est-ce que je vous fais mal ? Et là ?

— Aïe... oui... c'est très douloureux.

— C6 et C7 sont touchées, annonça-t-elle.

— Tâchez de rester immobile, dit Ben. Nous allons vous poser un collier cervical pour vous soulager. Avez-vous mal ailleurs ?

— Mon... mon bras, larmoya Glenys. Je ne peux pas le remuer.

Cette fois, elle essaya de baisser la tête. JJ n'était pas en mesure de lui caler correctement la nuque. Elle se surprit à contempler la portière à moitié béante. JJ était beaucoup plus petite que Ben.

— Ce serait dangereux d'entrer là-dedans ? chuchota-t-elle.

— Selon Jack, la situation est sous contrôle, répondit Ben.

Chargé d'un poids supplémentaire, le camping-car risque d'osciller un peu, mais il ne tombera pas. Nos câbles en acier le retiendront.

— Je vais tenter de passer. Je veux stabiliser ce cou et vérifier l'état de Derek.

— Attends, nous aurons bientôt du renfort. À mon avis, le meilleur moyen de les sortir de là est de découper la portière, puis d'allonger le siège.

À tout instant, hélas, Glenys risquait de vouloir tourner la tête et, en cas de fracture cervicale, les conséquences pourraient se révéler dramatiques. C'était peut-être même une question de vie ou de mort. JJ avait deviné que Ben cherchait à la protéger, mais elle n'avait pas besoin d'être cajolée.

Elle pouvait y arriver.

Il y a encore un mois ou deux, l'idée d'avoir assez confiance en elle pour accomplir un tel exploit lui aurait paru insensée. Depuis, en même temps qu'elle se créait une nouvelle vie, elle était devenue une autre femme. Elle avait même changé de prénom. Grâce à Cutler's Creek.

Grâce à Ben Marshall.

JJ se faufila de biais jusqu'à la portière défoncée. Comme le camping-car était presque couché sur le flanc, elle l'escalada pour passer le pied à l'intérieur.

— Fais attention aux lambeaux de métal, prévint Ben. Prends bien ton temps.

JJ pivota sur le côté et s'inséra prudemment par la brèche. En entendant la carrosserie grincer contre les rochers, elle se figea. La corde fixée à son baudrier l'empêchant d'avancer davantage, elle la détacha.

De son côté, Ben expliqua par radio à Mike ce qui se passait. JJ l'entendit aussi rassurer Glenys :

— Vous vous êtes cassé le bras, ma chère. Voilà pourquoi c'est si douloureux. Vous sentez quand je vous touche la main ?

— Non.

— Et ici ?

— Non... Je ne sens rien, sauf là où ça fait mal.

— Nous allons vous donner un antalgique. Il faut juste que je vous mette une petite aiguille dans l'autre bras.

— Mais... mais Derek ? Moi, je peux attendre.

Entre deux gémissements, Glenys respirait de plus en plus vite. Elle commençait vraiment à s'affoler.

JJ réussit à se pencher pour redresser Derek, dégager ses voies respiratoires et chercher un pouls carotidien. La seule chose qu'elle sentit, hélas, ce fut le regard appuyé de Ben. Elle leva les yeux et secoua faiblement la tête. Pour le mari, il n'y avait plus rien à faire.

Glenys vivait déjà une expérience terrifiante et JJ n'avait aucune envie d'en rajouter en lui confirmant la macabre nouvelle. Un souvenir fugace lui traversa l'esprit : elle se rappela à quel point il avait été difficile pour sa grand-mère de perdre l'amour de sa vie et combien les premiers instants suivant l'annonce du décès avaient été pénibles.

Les yeux de Ben brillèrent, comme s'il lisait dans ses pensées et qu'il préférait, lui aussi, préserver la vieille dame. Glenys ne poserait peut-être pas de questions, soit parce qu'elle n'était pas prête à savoir, soit parce qu'elle était accaparée par sa propre situation.

— D'accord, reprit Ben. Je vais glisser cette minerve autour de votre cou. Ne bougez surtout pas.

JJ maintint la tête en place, tandis qu'il s'affairait. Elle tenta de réconforter leur patiente, mais celle-ci s'était mise à pleurer. En temps normal, il aurait été essentiel de la garder immobile mais, là, JJ avait d'autres préoccupations. Par exemple, rechercher des signes vitaux.

— J'ai un pouls radial de ce côté, annonça-t-elle à Ben.

Il était impossible de mesurer la pression artérielle au brassard, mais si on pouvait détecter un pouls au poignet, c'était qu'il n'y avait pas vraiment de quoi s'inquiéter.

— Fréquence cardiaque à 104. Respiration à 22.

— Moi, je n'ai pas d'accès intraveineux sur ce bras, déplora

Ben. Glenys a une double fracture déplacée du radius et du cubitus, ainsi qu'une luxation du coude. Pas de sensations de base au niveau de la main, donc... il va nous falloir un bon antalgique.

JJ comprit le message caché. L'absence de sensations indiquait que le sang ne circulait plus dans la main et que Glenys risquait de la perdre si la fracture et la luxation n'étaient pas réduites, évitant ainsi des lésions permanentes de l'artère ou des nerfs brachiaux.

C'était un cas d'urgence et il leur faudrait plus qu'un anti-douleur classique. Ils allaient injecter les drogues les plus puissantes à leur disposition, comme le fentanyl, la kétamine et le midazolam, qui mettraient sans doute Glenys K-O.

L'accès intraveineux était donc d'une importance clé et ils devaient poser le cathéter sur le bras indemne. Celui que JJ pouvait attraper entre les deux sièges. Alors qu'elle se demandait comment empêcher Glenys de remuer le cou, Ben lui tendit un rouleau de sparadrap.

— Je vais mettre un pansement sur son entaille au front. Enroule le tout de sparadrap, de sorte que plus rien ne bouge. Nous devrons lui couper sa ceinture de sécurité, mais je préfère attendre que nous soyons prêts à l'évacuer.

La ceinture permettait de maintenir Glenys en place malgré l'inclinaison du camping-car.

— Je te passe le kit de voie intraveineuse. Ça te va ?

JJ acquiesça vigoureusement. Elle se retrouvait sur un terrain où, à présent, elle excellait – avec une tâche médicale urgente sur laquelle se concentrer. Certes, le lieu d'intervention était très exigu, comparé aux habituelles salles d'examen sûres et agréables, mais le défi n'en était que plus excitant.

Une fois le cathéter inséré, JJ vérifia chaque ampoule que Ben avait scotchée aux seringues qu'il lui tendait.

En quelques minutes, Glenys cessa de souffrir le martyre et, sous sédation, elle resta enfin immobile. Les manipulations pratiquées sur sa double fracture et sa luxation seraient quand même douloureuses, mais elle n'en aurait aucun souvenir.

Glenys semblait aussi avoir oublié que son mari était sans doute décédé dans l'accident et elle ne se rendait plus compte du remue-ménage ambiant. Un hélicoptère planait au-dessus d'eux et deux pompiers se servaient d'une pince à levier pour arracher la portière latérale. Parfois, le camping-car tanguait redoutablement, sans que JJ, focalisée sur son travail, y prête attention.

À l'étroit dans l'habitacle, elle eut un mal fou à effectuer la contre-traction au-dessus du coude, mais Ben devait absolument remboîter l'articulation dans son logement afin de relancer la circulation sanguine et ainsi réduire le risque de lésions nerveuses.

Le temps qu'ils posent une attelle, la portière du véhicule avait disparu. Un ambulancier muni d'un brancard fut hélitreuillé en direction des secouristes et le site de l'accident devint passablement encombré.

— Sors, JJ. La situation est sous contrôle.

— Et l'apport en oxygène ? Je veux vérifier la respiration de Glenys. Il sera peut-être nécessaire de lui poser un masque.

— Je surveille ses constantes. Impossible de la sortir de là, tant que tu es à l'intérieur. En quelques secondes, le brancard sera remonté.

— Nous allons d'abord la hisser jusqu'à la route ! mugit le sauveteur aérien par-dessus le vrombissement des rotors. Il faut vérifier qu'elle est stable avant de la transférer. Rendez-vous là-haut, docteur, conclut-il en souriant à JJ.

Plusieurs mains se tendirent pour aider JJ à s'extirper du camping-car. Une corde fut de nouveau fixée à son baudrier et quelqu'un l'accompagna pour gravir l'échelle.

Alors qu'elle était à mi-parcours, le brancard de Glenys s'éleva dans les airs, solidement tenu par l'ambulancier. L'hélicoptère était si proche que JJ sentit les pales vibrer dans ses os. C'était terrifiant et euphorisant à la fois. Elle comprit pleinement la passion de Ben pour le sauvetage aérien. Chaque jour lui apporterait sa dose d'adrénaline. Chaque mission serait assez importante pour constituer le genre de défi auquel il adorait se frotter.

Ce jour-là, Ben donna le meilleur de lui-même, œuvrant en symbiose avec les secours aériens pour s'assurer qu'ils n'avaient pas manqué une éventuelle blessure de Glenys et qu'elle était au mieux avant son départ vers un gros hôpital de la région. En raison des calmants surpuissants qu'on lui avait administrés, la vieille dame devrait être surveillée attentivement.

À l'évidence, les secouristes du ciel connaissaient bien Ben et ils respectaient ses compétences. Même si elle était plus calée que lui en médecine, JJ validait toutes ses décisions. Elle était fière de la confiance et des talents de Ben. Fière aussi qu'il l'ait présentée comme sa « partenaire » à Glenys.

En fait, JJ se sentait excessivement chanceuse d'avoir rencontré Ben Marshall. Privilégiée de l'avoir côtoyé, ne serait-ce que quelques mois.

— Ça te plairait de nous accompagner, Ben ? fit l'un des sauveteurs aériens. De suivre ce qui se passe aux urgences ?

Tout le monde vit à quel point il en rêvait.

— Vas-y, l'encouragea Mike. Bruce et moi gérerons ce qui reste à faire ici. Nous allons désincarcérer le conducteur et rouvrir la route à la circulation. Un paquet de gens peuvent rapatrier ton ambulance en ville et JJ sera là en cas d'urgence, pas vrai, docteur ?

JJ confirma vaillamment. Ben lui avait offert le cadeau formidable de l'intégrer à l'équipe d'intervention : elle avait gagné confiance en elle et en ses capacités à prendre la vie à bras-le-corps. Il était normal qu'elle lui rende la pareille.

Au risque, peut-être, de changer, à son tour, le cours de l'existence de Ben.

— Vas-y, répéta-t-elle en écho à Mike.

Elle n'eut pas besoin d'insister. Tandis qu'on chargeait le brancard dans l'hélicoptère, Ben courait déjà le rejoindre en se baissant pour éviter les pales. Il tourna la tête juste avant que les portes se referment et JJ le vit lever le pouce. Elle éprouva presque la même excitation que lui quand l'appareil décolla pour rejoindre la ville.

JJ eut aussi l'impression qu'une partie de son cœur était à bord avec Ben. Malgré la cohue des secouristes, elle se sentit seule au monde et comprit qu'elle était bel et bien en train de tomber amoureuse.

L'hélicoptère n'était plus qu'un point à l'horizon. JJ resta néanmoins en proie à ses émotions. Sans en avoir conscience, elle semblait avoir offert à Ben beaucoup trop d'elle-même.

Tôt ou tard, elle serait contrainte de gérer le problème.

Mais pas encore...

10

Par la fenêtre de sa cuisine, JJ apercevait d'un côté un potager luxuriant, de l'autre un carré d'herbe où Shaun, le jeune mouton, broutait un cercle parfait autour de son piquet.

Une arche de verdure protégeait la maison du vent. Ce soir-là, elle encadrait aussi un splendide coucher de soleil, qui embrasait le ciel et les dernières cimes enneigées à l'horizon.

— Superbe, non ?

JJ émit un soupir de contentement. Elle laissa aussi monter une étrange émotion qui, depuis peu, l'étreignait en présence de Ben. L'impression que le temps lui filait entre les doigts, peut-être ? Qu'il fallait profiter de la moindre seconde ?

— Ça, c'est le paradis, ajouta-t-elle avant de siroter une gorgée de vin blanc. Zac m'a dit d'oublier l'hôpital ce soir.

Ben trinqua avec sa bouteille de bière.

— J'ai reçu la même consigne. C'est lui qui gérera toutes les interventions. À l'en croire, notre exploit d'hier a fait de nous des légendes et le moins qu'il puisse nous offrir, c'est une vraie nuit de congé.

Par son regard insistant, JJ comprit exactement ce que Ben entendait par une « vraie » nuit de congé. D'emblée, elle fut saisie par un élan de désir aussi brûlant que les flammes incandescentes qui avaient envahi le ciel. Oublié son troublant flottement de la veille, lorsqu'elle avait vu Ben monter à bord de l'hélicoptère et disparaître au loin !

Peut-être que le stress d'un sauvetage aussi périlleux l'avait fait réagir de manière épidermique. Plus tard, elle avait repris ses esprits. Depuis le début, leur relation n'était censée être qu'une passade. Un moment amusant à savourer. Si elle souhaitait que l'histoire dure plus longtemps, JJ devait s'en souvenir, et ce délicieux accès de désir l'aida à mettre de côté ses angoisses concernant d'éventuelles migraines que l'avenir pouvait lui réserver.

Il suffirait d'un infime encouragement – comme de passer la langue sur sa lèvre inférieure – pour que Ben la prenne dans ses bras et la conduise jusqu'au lit, où, une fois encore, elle atteindrait le nirvana.

Néanmoins, elle voulait aussi apprécier l'instant présent. Prolonger une communion merveilleuse qui allait bien au-delà de la simple attirance physique. Ils seraient capables de rester amis, non ? Même s'ils venaient à emprunter des chemins différents ?

— Des légendes ? répéta JJ, amusée. Je comprends mieux maintenant pourquoi on m'a autant klaxonnée et apostrophée pendant mon jogging avec Shaun. Bruce a même actionné sa sirène derrière moi. J'ai eu la frayeur de ma vie.

Elle avait supposé que la fille habituée à courir avec son agneau apprivoisé commençait à devenir une curiosité locale. L'idée d'avoir gagné le respect des habitants pour son rôle dans un sauvetage spectaculaire à flanc de falaise était… carrément géniale. Comme si sa place au sein de la communauté avait désormais de solides fondations.

— Tu as eu l'énergie de sortir t'entraîner ? s'étonna Ben. J'étais si fatigué que j'ai dormi pendant presque tout mon trajet en bus depuis Dunedin.

— C'était plus un footing. Presque de la marche au retour. Moi aussi, j'étais à ramasser à la petite cuillère.

— Franchement, on y est allés à fond. Quel pied, ce boulot !

Sans même le regarder, JJ sut qu'il souriait de satisfaction.

— C'était ton baptême d'hélicoptère ?

— Ouaip ! fit-il après une lampée de bière. Et j'y retournerai.

C'était cent fois mieux que tout ce que j'avais imaginé. On m'a même proposé d'assister à l'opération de Glenys.

— Zac m'en a parlé. Il m'a dit qu'elle s'était brisé des cervicales et que nous avions eu raison d'immobiliser son cou.

— Les neurochirurgiens ont procédé à une fusion articulaire postérieure avec pose de vis. Les orthopédistes ont réduit la fracture du bras ainsi que la luxation du coude. Elle est restée des heures au bloc. Ce matin, je lui ai rendu visite avant de rentrer et elle était en forme. Elle m'a fait promettre de te remercier de ton aide, même si elle ne se rappelle pas grand-chose.

— Elle doit être anéantie d'avoir perdu son mari.

— Oui et non.

Pendant de longues secondes, la tête penchée, Ben observa les folles couleurs du ciel. JJ resta captivée par le profil émouvant de sa silhouette. Par la peau douce et vulnérable sous sa mâchoire. Si elle l'effleurait du bout des doigts ou des lèvres, elle sentirait son pouls.

Alors qu'elle s'apprêtait à se lancer, Ben reprit :

— Elle m'a confié qu'il allait lui manquer infiniment mais qu'elle était contente de la manière dont il avait quitté ce monde.

— Ah oui ?

— Il avait le cœur fragile et ils voulaient profiter à fond du peu de temps qui leur restait. Depuis des années, Derek rêvait d'un *road trip* à travers l'île du Sud. Sa mort a été soudaine, sans qu'il se doute de quoi que ce soit, et il est décédé en réalisant son rêve. Glenys n'aurait pas pu lui souhaiter une façon plus douce de partir.

Il se tut encore un moment, puis murmura :

— Crois-tu que nous vivons notre rêve ?

JJ brûla de répondre ce qu'elle avait en tête. Que, pour elle, il s'agissait bien d'un rêve. Elle n'avait jamais habité un endroit aussi beau. Elle exerçait un métier qui non seulement lui permettait d'exprimer ses talents mais qui la mettait aussi au défi d'en apprendre toujours davantage. Elle était assez proche pour sentir la chaleur d'un homme dont elle pourrait aisément tomber amoureuse et elle savait que, bientôt, il la prendrait dans ses bras, attisant chez elle une passion plus ardente que jamais.

Oui… elle vivait son rêve. Sauf qu'un jour, il faudrait se réveiller. Parce que Ben ne vivait pas le sien ? La veille, dans l'hélicoptère, il avait goûté à ce qui le faisait vraiment vibrer.

En même temps, quelques minutes auparavant, il avait contemplé JJ comme s'il n'avait jamais rien désiré de plus au monde. Oserait-elle lui demander s'il avait changé d'avis sur son genre de femme ? Sur elle ?

— Zac a proposé de me vendre la maison, annonça-t-elle. Un poste de titulaire va se libérer, car le Dr Donaldson a enfin décidé de prendre sa retraite.

— Don raccroche ?

— Il est tout excité d'être grand-père à plein temps. Liv vient de rentrer avec le petit Hugo et elle va avoir besoin d'aide, car il faut aussi s'occuper de Milly. À son retour, elle a fait un crochet par l'hôpital. Tu aurais dû voir Betty ! Elle pleurait à chaudes larmes dans son tablier.

— Tu penses rester ?

— En tout cas, je vais y réfléchir. Ici, je suis plus heureuse que jamais. Je n'ai plus rien à voir avec la personne que j'étais à mon arrivée.

— Je me disais la même chose récemment.

Ben afficha un sourire si tendre que JJ en eut presque mal au cœur. De crainte de trop se dévoiler, elle baissa les yeux.

Elle avait aussi autre chose sur le cœur.

— J'ai appelé ma grand-mère hier soir. Quand je m'occupe d'une patiente comme Glenys, à peu près de la même génération, je pense toujours à elle. Je ressassais également ce que je t'avais raconté, comme quoi l'accident de mes parents ne me posait pas de problème, car, à l'époque, j'étais trop jeune pour m'en souvenir.

Elle sentit le regard de Ben posé sur elle.

— Sauf que ça te tracasse ?

— Pas au sens où tu l'imagines. Je me demande plutôt en quoi mon existence aurait été différente s'ils n'étaient pas décédés. Combien, moi, j'aurais été différente. Mes grands-parents, anéantis par la perte de leur fils unique, m'ont élevée dans du coton. J'ai appris à avoir peur de tout ce qui risquait de me blesser et de les rendre malheureux. Dans une autre vie, j'aurais sans doute été plus courageuse.

— Tu l'es déjà, la détrompa Ben à mi-voix. La femme qui a emprunté l'échelle derrière moi hier et qui s'est faufilée à l'intérieur d'un camping-car maintenu uniquement par des rochers et une poignée de câbles est une des personnes les plus courageuses que j'aie jamais croisées.

La gorge nouée, JJ soutint enfin son regard.

Seigneur, elle n'allait pas tomber amoureuse de lui, quand même ? En réalité, la bascule avait déjà eu lieu, mais l'atterrissage avait été si indolore qu'elle ne s'en était même pas aperçue.

JJ détourna la tête avant qu'un détail incite Ben à prendre ses jambes à son cou. Pressée de changer de sujet, elle laissa échapper un petit rire.

— Ma grand-mère a été horrifiée d'apprendre ce qui s'est passé hier. Elle ne m'a pas dit « Tu es aussi incorrigible que ta mère », mais je l'ai entendue le penser très fort.

Ben l'attira contre lui en souriant.

— J'aurais aimé rencontrer ta mère. Et je suis certain que ton père l'adorait. Néanmoins, tu te rends compte que tu aurais grandi sous le nom de Journey, j'espère ?

Cette fois, JJ rit de bon cœur.

— Tu as intérêt à ne pas trahir ta promesse de garder le secret sur mon véritable prénom.

— Pourquoi en serait-il autrement ?

— Parce que ma grand-mère a décidé de me rendre visite la semaine prochaine. Je la soupçonne de vouloir me persuader de rentrer au bercail, là où les camping-cars ne tombent pas des falaises. C'est elle qui a décrété qu'il fallait m'appeler par mon second prénom, tant le premier était épouvantable. Vous aurez donc un point commun. Il faudra juste que tu n'abordes pas le sujet.

Ben, lui, avait clairement autre chose en tête lorsqu'il l'embrassa. Ses lèvres de velours lui lancèrent une invitation à laquelle elle n'avait aucune chance de résister.

— La semaine prochaine ? C'est dans quelques jours à peine.

— Mmm...

Le baiser de Ben avait un goût de trop peu. JJ passa lentement la langue sur sa bouche et, les yeux plongés dans son regard, elle décela le moment où la passion les submergea. Elle enroula les bras autour de son cou, tandis qu'il se redressait en la tenant contre lui.

— Profitons au maximum du temps qui nous reste ici tous les deux.

Si Ben ne rencontra pas la grand-mère de JJ durant son séjour à Cutler's Creek, c'était juste qu'il était très occupé.

Lorsqu'il n'avait pas déjà été appelé en urgence, il se levait dès la sonnerie du réveil et, plusieurs fois par semaine, il entamait sa journée par une séance de sport qui, en un an ou deux, était devenue un cours collectif pour ses concitoyens en manque de coach. Il rejoignait Bruce, Mike et d'autres volontaires sur le terrain de rugby municipal pour un échauffement musclé, puis un jogging. Le temps qu'il prenne ensuite sa douche et son petit déjeuner, l'heure était venue d'aller travailler.

Quand la journée était calme, Ben préférait partir en maraude plutôt que de se tourner les pouces. Il pouvait toujours faire un saut chez ses fidèles patients, comme Albert Flewellan, qui s'habituait doucement à son traitement par oxygène à domicile.

Il passait parfois voir le vieux Bert, atteint d'angine de poitrine. La maladie était stabilisée depuis des années, mais il fallait souvent lui rappeler d'utiliser son spray de trinitrine avant de tondre la pelouse ou de bêcher son potager, histoire d'éviter d'horribles douleurs thoraciques qui l'obligeaient à contacter les secours.

Si Mike ou d'autres pompiers étaient à la caserne, Ben aimait aussi y aller, bavarder un peu et planifier les prochains entraînements.

Cette semaine-là, il n'eut pas à user de ses stratégies habituelles pour chasser l'ennui, car il y eut des interventions à foison. Un garçon de huit ans tomba d'un arbre dans la cour de son école et fit une commotion cérébrale. Deux fillettes chutèrent de poney lors d'une promenade et l'une d'elles se cassa le poignet.

Ben dut aussi gérer la crise d'hypoglycémie d'un jeune diabétique, puis il se rendit presque aux limites de son périmètre d'action, dans une ferme où un motard avait fait un méchant soleil sur une butte. Il fallut appeler l'hélicoptère et Ben ne rentra qu'en fin de journée.

Il avait presque oublié que la grand-mère de JJ était en ville quand, de retour de patrouille le vendredi après-midi, il aperçut une vieille dame près du poste d'ambulances. Il ne la connaissait pas, mais Cutler's Creek était une bourgade pittoresque, où les touristes aimaient faire halte. Ils photographiaient la vénérable église en pierre, lisaient les noms sur le monument aux morts ou encore déjeunaient à la terrasse du pub. Ils étaient quand même rares à s'aventurer jusqu'au poste d'ambulances ou à s'asseoir sur le banc d'en face, au niveau de l'ancien arrêt de bus.

Une fois son véhicule au garage, Ben traversa la chaussée.

— Tout va bien ? Vous n'êtes pas perdue, j'espère ?

— Non, je me promène. Je voulais jeter un coup d'œil à une boutique de cadeaux que j'ai aperçue l'autre jour.

— La Maison des Artisans ? En effet, elle vaut le détour. Les gens du coin tricotent encore des couvre-théières.

— C'est un peu plus loin que je l'imaginais, soupira la vieille dame. Je me suis arrêtée quelques minutes pour soulager mes pieds.

— Vous venez de loin ?

— De l'hôpital.

— Ça fait une trotte, répondit-il en l'observant de plus près. Vous y étiez en tant que patiente ?

— Oh ! non... J'ai déjeuné avec le Dr Donaldson et, là, j'attends que ma petite-fille ait terminé sa garde.

Ben fit enfin le rapprochement.

— Vous êtes la grand-mère de JJ ? Enchanté, je suis Ben.

JJ avait-elle parlé de lui ? *D'eux ?*

Il chassa l'idée de son esprit. Pourquoi l'aurait-elle fait ? Ils ne s'étaient pas engagés dans le genre de relation où on est présenté à la famille.

— Moi, c'est Shona Hamilton, annonça-t-elle, la mine réprobatrice. Pourquoi faut-il que les gens d'ici l'appellent « JJ » ? Qu'est-ce qui cloche avec « Joy » ?

— Rien du tout. Enfin, c'est toujours mieux que « Journey », non ? fit-il avec un sourire complice en s'asseyant près d'elle.

Shona Hamilton écarquilla les yeux, puis le toisa d'un regard acéré.

— Joy ne confie à personne son premier prénom. Comment l'avez-vous découvert ?

— Motus et bouche cousue. J'ai juré de garder le secret et je suis un homme particulièrement digne de confiance.

Shona se radoucit et laissa apparaître ses rides d'octogénaire. Peu à peu, un sourire franc éclaira son visage.

— Je crois que je vous aime bien, Ben. Nous aurons aussi notre petit secret, d'accord ?

— Sans problème. Voulez-vous que je vous apporte un verre d'eau ? Ou que je vous reconduise en ambulance pour épargner vos pieds ?

— Non, non... Je vais rester assise ici encore un peu et tout ira bien. Avec cette vue époustouflante sur les montagnes, c'est loin d'être une punition. Je commence à comprendre pourquoi Joy se plaît tant ici. Saviez-vous qu'elle songe à s'installer définitivement ?

— J'en ai entendu parler.

— Ce midi, le charmant Dr Donaldson m'a confié qu'ils espéraient la convaincre de rester. Il a même suggéré que j'emménage aussi à Cutler's Creek. Vous imaginez ?

Oui, parfaitement ! se dit Ben. Shona Hamilton s'intégrerait à merveille parmi les aînés de la communauté et c'était ici l'endroit idéal pour passer ses vieux jours.

Lui-même y reviendrait sans doute dans un avenir lointain, lorsqu'il aurait eu son compte d'aventures. Qui n'aimerait pas se poser sur un banc pour admirer de magnifiques sommets enneigés ?

Sa grand-mère et lui avaient coutume de s'asseoir ainsi sur leur perron, d'où ils appréciaient une vue très similaire sur les montagnes.

Du plus loin qu'il s'en souvienne, Ben était blotti sur ses genoux, face au soleil couchant, puis, lorsqu'il avait grandi, ils s'étaient installés côte à côte. Ils n'étaient pas bavards, et restaient souvent complètement silencieux. Même adolescent, il posait encore la tête sur son épaule et il aurait été mortifié qu'un camarade le surprenne dans son havre de bonheur. Son refuge. L'endroit où il était le plus aimé par l'être que, lui, il aimait le plus. Sa grand-mère. La seule personne à avoir vraiment voulu de lui.

Comme cela lui manquait d'être assis auprès d'elle ! Il n'avait que quinze ans lorsqu'elle était décédée subitement. À l'époque, sa mère était établie en Australie depuis de longues années. La vente de la maison familiale lui avait permis d'envoyer son fils en pension, puis à l'université, de sorte qu'elle s'était enfin déchargée d'une responsabilité qui avait toujours été un fardeau.

Or, voilà qu'il se retrouvait avec quelqu'un qui avait à peu près l'âge qu'aurait eu sa grand-mère. Il ne la connaissait pas assez pour la ranger dans une case précise. Il ne s'agissait ni d'un patient à soigner ni d'une personne aux attributions clairement définies, comme Betty, la cuisinière. À ses yeux, elle était la mamie de JJ. Une femme qui avait élevé l'enfant de son propre enfant.

Exactement comme son aïeule.

Ben sentit sa gorge se nouer. Cela faisait une éternité que cela ne lui était pas arrivé. Depuis qu'il avait eu une quinzaine d'années, à vrai dire.

Encore là, il ne tint pas en place. Avant même d'avoir digéré l'information, il se remit debout.

— Je dois y aller. Tout à l'heure, pendant ma tournée de visites, j'ai oublié un patient. Êtes-vous sûre que je ne peux pas vous déposer en ville ? À l'hôpital, peut-être ?

— Merci, mon grand, mais je vais repartir à pied et, à la fin de sa garde, Joy viendra me chercher.

Shona se leva et attrapa son sac à main rétro. En voyant ses boucles blanches lui arriver à peine au-dessus du coude, Ben se rendit compte qu'elle était presque aussi minuscule que sa propre grand-mère.

Elle sourit.

— N'oubliez pas...

— Oublier quoi ?

Il avait déjà tourné les talons, submergé par l'envie irrésistible de se changer les idées.

— Notre petit secret sur Joy, précisa-t-elle en se tapotant le nez.

Ben fit volte-face et le sourire de Shona s'élargit.

— À moins que je doive l'appeler JJ ? J'ai l'impression qu'elle apprécie son nouveau prénom autant que cet endroit et ses nouveaux amis.

Son regard bleu s'embua de larmes.

— Je me suis toujours fait du souci pour elle et je m'en ferai toujours, reprit-elle. Néanmoins, elle est heureuse et c'est tout ce qu'on souhaite aux gens qu'on aime, non ?

— J'ai appris que tu avais rencontré ma grand-mère l'autre jour ? lança JJ.

Ben posa son *fish and chips* sur le banc de la cuisine.

— C'était censé rester notre secret, répondit-il. Les femmes Hamilton adorent se confier à moi.

JJ éclata de rire.

— En tout cas, tu lui as fait forte impression. Elle n'a évoqué votre rencontre que cet après-midi, alors que je la ramenais à l'aéroport de Queenstown. Elle m'a confié que tu étais « un jeune homme charmant ».

— Et tu as abondé dans son sens ?

Ben adora la lueur amusée de son regard. À moins que ce ne soit juste le plaisir de le revoir ?

— Je n'ai rien osé dire, avoua JJ, mais elle a probablement deviné qu'il y avait quelque chose entre nous. Elle ne m'aurait pas crue si j'avais soutenu que nous étions juste amis. Il valait mieux que je me taise.

En entendant JJ évoquer leur relation comme une simple amitié, Ben s'étonna d'être aussi déçu. Quoi qu'il en soit, il ne devait rien laisser transparaître. Au fond, il n'avait jamais souhaité autre chose qu'une grande amitié avec JJ. Dieu l'en préserve ! Dès qu'une liaison avec une fille devenait sérieuse, il prenait le large.

— Elle t'a beaucoup apprécié, poursuivit JJ, l'air détendu. Ce qui explique peut-être pourquoi elle m'a mise en garde.

— Quoi ? s'exclama Ben, interloqué. Et moi qui pensais que nous étions liés à vie, ta grand-mère et moi.

— Elle te soupçonne d'être « un peu extravagant ».

— Extravagant ? répéta-t-il en l'attirant contre lui.

Coincé par une pensionnaire à demeure chez JJ, il y avait trop longtemps qu'il ne l'avait pas embrassée. Et quoi de mieux pour chasser la sensation étrange qui s'était insinuée en lui, celle d'être passé à côté de quelque chose ? Ben avait devant lui tout ce qu'un homme rêverait d'avoir : une femme splendide et les instants les plus délicieux en sa compagnie, sans aucune entrave.

Son désir fou de s'abandonner au plaisir ne l'empêcha pas de prendre son temps. Du bout des lèvres, il effleura les siennes.

Il les titilla aussi avec sa langue, au moment où JJ se pressait contre lui, alanguie.

Il adorait la manière dont elle enroulait les bras autour de son cou. Il aimait sa façon de fermer doucement les paupières, la tête renversée, comme si elle se concentrait sur l'instant présent.

Ce baiser-là…

Si Ben décidait de faire grimper la température, ils finiraient au lit en un rien de temps. Il ne se rappelait plus combien de fois ils avaient fait l'amour ces dernières semaines mais, à son grand étonnement, leurs ébats restaient aussi excitants qu'au premier jour, dans la cabane de montagne. Enfin, non. C'était même *mieux*. Toujours électrisant, mais avec une dimension supplémentaire sur laquelle il avait du mal à mettre un nom.

Le sentiment de sécurité, peut-être ?

Dorénavant, ils connaissaient par cœur le corps de l'autre et, au lieu de créer une barrière, c'était une bonne base pour continuer leur exploration. Innover dans les caresses, le rythme ou le degré de proximité, preuve que sa relation avec JJ ne pourrait jamais devenir ennuyeuse.

« Confiance » était peut-être le terme qu'il cherchait ?

Pour l'heure, il était inutile de pousser l'analyse aussi loin. En bon virtuose, Ben savait doser à merveille le niveau d'excitation, et leur étreinte serait d'autant plus satisfaisante s'ils patientaient un peu, le temps d'apprécier la montée du désir. En plus, ce jour-là, il n'avait pas déjeuné.

— Je meurs de faim, avoua-t-il avant que leurs ardeurs n'éclipsent irrémédiablement tout autre besoin physique. Et ce serait un crime de laisser ramollir le meilleur poisson pané-frites de Cutler's Creek.

La main de JJ glissa de sa nuque et le repoussa doucement, comme si elle cherchait à s'écarter à son tour.

— Débarrasse un peu. Je m'occupe du pain et du beurre.

La table encombrée laissait penser que JJ avait cherché quelque chose dans son sac.

Ben se rappela que, le jour de leur rencontre, il avait compris combien elle était bouleversée quand elle, la maniaque absolue, avait renversé le contenu de sa besace sur la table. C'était aussi lui qui l'avait poussée dans ses retranchements en lui confiant l'agneau dans son carton.

Sur le coup, il avait voulu la taquiner et il n'aurait pas hésité à reprendre l'animal s'il l'avait sentie incapable d'en prendre soin.

Avec le recul, il appréciait de lui avoir causé un tel émoi. Il s'était gentiment moqué d'elle, car c'était le moyen le plus sûr de gérer son étrange attirance. Il aurait aimé se persuader qu'il n'avait aucun atome crochu avec le nouveau médecin mais, au fond de lui, son corps – ou son âme – avait eu une tout autre interprétation.

Une grosse enveloppe jaunie émergeait entre les tubes de crème pour les mains, les paquets de mouchoirs et autres bâtons de rouge à lèvres. Elle n'était pas scellée et, lorsqu'il s'en empara, Ben constata qu'elle était remplie de photos.

JJ rapporta une planche couverte de tartines fraîchement coupées.

— Ma grand-mère m'a donné tout ça à l'aéroport. Selon elle, si j'envisage d'emménager ici, je pourrais avoir besoin de souvenirs de famille.

— Je peux regarder ?

— Tu demandes la permission, maintenant ?

— Ce sont des affaires personnelles.

— Oui... comme un passeport ?

Ben n'était pas le seul à avoir des flash-back de leur rencontre. Intéressant ! D'autant que JJ n'avait pas employé un ton désapprobateur. C'était plutôt une petite blague au sujet de leur pacte secret. Le premier pas vers l'établissement d'une connexion, d'une amitié qui n'était peut-être pas « sérieuse » mais qui avait certainement plus d'importance que tout ce que Ben avait jamais vécu.

Parce que, oui, « confiance » était bien le mot qu'il cherchait. Ils avaient confiance l'un envers l'autre. Ils étaient sur la même longueur d'onde dès qu'il s'agissait d'apprécier leur relation sans engagement. S'ils se sentaient aussi bien ensemble, c'était parce que, le temps de leur histoire, ils profitaient à fond de chaque instant.

Il était très rare qu'ils soient tous deux de repos et, ce soir-là, ils ouvrirent une bouteille de vin. Ben glissa ses frites entre deux tranches de pain beurré et ils se partagèrent de gros morceaux de délicieux poisson pané.

Comme ils mangeaient avec les doigts, ils s'essuyèrent les mains avant d'étaler les vieilles photos sur la table.

— Je n'en connais pas la moitié, expliqua JJ. Elles font partie des seules affaires rapatriées en Nouvelle-Zélande quand mes grands-parents sont venus me récupérer – avec le corps de mon père. Mamie m'a dit qu'elle était désolée de ne pas me les avoir remises avant.

— Qu'est-il arrivé à la dépouille de ta mère ?

— Elle est enterrée quelque part dans le sud de la France. J'ai l'impression que ses proches ont tenu mon père responsable de l'accident autant que les miens le lui reprochaient à elle.

— Tu n'as jamais rencontré ta famille maternelle ?

— Non. J'ai toujours voulu y aller, mais... je savais à quel point mes grands-parents en seraient bouleversés. Quand je suis tombée de poney à sept ans, mamie a eu si peur que j'ai arrêté l'équitation, qui était pourtant ma passion.

Elle secoua la tête.

— C'est assez pitoyable, mais je me suis concentrée sur mes études de médecine. Ensuite, le tourbillon de la vie m'a emportée et je n'ai pas encore fait mon pèlerinage à l'autre bout du monde. Un jour...

Ben se figea, le cœur serré. Il avait une repartie sur le bout de la langue.

Nous pourrions y aller un jour... Je t'accompagnerai... Ce serait marrant, non ?

Ce fut peut-être son émotion qui retint les mots au fond

de sa gorge. Il ne voulait pas faire de promesse en l'air, car il s'en serait voulu à mort de blesser une femme aussi gentille.

Il imagina JJ enfant, attentionnée au point de s'engager à toujours faire le bonheur de sa grand-mère. Assez pour suivre la moindre règle à la lettre et s'assurer que ses proches et elle restent à l'abri du danger.

En même temps, la véritable JJ possédait une autre facette. Et Ben était peut-être le premier à avoir décelé son courage et son audace.

Devant les clichés fanés d'un jeune couple qui jouissait au maximum de la vie – barbouillés de tomate au festival espagnol de la Tomatina, dansant sous la pluie à Glastonbury ou se promenant dans les champs de lavande en Provence –, il comprit de qui JJ avait hérité son esprit d'aventure. Elle était bien la fille de sa mère.

— Shona aurait dit que ta mère aussi était « un peu extravagante », je suppose ?

— Absolument. Quand j'étais enfant, c'était le pire reproche qu'ils pouvaient m'adresser. Inutile de le dire à voix haute. Il suffisait qu'ils me regardent, mi-surpris, mi-déçus. D'emblée, je devinais qu'ils me comparaient à ma mère, et ça n'avait rien d'un compliment.

— Tu lui ressembles tellement !

Ben prit la photo où les parents de JJ dansaient sous la pluie. Avec des grappes de fleurs dans ses longs cheveux dégoulinants et une salopette en jean portée sur un simple soutien-gorge, cette fille-là devait être frigorifiée, pourtant il n'avait jamais vu quelqu'un irradier autant de joie, les yeux levés vers le grand jeune homme dont elle tenait les mains. Lui aussi avait l'air très heureux. Profondément amoureux de la vie et de la personne à ses côtés.

— Il y a fort à parier que j'ai été conçue durant ce festival, reprit JJ avec un large sourire. Tu avais visé en plein dans le mille, mais je ne voulais pas t'offrir la satisfaction d'avoir raison.

— C'est là qu'ils se sont rencontrés ?

— Oui. Mon père assistait à une conférence à Londres. Il venait de décrocher haut la main un double diplôme en droit et en comptabilité. Mon grand-père avait déjà fait modifier le papier à en-tête de son cabinet d'avocats en « Hamilton & Hamilton », mais des gens croisés à la conférence se rendaient au festival et ils ont invité leur nouveau camarade à se joindre à eux. Ma mère, Celine, chantait là-bas. Ils ont fait connaissance, et bang ! Mon père… n'est jamais rentré au pays. Je suis certaine qu'il en avait l'intention. Un jour.

— Ça ne m'étonne pas qu'ils aient eu envie de rester ensemble. Ils paraissent si amoureux.

— Tu trouves aussi ? J'aime croire qu'ils nageaient dans le bonheur. Ce n'est pas donné à tout le monde, si ?

La voix de JJ avait une résonance étrange. Quelque chose de si émouvant que Ben eut envie de la réconforter. De lui dire qu'un jour elle aussi trouverait le même genre d'amour.

Qui n'aurait pas voulu d'une fille aussi belle, intelligente et courageuse que JJ ?

Elle rangea les vieilles photos dans leur enveloppe et se mit à débarrasser la table.

Conscient qu'elle s'occupait pour ne plus ruminer des souvenirs douloureux, Ben décida de l'aider.

Il savait exactement comment la distraire. Et, cerise sur le gâteau, c'était ce dont il avait le plus envie au monde. Il s'approcha de l'évier, où JJ se tenait, ferma le robinet et lui ôta la brosse à vaisselle des mains. Sans un mot, il écarta quelques boucles éparses de son visage, prit sa tête entre les paumes et se pencha pour l'embrasser.

Cette fois-ci, son baiser se transforma vite en quelque chose qui, à la fois, offrait et exigeait une concentration absolue. C'était du sérieux, et lorsqu'une minute plus tard il fit glisser ses mains le long du corps de JJ pour approcher ses hanches des siennes, elle comprit le but de la manœuvre. Visiblement ravie de cette diversion, elle oublia sa corvée de vaisselle. Les assiettes sales attendraient. Jusqu'au lendemain matin, même, car Ben n'avait pas l'intention de quitter le lit de JJ avant.

Leur étreinte passionnée dura jusqu'à ce qu'ils n'en puissent plus et, beaucoup, beaucoup plus tard, Ben se retrouva avec JJ dans les bras, à sentir son pouls ralentir doucement, sa respiration se muer en un soupir apaisé. Le corps tiède de la jeune femme était lové contre le sien. Ses cheveux en bataille lui chatouillèrent les lèvres lorsqu'il l'embrassa sur le crâne. Son parfum enivrant lui emplissait les narines. Elle était si calme que Ben se demanda si elle n'était pas en train de s'assoupir. Seul un certain tonus musculaire indiquait qu'elle ne dormait pas. Elle était juste... auprès de lui.

Lentement, si lentement qu'il le remarqua à peine, Ben se sentit basculer dans une atmosphère qu'il s'était remémorée il y a peu, grâce à sa rencontre avec Shona Hamilton.

Ce qu'on éprouvait quand on était avec quelqu'un qu'on aimait et qui vous aimait en retour. L'impression d'un monde parfait. Une joie pure, parfois aussi simple que d'être assis en silence à côté de la personne. Être *avec* elle, corps et âme...

Voilà pourquoi, depuis le décès de sa grand-mère, Ben avait toujours évité de rester assis en silence. Il se serait alors rappelé ce que c'était d'aimer et d'être aimé, mais il aurait aussi dû garder en tête combien il était douloureux de perdre un tel amour. Il s'interdisait donc de se rapprocher de quiconque, de peur d'être confronté tôt ou tard à un terrible chagrin, sauf que...

Sauf que, là, il risquait fort de tomber amoureux de JJ Hamilton.

Il sentait la menace planer. Une force qui l'aurait poussé du haut de la falaise et aurait précipité sa chute. Il ne pouvait pas laisser faire, car il aurait tout perdu avant même d'avoir tenté de gagner. Les choses n'étaient pas censées se dérouler ainsi. Une bonne partie de la confiance qu'il avait accordée à JJ venait de ce qu'il s'était cru à l'abri. Son sentiment de sécurité signifiait-il qu'il avait baissé la garde ? Qu'ils s'étaient rapprochés sans qu'il s'en rende compte ?

Aucun des deux n'était pourtant le « genre » de l'autre et ils s'étaient mis d'accord sur le fait qu'ils étaient incompatibles, que leur histoire ne fonctionnerait jamais à long terme.

Quand JJ lui avait vendu une liaison éphémère, il avait tout de suite signé. À présent, il fallait juste qu'il honore sa part du contrat. Pour leur bien mutuel. Et, pour le bien d'une amitié durable, si tant est qu'il ne gâche pas tout en suggérant de passer à la vitesse supérieure.

À quelque chose de si énorme que cela risquait d'envahir les moindres aspects de son existence.

La perspective était terrifiante, car il connaissait la douleur de perdre un trésor pareil. Il avait eu un mal fou à redémarrer de zéro, à trouver une raison de vivre à la fois passionnante et sécurisante. Cette raison-là, il l'avait trouvée au travail. Jamais chez quelqu'un, car, en matière de sentiments, il était devenu expert dans l'art de battre en retraite ou de changer de cap.

Comment avait-il pu s'aventurer si loin en terrain miné sans qu'une sirène d'alarme le rappelle à l'ordre ?

Ce soir-là, elle se déclencha toutefois assez fort pour que la peur l'incite à réagir, même s'il se sentait particulièrement oppressé et qu'il dut fournir un effort colossal pour s'obliger à bouger.

Après avoir déposé un autre baiser sur les cheveux de JJ, il huma une dernière fois le parfum de cette femme incroyable.

— Il faut que j'y aille, murmura-t-il. Je commence tôt demain.

— D'accord.

Ben devina que JJ le regardait se rhabiller, mais il ne se retourna pas avant d'arriver sur le seuil de la chambre.

— Bonne nuit, JJ. Dors bien…

11

JJ n'avait jamais passé de nuit aussi idyllique.

Le lendemain matin au réveil, elle sut qu'un changement s'était produit. Une espèce de miracle. Quelque chose qui, peut-être, ferait du reste de sa vie une véritable perfection ?

Elle y réfléchissait encore lorsque, au petit déjeuner, elle apporta sa gamelle de croquettes à Shaun. Promesse d'une splendide matinée de printemps, les premiers rayons du soleil caressaient les cimes lointaines. Comment la journée aurait-elle pu ne pas être merveilleuse, alors que JJ, plus heureuse que jamais, flottait sur son nuage ?

Quand Ben avait voulu la protéger en lui déconseillant d'intervenir sur l'accident de camping-car, elle s'était sentie la seule à tomber amoureuse. Or, la nuit précédente, elle avait eu la nette impression qu'un lien invisible unissait désormais leurs deux cœurs. Son amour n'était plus à sens unique. Ben n'était sans doute pas prêt à l'accepter, mais c'était bien là.

Peut-être le regard de l'ambulancier avait-il brillé d'un éclat particulier quand elle lui avait dit que sa grand-mère soupçonnait plus qu'une simple amitié entre eux. Comme s'il avait voulu que ce soit vrai mais qu'il craignait de l'admettre ? À son tour, JJ avait eu envie de le protéger et, très vite, elle avait tout oublié avec ce baiser si… juste.

À moins que Ben n'ait succombé en contemplant la fameuse photo au festival. Le ton de sa voix, lorsqu'il lui avait confié à quel point ses parents semblaient fous amoureux, l'avait presque émue aux larmes. On sentait bien qu'il recherchait la relation parfaite mais qu'il n'avait lui-même aucun espoir de la trouver.

JJ non plus ne s'y attendait pas. En tout cas, elle n'aurait pas misé un sou sur Ben Marshall – le genre de *bad boy* charismatique, non conformiste et rebelle dont, toute sa jeunesse, elle avait été persuadée qu'il ne lui causerait que des ennuis. Voire pire...

Pourtant, n'était-ce pas auprès de lui qu'elle avait trouvé ce qu'elle cherchait ?

JJ avait entamé un nouveau chapitre de son existence quand son histoire avec Ian était morte. En apprenant qu'il la trouvait particulièrement ennuyeuse, elle s'était demandé si son mode de fonctionnement était le bon et si, finalement, elle ne passait pas à côté de l'essentiel.

Quelque chose d'aussi crucial que le sens réel de la vie ?

Son arrivée à Cutler's Creek avait changé son existence. Et elle l'avait changée, elle. Ou plutôt c'était sa rencontre avec Ben Marshall qui avait tout déclenché.

Dès le départ, il l'avait rebaptisée, ce qui, au bout du compte, l'avait incitée à découvrir qui elle était vraiment. Joy la gentille ? Ou JJ la digne fille de sa mère, un peu extravagante et aventurière ?

Ben l'avait mise au défi – autant physique qu'émotionnel – de retrouver la forme et de développer des compétences qui n'auraient jamais retenu son attention auparavant. Bref, de devenir une version améliorée d'elle-même.

Il lui avait aussi montré ce qu'était la passion. JJ regrettait amèrement de ne pas avoir de mère auprès d'elle. Non, pas « une » mère. *Sa* mère. Elle aurait pu lui confier son attachement pour un homme qui, par sa façon de mener sa barque, la remplissait d'une joie – et d'un amour – qu'elle avait craint de ne jamais éprouver de sa vie.

Se confier à Shaun ne servirait à rien, mais elle se surprit à le faire quand même. Peut-être ses sentiments prendraient-ils davantage corps si elle les exprimait à voix haute ?

— Je suis amoureuse de lui, annonça-t-elle au mouton tout en déplaçant son piquet sur un carré d'herbe fraîche. D'accord, c'est un *bad boy*, mais tu sais quoi ?

Shaun, qui avait encore faim, lui donna un léger coup de museau sur la main, comme s'il attendait la réponse à sa question.

Souriante, elle vérifia que son collier ne le serrait pas trop.

— Je pense qu'il y a un peu de *bad girl* en moi. Là, tout au fond, et tu sais ce que ça signifie ?

Shaun avait recommencé à brouter. Il ne s'intéressait pas à ce qu'elle racontait, mais JJ avait besoin de s'épancher.

— Eh bien, c'est la preuve que nous sommes des âmes sœurs. À mon avis, Ben le sait aussi. Il lui faut juste le temps de s'habituer à l'idée.

Oui… elle avait vécu une nuit idyllique. Ou presque : cela aurait été encore mieux si elle s'était endormie dans les bras de Ben et qu'ils s'étaient réveillés ensemble au petit matin.

Elle ne s'en désolait pas spécialement, car il n'était jamais resté une nuit entière. Soit il désirait préserver sa réputation à Cutler's Creek, soit il ne voulait pas troubler son sommeil lorsqu'il partait s'entraîner aux aurores avant de prendre sa garde à 7 heures.

Voilà peut-être pourquoi JJ ne vit pas le coup venir. Et pourquoi elle tomba des nues deux jours plus tard.

Ben n'avait pas eu l'intention de le lui annoncer en public.

C'était arrivé, point.

Parce qu'on ne lui avait téléphoné que la veille au soir et que les personnes à informer de sa décision étaient toutes réunies au même endroit en même temps.

Dans la cuisine de l'hôpital.

Au petit déjeuner, Betty s'était surpassée pour saluer le

retour de Zac Cameron à plein temps et célébrer des retrouvailles familiales tant attendues. Sa magnifique épouse, Liv, tenait Hugo contre elle. De son côté, l'adorable Milly, deux ans, choisissait, dans les bras de son grand-père, ce qui lui faisait envie sur la table.

— Tu veux une part de génoise, ma chérie ? Ou un friand à la saucisse ?

— Non, ça, répondit-elle, le doigt pointé vers une assiette.

— Voilà une fille comme je les aime, s'amusa Ben en prenant deux croque-monsieur en triangle. Tiens, ma puce. Un pour toi, un pour moi.

Les personnels de garde, y compris les infirmières, les agents d'entretien et l'hôtesse d'accueil, jonglaient entre leur tasse de thé et leur serviette en papier remplie de nourriture.

Il y avait aussi beaucoup de gens de l'extérieur, comme Bruce, Mike et de nombreux secouristes bénévoles.

Don Donaldson, l'homme qui avait succédé à son père en tant que médecin de campagne et qui, malgré des menaces de fermeture, assurait la pérennité de l'hôpital de Cutler's Creek, avait prononcé un discours souhaitant un bon retour à Zac et exprimant son profond soulagement de voir leur famille enfin réunie.

— Je n'aurais jamais imaginé que ma vie puisse être si merveilleuse, annonça-t-il à la ronde. Il y a des années, quand j'ai réussi à persuader un jeune collègue d'effectuer un remplacement à Cutler's Creek et que Zac est arrivé, je me suis dit que j'avais décroché le gros lot. Je n'aurais jamais cru qu'en prime il me ramènerait ma fille, encore moins qu'il ouvrirait un nouveau chapitre de l'histoire des Donaldson. Remarquez, j'ai failli ne pas en être témoin, vu le pépin de santé qui m'a mis hors service quelque temps, mais cela ne me rend les choses que plus précieuses. Il reste à trouver mon remplaçant et la prochaine fête célébrera mon *véritable* départ en retraite. Rien à voir avec ces gardes à temps partiel, même si j'adore travailler avec vous.

Don gratifia JJ d'un sourire taquin mais, dessous, il y avait surtout un sincère appel du pied. L'offre avait été formulée, JJ avait promis d'y réfléchir et chacun espérait qu'elle accepterait le poste. Ben partageait l'avis général. JJ était parfaite pour Cutler's Creek. Dévouée, intelligente, courageuse. Une professionnelle brillante qui, peu à peu, deviendrait une pièce maîtresse de la communauté dans son ensemble et des secours d'urgence en particulier. Quel dommage qu'il ne puisse pas y assister !

C'était la première fois que Ben revoyait JJ depuis leur soirée *fish and chips* que, bizarrement, il avait fini par fuir. Il avait eu beaucoup de mal à contenir son besoin viscéral de rester en mouvement, loin de la torpeur troublante qui l'avait poussé à quitter le lit de JJ, mais l'occasion idéale ne s'était présentée que la veille au soir.

La chance de réaliser son rêve.

JJ tourna la tête, comme si elle avait senti l'attention de Ben sur elle au moment où Don Donaldson concluait son discours. À son regard, Ben comprit qu'elle devinait quelque chose au fond de lui, voire qu'elle lisait dans ses pensées.

Elle fut soudain déconcertée. Interloquée, même ? En cherchant du soutien pour emménager définitivement à Cutler's Creek, avait-elle eu l'intuition que lui-même ne serait plus là ?

Tout le monde guettait la réponse de JJ et Ben perçut son hésitation. Elle se trouvait à un carrefour majeur de sa vie, confrontée à une décision énorme que, selon lui, elle ne devait pas être obligée de prendre en public. Aussitôt, il éprouva le besoin de la protéger. De détourner l'attention afin qu'elle recouvre tranquillement ses esprits.

Ce n'était pas la façon la plus douce de lui annoncer la nouvelle, mais c'était certainement la plus facile. Peut-être même la seule, car, en tête à tête rapproché avec JJ, Ben aurait pu changer d'avis et donner à sa vie une tout autre direction.

— Moi aussi, j'ai une annonce à faire !

Les regards se braquèrent vers Ben. Sauf celui de JJ, qui baissa la tête.

— J'ai reçu un appel hier soir, enchaîna-t-il. Un membre des secours héliportés de Dunedin a eu un accident de moto et il est hors circuit pour quelque temps. On m'a proposé de le remplacer et de suivre une formation au sein de l'équipe.

Bingo ! Ce n'était plus JJ mais lui qui accaparait l'attention générale.

— Waouh ! exulta Mike. Ça fait un bail que tu en rêves, mon vieux. Félicitations !

Zac, au contraire, parut consterné.

— Tu vas nous manquer. Qu'allons-nous faire sans toi ?

— Un ambulancier d'Invercargill devrait me remplacer, le temps qu'un responsable permanent soit nommé mais, bon, vous vous débrouillez déjà tous comme des chefs. Il me suffit juste de passer les consignes.

Betty le fusilla du regard.

— Quand ? Quand partez-vous ?

— Euh… très vite. Désolé. J'espère quitter la ville après-demain.

Le silence qui s'ensuivit ne fut troublé que par les geignements de Hugo. Tous échangèrent des regards et Ben fut décontenancé par l'émotion qui avait envahi la pièce.

Était-il devenu un élément plus important de la communauté qu'il ne l'aurait cru ? Emporté par son besoin d'action et une offre d'emploi irrésistible, il n'avait pas eu conscience qu'il allait blesser des êtres chers. Ils allaient lui manquer autant, sinon plus, qu'il leur manquerait à eux.

Il délaissait une ville qui avait été son foyer pendant de longues années.

Il laissait tomber des amis qui l'avaient soutenu sans faille, en toutes circonstances, au même titre que lui les soutenait.

Il abandonnait JJ.

Le silence s'épaissit.

La boule que Ben avait dans la gorge aussi.

Soudain, JJ reprit la parole. De manière assez distincte, au point que Ben fut peut-être le seul à deviner le courage derrière les mots prononcés.

— Puisque l'heure est aux annonces, déclara-t-elle, j'aimerais vous dire que j'accepte le poste de titulaire à Cutler's Creek. Don, vous allez pouvoir jouer les grands-pères à plein temps. Zac, je souhaiterais discuter de la maison, plus tard. Shaun et moi serions ravis d'y rester.

Au niveau de l'ambiance, ce furent les montagnes russes et le choc du départ de Ben fut balayé par l'enthousiasme collectif à l'idée que JJ reste.

Ben se réjouissait tout autant que les autres. Il était aussi fier d'elle. Elle en avait parcouru du chemin depuis le jour de leur rencontre, sur le bas-côté de la route. Non seulement elle s'était parfaitement intégrée à la communauté, mais elle semblait s'y épanouir et avoir trouvé son but dans la vie.

JJ Hamilton s'en sortirait très bien, même en son absence, et c'était sans doute ce qui faciliterait son départ. Enfin, heureusement qu'avec la masse de cartons à boucler et de choses à organiser d'ici au surlendemain, il n'avait pas le temps de ruminer la situation !

Ses préparatifs l'attendaient et ce n'était pas le moment de siroter un café en avalant les croque-monsieur de Betty. Le niveau sonore de la cuisine grimpa en flèche, à mesure que les gens vinrent féliciter JJ et lui confier leur bonheur de la voir rester.

Personne ne le vit s'éclipser discrètement.

Ben lui avait confié avoir rarement croisé quelqu'un d'aussi courageux.

Une chose était sûre : JJ n'était plus la fille qui avait débarqué à Cutler's Creek, pressée de fuir sa morne existence, et elle pouvait le remercier de la nouvelle version d'elle-même qu'elle était devenue.

Son départ serait difficile à encaisser, mais elle remercierait toujours le ciel d'avoir rencontré un homme aussi incroyable ;

et le meilleur moyen de montrer à Ben l'importance qu'il avait à ses yeux, c'était de l'encourager à réaliser le rêve de sa vie.

Voilà peut-être pourquoi JJ avait eu le cran d'officialiser une décision validant sa propre transformation personnelle.

Enfin, elle avait compris que l'essentiel dans la vie était… le sentiment d'appartenance. L'envie de s'investir avec passion. Il pouvait s'agir d'un métier offrant un panel inédit de compétences à développer – comme une formation de sauveteuse en montagne. D'une communauté de gens adorables, qui avaient le cœur sur la main. Voire d'un modeste hôpital rural, au sein duquel l'éventail de cas – et, par conséquent, de talents à mettre en œuvre – était si large qu'elle ne s'ennuierait jamais.

Il lui avait fallu encore plus de ressource pour conserver le sourire lorsqu'elle avait vu Ben sortir de la cuisine et, donc, quitter la vie parfaite à laquelle elle rêvait à peine quarante-huit heures plus tôt.

JJ se doutait qu'elle mettrait du temps à se remémorer ce moment-là sans éprouver une souffrance qui, chaque fois, lui coupait le souffle.

Elle n'avait pas tort.

À certains égards, la situation empira, notamment lorsqu'elle dut dire au revoir à Ben, lui souhaiter le meilleur et jurer de garder le contact. Mettre sa douleur de côté fut alors une nécessité pour continuer simplement de vivre.

Par chance, les premières semaines furent très chargées. Après avoir négocié l'achat de sa maison avec Zac, JJ se déplaça plusieurs fois à Queenstown pour consulter son banquier et demander à un notaire de rédiger l'acte de vente. Il y avait aussi une foule de détails auxquels il fallait penser.

— Le vaste enclos situé derrière la haie vous appartient, l'avertit Zac. En ce qui concerne l'entretien, je demandais à Greg d'y faire les foins chaque été. Il lui arrivait de lâcher un troupeau de moutons pour maintenir l'herbe à ras, mais vous aurez peut-être envie d'en faire un autre usage. Autrefois, une jument de trait vivait sur la propriété. Greg l'a prise en pension à la ferme, mais je suis sûr qu'elle adorerait retrouver sa pâture. Elle serait d'excellente compagnie pour votre mouton domestique.

— J'y réfléchirai, promit JJ. Il me faudrait aussi les coordonnées du jardinier chargé de tailler la haie. Oh… et je vais devoir rentrer du bois de chauffage pour qu'il soit sec cet hiver, non ?

Grâce au remplaçant de Ben par intérim, Trevor, JJ avait des journées bien remplies. Le charmant quinquagénaire était davantage un conducteur d'ambulance qu'un véritable soignant mais, en dépit de ses compétences modestes, il tenait à offrir le meilleur service possible.

JJ tâchait de ne pas le comparer à Ben, ce qui était difficile, surtout après avoir remarqué que Trevor avait, dans sa poche, un pense-bête consacré aux différents protocoles de secours et qu'il s'y référait souvent.

Elle prit conscience de l'image qu'elle avait dû donner à Ben le jour où il était arrivé aux urgences et avait vu qu'elle y avait bardé d'étiquettes l'ensemble du matériel et des placards. À l'époque, elle avait eu besoin de se raccrocher au respect strict des règles pour se sentir en sécurité. En même temps, il sautait tellement aux yeux qu'ils étaient aux antipodes. Comment avait-elle pu être si convaincue d'avoir trouvé son âme sœur ? Et pourquoi éprouvait-elle dorénavant une cruelle impression de vide, persuadée de ne plus jamais rencontrer quelqu'un d'aussi fantastique ?

À présent qu'il devait veiller sur son précieux bébé, Zac s'était vite laissé convaincre de mettre JJ en première ligne – de jour comme de nuit – dès qu'une intervention en ambulance exigeait la présence d'un médecin. Les fragiles compétences professionnelles de Trevor associées à sa volonté de suivre le manuel à la lettre faisaient que, par prudence, il appelait souvent JJ en renfort, au risque de lui alourdir sa charge de travail.

Un samedi matin, il y eut une luxation du doigt sur le terrain de rugby, puis un appel concernant une suspicion d'infarctus mais, une fois encore, c'était Bert qui avait oublié d'utiliser son spray de trinitrine.

Quelques jours plus tard, JJ et Debbie, l'infirmière, se rendirent dans une ferme isolée, au chevet d'une femme enceinte en travail. Là aussi, ce fut une fausse alerte. La future mère, qui rendait visite à sa tante, avait eu ses premières contractions de Braxton-Hicks et elle s'était affolée.

— Ben me manque, avoua Debbie sur le chemin du retour. Si les choses avaient été bien engagées, il aurait certainement sorti le bébé et débarqué aux urgences avec la mère et l'enfant.

JJ acquiesça en silence. Elles avaient beau être devenues amies, elle ne pouvait pas lui confier à quel point l'absence de Ben lui pesait. Ce n'était pas en en parlant que les choses s'arrangeraient. Au contraire !

— Penses-tu qu'il ait pris la bonne décision ? En partant ? lança Debbie.

— Je crois qu'on doit suivre ses rêves. On n'a qu'une vie.

— Et, toi, estimes-tu avoir pris la bonne décision ? En restant ?

— J'adore cet endroit, répondit JJ, plus enthousiaste. Parfois, je m'en étonne encore. L'autre jour, j'ai demandé à Zac où je pourrais commander du bois de chauffage pour l'hiver. Hier, en rentrant du travail, j'ai découvert que quelqu'un avait déposé l'équivalent d'une remorque de bûches devant ma grange. J'ignore qui. Ce n'est pas le genre de bonne surprise qui me serait arrivée à Wellington.

Debbie contempla le paysage rural par la fenêtre.

— Je suis ravie que tu sois heureuse à Cutler's Creek. J'espère que Ben aussi se plaît à son nouveau poste. Non… je retire ce que j'ai dit, se corrigea-t-elle avec malice. J'espère qu'il *déteste* son travail et qu'il nous reviendra avant qu'on ait trouvé son remplaçant définitif.

— Moi, je le soupçonne de nager dans le bonheur. Je l'imagine bien débarquer ici casqué, en tenue de vol, et nous décocher le plus grand sourire qu'on ait jamais vu.

Huit jours plus tard, JJ dut solliciter l'hélicoptère de sauvetage.

Elle le regarda se poser près de l'endroit où elle stabilisait un jeune motard après une sortie de route et son cœur se mit à battre la chamade. Ben se trouvait-il à une extrémité du brancard, le dos voûté pour éviter les pales, qui continuaient de tourner pour permettre de repartir au plus vite vers un grand centre de traumatologie ?

Raté ! La déception de JJ fut rapidement balayée par les impératifs du transfert mais, alors que les secouristes allaient hisser le blessé à bord, elle ne put s'empêcher de demander :

— Comment va Ben ? Je... je pensais le voir peut-être aujourd'hui.

— Il est parti quelques jours à Christchurch afin de se former à l'évacuation d'un hélicoptère submergé.

JJ ouvrit des yeux ronds. Quelle décharge d'adrénaline on devait recevoir quand on apprenait à gérer une situation aussi critique !

— Waouh ! Je parie qu'il est aux anges.

Le sauveteur se retourna en souriant.

— Si quelqu'un est né pour faire ce métier, c'est bien Ben. Vous ne tarderez pas à le revoir.

La perspective de prochaines retrouvailles accrut encore le manque. JJ redoutait déjà de devoir constater qu'il avait pris la bonne décision et qu'il adorait sa nouvelle vie loin de Cutler's Creek.

Loin d'elle...

Elle n'était pas la seule à regretter le départ de Ben. Quand JJ le croisa au supermarché le samedi après-midi, Mike avait le moral à zéro.

— Physiquement, le groupe est de moins en moins affûté, avoua-t-il. Nous commençons à rouiller sur des compétences aussi essentielles que la descente en rappel. Il est temps de réagir. Tout à l'heure, j'ai bien envie de gravir Twin Rocks pour vérifier que la piste n'est pas bloquée par des arbres, un éboulement ou autre chose.

— Excellente idée.

— Tu te joins donc à nous pour un entraînement collectif là-bas samedi prochain ?

— Oh ! pitié…

Ces dernières semaines, JJ n'était même pas allée courir avec Shaun et elle se rappelait encore les douloureux efforts qu'il lui avait fallu consentir la première fois qu'elle s'était rendue à Twin Rocks.

Il lui restait néanmoins une semaine pour renverser la vapeur et elle ne pouvait pas encourager les autres sans se porter elle-même volontaire. C'était Ben qui avait légué aux sauveteurs de Cutler's Creek le savoir-faire dont ils faisaient preuve en mission. Cet héritage-là, il fallait à tout prix le préserver.

— D'accord, je serai des vôtres.

De retour à la maison, elle sortirait Shaun. En l'honneur de Ben, elle porterait aussi le sweat-shirt rouge qu'il lui avait offert le jour où ils étaient tombés à l'eau.

Le jour où ils avaient fait l'amour pour la première fois…

JJ avait hâte de se lancer. Son mouton apprivoisé ne se montra pas aussi enthousiaste et, vu le poids qu'il avait atteint, elle n'avait aucune chance de le pousser à coopérer s'il n'en avait pas envie.

— Très bien. J'irai courir seule.

Sur le départ, JJ changea soudain d'avis. En l'absence de Shaun, rien ne l'empêchait de sauter dans sa voiture et d'aller tenter sa chance à Twin Rocks, histoire de vérifier si, en effet, elle avait perdu toute la condition physique que Ben l'avait aidée à acquérir. Cutler's Creek était un lieu si sûr que les clés étaient restées sur le contact. Elle ne repassa donc même pas par la maison.

Tant pis si les nuages cotonneux qui encombraient le ciel avaient de méchants reflets sombres. Elle n'était pas obligée de grimper jusqu'au sommet pour se tester et, sans doute de retour d'ici à une heure, elle ne croiserait pas Mike, ce qui l'arrangeait si jamais elle se sentait essoufflée ou qu'elle s'arrêtait trop souvent. Il pouvait même pleuvoir, et alors ? Elle n'était pas en sucre, que diable !

Arrivée à mi-parcours, JJ se rendit compte à quel point ses semaines d'oisiveté lui compliquaient la tâche. La cheville qu'elle s'était foulée des mois auparavant se rappela même à son bon souvenir.

Pourtant, au lieu de rebrousser chemin, JJ redoubla d'efforts. Elle imaginait Ben au-dessus de son épaule et voulait sentir encore sur elle son regard empli de fierté.

Ce supplément de motivation lui permit d'atteindre les gros rochers qui, lors de son baptême du feu, lui avaient donné tant de fil à retordre. Comment oublier ce qui s'était passé ensuite ? Le moment où Ben l'avait aidée à enfiler son baudrier. Pendant un quart de seconde, la Terre avait cessé de tourner, lorsqu'ils avaient tous deux songé à s'embrasser.

Et ils en avaient franchement brûlé d'envie...

Son élan de désir lui fit l'effet d'un coup de poignard à l'estomac et JJ sentit ses joues baignées de larmes. Elle continua néanmoins sa progression. Sans même ralentir. Impossible, sinon elle serait piteusement restée assise à sangloter. Ben lui avait offert le précieux cadeau de croire en elle-même et elle avait la ferme intention d'en profiter au maximum.

Ce fut peut-être par excès d'enthousiasme qu'elle pécha. Ou parce qu'elle était à moitié aveuglée par les larmes. Les premières gouttes de pluie avaient aussi rendu les rochers glissants ou, plus vraisemblablement, elle gardait de sa foulure à la cheville une certaine faiblesse au niveau des tendons.

En tout cas, le résultat fut dramatique. Alors qu'elle déployait des trésors d'efforts pour franchir l'ultime obstacle, JJ perdit l'équilibre. Non seulement elle chuta violemment le long de la pente, mais elle traversa des massifs de fougères et rebondit sur les cailloux acérés jusqu'au fond de la ravine.

Il fallut une pierre plus grosse que les autres, nichée entre les racines d'un arbre, pour la stopper net. JJ sentit – plus qu'elle n'entendit – l'os de sa cheville se briser.

Tandis que l'orage grondait au loin, elle resta allongée, à tenter de comprendre ce qui venait d'arriver et à évaluer la gravité de ses blessures. Par chance, en dehors des bosses et des hématomes, elle ne semblait souffrir d'aucune autre fracture. En revanche, elle prenait peu à peu conscience de toutes les règles qu'elle avait enfreintes.

Elle n'était pas en tenue pour affronter les intempéries.

Elle n'avait pas emporté de kit de survie. Elle n'avait même pas pris son téléphone, puisqu'elle n'avait pas eu besoin de rentrer prendre ses clés de voiture.

En plus, elle n'avait averti personne de l'endroit où elle allait ni de l'heure à laquelle elle envisageait de rentrer.

En même temps qu'elle dressait l'inventaire de ses erreurs stupides, deux pensées se disputèrent les faveurs de son cerveau.

D'une part, Ben serait profondément déçu.

D'autre part, elle venait de se mettre dans le pétrin.

Un sacré pétrin.

12

— Le mauvais temps arrive par le sud, annonça Phil, sauveteur aérien, en salle de pause. Cet après-midi, nous risquons d'être cloués au sol.

— Pas de souci, répondit Ben, le doigt pointé vers ses livres. Je croule sous les révisions. Ces dernières semaines, j'ai ingurgité tant de connaissances que mon cerveau est sur le point d'exploser.

— J'en doute, objecta Phil en souriant. Tu as bouclé haut la main ta formation d'hélitreuillage. La prochaine fois, c'est à ton tour de pendiller au bout d'un filin.

— Pour aujourd'hui, ça me paraît compromis. Les nuages approchent à vitesse grand V.

Alors qu'ils profitaient d'une accalmie en pleine garde, Ben se demanda si l'euphorie des débuts n'était pas en train de s'émousser. Certes, le métier était aussi excitant que dans ses rêves, mais on s'habituait à tout, non ?

Il adorait savoir qu'à chaque appel il y avait presque toujours un cas critique qui l'attendait et que, par leur rapidité d'action, leur savoir-faire, ils sauvaient des vies.

En même temps, Cutler's Creek lui manquait. Il regrettait même de ne plus être sollicité pour un vieux monsieur « essoufflé » par sa maladie pulmonaire chronique, et non par une crise d'asthme sévère susceptible de causer un arrêt respiratoire. Parce que, avec un patient comme Alfie, il connaissait la personne ? Qu'elle était membre d'une communauté dont lui aussi faisait partie ?

Mike, Zac et tous les camarades d'entraînement lui manquaient. La proximité des montagnes lui manquait. Et JJ lui manquait beaucoup plus qu'il ne l'aurait cru. Signe qu'il était parti juste à temps ? Ben n'avait jamais voulu s'attacher à quelqu'un sans se ménager une porte de sortie qui lui éviterait de devoir se reconstruire entièrement.

Alors qu'il étudiait un chapitre consacré aux techniques d'hélitreuillage manuel en conditions difficiles, il entendit Phil répondre à un appel radio et en oublia aussitôt ses révisions. Une équipe de secours en montagne avait besoin d'aide. Quelqu'un était porté disparu dans une zone escarpée. On avait bien retrouvé une voiture mais pas son propriétaire, alors qu'il n'y avait qu'une seule piste accessible depuis le parking. Vu la météo très menaçante, ils ne disposaient que d'un créneau étroit pour localiser l'imprudent avant la nuit et il leur fallait du renfort.

— Les coordonnées ? demanda Phil.

Il entoura une zone sur l'immense plan accroché au mur. Ben souffla, la bouche sèche :

— C'est Twin Rocks, près de Cutler's Creek.

— Tu connais ?

— Comme ma poche.

Leur pilote, qui vérifiait les dernières informations météo, échangea un regard avec Phil. D'un hochement de tête, la décision fut prise.

— Nous arrivons, annonça Phil au centre de régulation. Tenez-nous au courant. Le moindre détail sur la personne recherchée nous intéresse.

— Il s'agit d'un médecin du coin. Une femme d'une trentaine d'années. Nom de famille : Hamilton.

— JJ...

Le prénom s'était échappé des lèvres de Ben en un murmure horrifié. Aucun sauveteur n'entendit, tant ils étaient pressés de rejoindre l'héliport et, en moins d'une minute, ils avaient décollé.

Ben, fou d'angoisse, continua de trépigner d'impatience.

JJ pouvait être blessée. Ou pire...

Et cela n'y changeait rien qu'il ait pris ses distances. Il avait eu peur de tomber amoureux de JJ ? Quel aveuglement ! Assis sur son siège, il avait l'impression qu'on lui arrachait le cœur.

Parce qu'il était *déjà* amoureux d'elle.

Il avait imaginé pouvoir vivre en sachant qu'elle était en sécurité et heureuse avec *son* genre d'homme. Là encore, il s'était fourré le doigt dans l'œil. Il n'avait aucune envie que JJ en fréquente un autre. Et, s'il était aussi sûr de lui, comment aurait-il pu s'agir d'une histoire à sens unique ? Il fallait crever l'abcès. Loin de JJ, il aurait toujours le sentiment de vivre à moitié et, s'il n'était pas trop tard, il devait lui parler.

Je vous en prie... , se surprit-il à répéter en silence, ballotté par les trous d'air. *Je vous en prie, faites qu'il ne soit pas trop tard.*

On lui confia quelque temps après que c'était grâce à son sweat-shirt rouge vif qu'elle avait été repérée, blottie entre un rocher et un arbre, au fond de la ravine. Et cela n'avait été possible que parce qu'un sauveteur aérien connaissait parfaitement la région de Twin Rocks. En raison de son éloignement par rapport au sentier, du sifflement du vent dans les branches, puis du vacarme de l'hélicoptère, JJ n'avait pas entendu les gens au sol l'appeler. De toute manière, personne ne l'aurait entendue crier en retour.

On lui raconta aussi qu'elle avait eu de la chance de ne pas s'être blessée plus grièvement ni d'être tombée en hypothermie sévère mais, pour JJ, tout restait un peu flou. Sa chute l'avait prise de court, puis, d'un coup, elle s'était sentie frigorifiée. Son seul souvenir, c'était que sa douleur à la cheville l'empêchait de bouger, d'essayer de sauver sa peau, et qu'elle avait eu très, très peur. Quand la pluie avait redoublé, JJ s'était emmitouflée dans son doux sweat-shirt rouge et cela lui avait rappelé sa dernière crise de panique, le jour où elle avait failli être emportée par la rivière.

Voilà peut-être pourquoi elle avait cru rêver quand le secouriste en tenue de vol et casque à visière lui avait semblé être Ben Marshall. Lorsqu'il s'était détaché du treuil et accroupi près d'elle, JJ avait compris qu'elle n'était pas folle. Elle allait vraiment être sauvée et son bon Samaritain n'était autre que Ben.

Peu importait qu'il ait dû crier pour se faire entendre. Il aurait aussi bien pu lui chuchoter les mots à l'oreille, rien que pour elle :

— Tu es en sécurité, maintenant. Je te tiens.

L'antalgique que Ben lui avait administré avant de poser une attelle sur sa cheville cassée avait tout auréolé d'une espèce de brouillard onirique. Ces paroles-là, JJ les avait déjà entendues quand il l'avait sortie de la rivière, transie de froid et de peur, et que, pourtant, dans ses bras, elle ne s'était jamais sentie autant à l'abri de sa vie.

Une autre pensée avait surgi lorsqu'il l'avait aidée à enfiler un baudrier. JJ était consciente d'avoir, à un moment donné, succombé au charme de Ben. Bien avant qu'il ait loué son courage. Cupidon avait-il frappé le jour où son bel ambulancier l'avait rassurée sur la berge ? Quand elle s'était sentie plus qu'en sécurité auprès de lui ?

Comme à présent ?

Une fois harnachés au filin métallique, ils s'étaient envolés pour rejoindre l'hélicoptère en vol stationnaire au-dessus d'eux et JJ avait alors vécu la situation la plus terrifiante de son existence. Heureusement qu'elle avait pu se lover contre Ben !

À leur arrivée au grand hôpital de Dunedin, il était resté à ses côtés tandis que les médecins l'examinaient aux urgences. Son visage avait été la dernière chose qu'elle avait vue avant qu'un anesthésiste du bloc l'endorme pour son opération de la cheville.

Le visage de Ben avait aussi été la première chose qu'elle avait vue en rouvrant les yeux et, malgré tout cela – ou peut-être *à cause* de tout cela –, JJ avait exulté de bonheur. C'était le visage qu'elle voulait découvrir à son réveil pour le restant de ses jours, avec une lueur dans le regard qui lui disait combien elle lui était précieuse.

À quel point elle était aimée…

Ben le vit dès l'instant où les paupières de JJ papillotèrent.

Elle reconnaissait l'homme qui, à son chevet, lui tenait la main.

Aussitôt, les traits de JJ s'adoucirent d'une émotion forcément liée à la joie. Ou à l'amour ?

Avec un peu de chance, les deux. Et en quantité.

— Ton opération a été un succès, annonça-t-il. Tu récupères bien. Maintenant, il te faut juste du repos.

— Tu es encore là, murmura-t-elle, l'air un peu étonné.

Ben discerna autre chose au fond de ses yeux. De l'espoir, peut-être ? Son cœur bondit dans sa poitrine. Ses sentiments étaient donc partagés.

— Bien sûr, répondit-il d'une voix voilée par l'émotion. Je t'aime, JJ. Même quand tu fais des trucs stupides, que tu piétines toutes les règles de sécurité et que tu manques de te faire tuer.

Malgré ses paupières lourdes de sommeil, JJ soutenait son regard.

— Je t'aime aussi, chuchota-t-elle. Je croyais pourtant que je n'étais pas ton genre.

— J'ai un nouveau genre.

— Moi aussi, murmura-t-elle, visiblement ravie. Quel est le tien ?

Ben se pencha au point que leurs têtes se frôlèrent.

— Quelque chose d'unique. Une seule personne au monde est capable de remplir tous les critères.

— Pareil pour moi, déclara JJ, les lèvres frémissantes.

— Eh bien…, bredouilla-t-il. Ça fonctionne, même si rien ne le présageait, on dirait ?

— Mmm…, marmonna JJ, les yeux fermés. Tu sais, il vaudrait mieux que tu m'embrasses avant que je me rendorme.

— Bientôt, répondit Ben, les paupières closes lui aussi. Très bientôt. Je veux juste… prolonger un peu les choses.

Le fait que JJ ne lui demande pas de quelles « choses » il parlait montrait bien qu'il avait trouvé sa moitié. Sa manière de lui serrer la main confirma qu'ils étaient dans le même état d'esprit.

Il avait envie de lui dire ce qu'il ressentait. Lui dire les mots doux qui n'étaient destinés qu'à eux. Plus tard, JJ aurait sans doute l'impression d'avoir rêvé, mais il pourrait toujours se répéter.

— Nous vivons un moment privilégié, non ? Quand le monde s'arrête et qu'il y a ce… calme profond entre nous. Quand on a la certitude d'être aimé. Et d'aimer en retour. L'endroit importe peu : l'essentiel, c'est la personne avec qui on est.

JJ émit un soupir d'approbation. De bonheur.

— Enfant, je savourais ce genre de plénitude avec ma grand-mère, poursuivit Ben. Quand elle me serrait dans ses bras. Ou que nous étions ensemble, rien que tous les deux. Autour de nous, le monde disparaissait. J'oubliais que je n'avais pas été vraiment désiré par ma mère. Là-bas, j'étais… chez moi. Au décès de ma grand-mère, mon univers s'est écroulé, et j'étais persuadé de ne jamais retrouver un tel refuge hors du temps. En fait, je ne *voulais* pas le trouver, tant l'idée de le perdre à nouveau m'était insupportable. Je suis resté en mouvement afin d'être sûr de ne jamais tomber dessus.

Bouleversé, Ben se tut un instant.

— Mon refuge était pourtant là, avec toi, reprit-il. Dans un monde qui n'existe que pour nous deux.

— Comme maintenant ?

JJ semblait lutter pour rester éveillée.

— Comme maintenant, acquiesça-t-il. L'ennui, c'est que j'ai

eu la frousse. Jusqu'à ce qu'un événement me terrifie encore davantage, aujourd'hui : j'ai cru t'avoir perdue à jamais... Alors, j'ai compris que vivre sans toi revenait à ne vivre qu'à moitié.

Une larme perla à l'œil de JJ et roula le long de sa joue.

— Tu m'as tellement manqué, Ben. Mon courage est décuplé quand tu es là.

— Et moi, j'ai besoin de rentrer à la maison. Auprès de toi. Car c'est là qu'est ma place. C'est le seul endroit où j'ai envie d'être...

— Je t'aime, mon chéri. Et il en sera ainsi toute ma vie, je te le promets.

— Alors, pour que notre bonheur dure le plus longtemps possible, tâche de respecter quelques règles, répondit-il, taquin.

JJ sourit au moment où Ben l'embrassa tendrement. Puis il l'embrassa encore. Ils auraient tout le loisir de discuter plus tard. De planifier le reste de leur existence. Pour l'instant, il avait juste besoin d'être auprès de la femme qu'il aimait de toute son âme.

— Dors, maintenant, lui susurra-t-il. Tu es en sécurité. Je ne vais nulle part.

Épilogue

Quelques mois plus tard...

Betty avait organisé un de ses fameux petits déjeuners gargantuesques à l'hôpital de Cutler's Creek. C'était devenu une tradition locale d'y faire les annonces importantes de la communauté et elle en était plus que ravie, car, du coup, elle figurait toujours parmi les premiers informés.

— Je vous jure qu'il s'agit de mon tout dernier discours de départ à la retraite, lança Don Donaldson à la cantonade. Et je n'ai rien d'autre à ajouter.

Un murmure amusé parcourut l'assistance.

— Oui, on verra, lâcha Bruce. Nous savons tous que vous franchirez le seuil de cet hôpital dès qu'on aura besoin de vous.

Betty apporta une assiette de mini tatins de pommes de terres.

— Et nous refuserions qu'il en soit autrement ! renchérit-elle. Bébés, fractures de la cheville, pénurie de bénévoles chez les pompiers ou les ambulanciers... quel que soit le problème, nous parvenons à le régler.

Fierté de la cuisinière, les solutions arrivaient souvent lors de discussions autour de cette même table.

— Moi, ma cheville est comme neuve, indiqua JJ avant de le prouver en sautillant sur la pointe des pieds. L'autre jour, j'ai bouclé l'ascension de Twin Rocks en un tournemain.

— Et il n'y a plus de bébés en route, ajouta Liv. Du moins, pas de mon côté. J'ai amplement de quoi m'occuper. Quelqu'un pourrait-il rattraper Hugo avant qu'il file dans le couloir ?

Ben récupéra le bambin et le brandit en l'air pour le faire hurler de rire.

— Nous ne devrions pas manquer non plus de sauveteurs bénévoles, assura-t-il. De retour à plein temps, je lance une nouvelle session de formation la semaine prochaine.

— Tu laisses vraiment tomber les hélicoptères ? s'étonna Mike. Je croyais que tu adorais voler.

— En effet. Et je suis reconnaissant de tout ce que j'ai appris ces derniers mois, mais... tu vois... il y a des choses que j'aime encore plus que l'excitation d'un tel poste.

— Cutler's Creek, par exemple, fit Zac, ironique. Et tous tes habitués, comme Albie et Bert.

— Absolument. Enfin, ce n'est pas l'unique raison de mon retour, déclara-t-il en observant JJ.

Tandis que quelques regards entendus étaient échangés, Betty apprécia de ne plus avoir à tenir sa langue.

— Dites donc, il était temps ! En voyant le Dr Hamilton multiplier les déplacements à Dunedin pour sa prétendue rééducation, nous n'étions pas franchement dupes.

Radieuse, elle observa Ben par-dessus ses lunettes.

— C'est là où se trouve le cœur qu'on se sent chez soi, n'est-ce pas, mon garçon ?

— Vous n'imaginez pas à quel point vous avez raison !

Ben rendit Hugo à sa mère, puis rejoignit JJ. Il posa le bras sur ses épaules et, tandis qu'elle levait la tête vers lui, un soupir collectif de bonheur envahit la pièce. Betty ne fut certainement pas la dernière à y participer.

— Puisque vous êtes tous réunis et qu'en plus, vous devez l'avoir deviné, sachez que nous sommes fiancés, annonça Ben, les yeux plongés dans ceux de sa dulcinée. JJ a accepté de m'épouser. Nous nous marions le mois prochain.

— Ici, à Cutler's Creek ? s'exclama Betty, le visage entre les mains.

— Naturellement, répondit JJ, le sourire aux lèvres. Nous nous y sommes rencontrés. Ben m'a fait sa demande au sommet de Twin Rocks et nous n'avons aucune envie de vivre ailleurs. C'est chez nous.

Liv, aux anges, se tourna vers Don Donaldson.

— Hé, papa ! C'est peut-être une bonne chose que tu aies déjà remplacé des médecins en congé parental.

À leur tour, Ben et JJ échangèrent une œillade complice mais, s'il y avait un secret entre eux, ils n'étaient pas encore prêts à le partager.

Pas de souci. Betty était presque sûre de faire partie des premières personnes officiellement au courant. Et puis, elle avait déjà vu clair dans leur jeu.

Ces deux-là étaient si amoureux qu'ils se suffisaient à eux-mêmes, cependant leur regard brillant semblait insinuer qu'un autre bonheur les guettait.

Il était contagieux, leur bonheur. À vous faire fondre le cœur, sans l'ombre d'un doute. Betty s'essuya les yeux à un coin de son tablier mais, déjà, elle pensait à autre chose. Une mission de la plus haute importance.

Elle avait un petit déjeuner de mariage à organiser...

LUCY RYDER

Une passion imprévue

Traduction française de
F. JEAN

BLANCHE

HARLEQUIN

Titre original :
CAUGHT IN A STORM OF PASSION

Ce roman a déjà été publié en 2021.

1

Archipel des Tuamotu — Pacifique Sud

Dans la tempête qui avait surgi de nulle part une heure après le départ de Port Laurent, le gros hydravion vira sur l'aile. Le Dr Evelyn Carmichael ferma les yeux et enfonça les ongles dans les accoudoirs de son siège. La large ceinture de sécurité la maintenait parfaitement en place, mais une pensée la taraudait. *Je vais mourir... Je vais mourir en plein milieu du Pacifique Sud et je n'ai jamais connu l'ombre d'un véritable... enfin... cela.*

Une monstrueuse bourrasque frappa le flanc de l'avion, menaçant de disloquer l'appareil. Le métal agressé hurla, comme s'il lui était impossible de supporter une telle souffrance en silence. Eve le comprenait très bien : une envie de hurler la tenaillait elle aussi. Mais elle ne pouvait que rester assise là, terrifiée, pendant que le monde autour d'elle tournait à l'apocalypse.

En même temps, cette terreur paralysante lui évitait de faire des choses qu'elle aurait pu regretter. Franchement, plutôt mourir que de céder à la panique devant l'homme assis près d'elle — ce pilote venu de l'enfer. Il y aurait pris trop de plaisir.

L'homme en question était imposant et assez effrayant ; entre deux bordées d'injures, il dégageait une tension presque palpable. Ses interjections étaient des plus inventives. Il y en avait qu'Eve n'avait jamais entendues auparavant... et d'autres auxquelles elle n'aurait jamais pensé — toutes proférées avec un naturel désarmant.

Par chance, il semblait l'avoir oubliée, dans la bataille qu'il livrait contre l'hydravion et contre Mère Nature. Et cela convenait parfaitement à Evelyn, qu'il soit trop occupé pour observer son effondrement mental.

Son *deuxième* effondrement mental. Car, quelques heures plus tôt, elle avait ouvert les yeux sous le regard de cet imposant dieu marin à moitié nu. Ses larges épaules et ses jambes puissantes avaient chargé l'espace d'un cocktail toxique de supériorité masculine et d'intense confiance sexuelle, et elle l'avait instantanément haï.

Bien sûr, cela n'avait absolument rien à voir avec le déplaisant frisson presque primitif qu'il avait suscité en elle — mais plutôt avec le fait qu'il l'ait surprise en pleine déconfiture.

S'il y avait une chose qu'Eve détestait, c'était bien d'être vue en position de faiblesse.

Il lui donnait l'impression qu'elle était de nouveau aussi maladroite et gauche qu'à treize ans, quand elle n'était qu'un objet de pitié ou de dérision qui s'habillait dans les boutiques de bienfaisance.

Il lui avait suffi d'être réveillée par les gouttelettes d'eau dont il l'aspergeait et de le voir penché sur elle pour savoir qu'il s'agissait du pire des mauvais garçons.

Heureusement, Eve n'était plus timide ni coincée, et, contrairement à sa mère, elle n'avait jamais été attirée par les mauvais garçons — une faiblesse qu'elle s'était juré de ne jamais partager. En tant que gynécologue-obstétricienne de trente ans diplômée de fraîche date et promise à une brillante carrière, elle avait appris qu'un regard froid et un haussement de sourcil neutralisaient n'importe quelle intention indésirable.

Mais ce... cet homme de Neandertal, avec son corps aux muscles compacts, ses yeux gris et son pantalon de treillis usé aux endroits intéressants, avait ri du regard glacial qu'elle lui avait lancé. Ses sourcils virils s'étaient même arqués d'une manière moqueuse.

Cela avait agacé Eve au plus haut point et constituait pour elle une raison suffisante de détester cet homme.

Mais, dans cet avion, rien de tout cela n'avait vraiment d'importance. Toute sa vie défilait devant ses yeux — pourtant obstinément fermés.

Soudain, la voix du pilote couvrit le bruit de la tempête et les grincements du métal torturé.

— Restez calme, bon sang !

— Je *suis* calme ! répondit-elle.

Rouvrant les yeux, elle lui décocha un regard hostile, et ses yeux gris ardoise lui donnèrent un léger vertige.

Vertige dû au décalage horaire, à l'angoisse et à la fatigue. Ou peut-être à l'épais nuage toxique de testostérone qui émanait de cet individu. Elle y était clairement allergique. Ce qu'il lui fallait, c'était l'antihistaminique caché quelque part dans ses bagages !

Seulement, voilà : sa valise était portée disparue. Comme son cerveau, qui battait la campagne.

— « Calme » ? Et c'est pour ça que vous pleurnichez ? demanda-t-il avec un petit sourire.

Elle eut envie de lui clouer le bec ou peut-être, même, de le mordre.

— Contentez-vous de maintenir cet engin en vol et laissez-moi gérer mes derniers instants.

— Nous allons nous en sortir, je vous le promets, répondit-il. Chris ne m'a jamais trahi, et j'ai traversé des tempêtes bien pires.

Bien pires ? Y en avait-il vraiment ?

— Vous avez baptisé votre avion Chris ? De quoi est-ce le diminutif ? Christine ? Crystal ? Christian ? fit-elle, narquoise.

Il lui décocha un regard faussement consterné, avant de faire danser la médaille de saint Christophe suspendue au-dessus de sa tête.

— *Saint* Chris. Nous avons un accord, lui et moi.

Quel dommage qu'il n'ait pas d'accord avec la météo, au lieu de ce morceau de métal à peu près aussi magique que son satané coucou.

A l'instant où ce regret prenait forme dans l'esprit d'Eve, tout explosa en un éblouissant éclair de lumière d'un blanc bleuté. Elle réprima un cri de terreur, les poumons agressés par du soufre chauffé à blanc, puis des étincelles jaillirent du tableau de bord, suivies de crépitements menaçants.

— *Génial !* fit le pilote, l'air lugubre et tendu.

— Qu'est-ce qui se passe ?

— Bon sang, ne restez pas là sans rien faire ! lança-t-il, les mains volant d'une commande à l'autre. Prenez l'extincteur, derrière mon siège.

— *Qu'est-ce qui brûle ?* demanda-t-elle, horrifiée.

Elle refusait de frire dans une boule de feu, à quinze cents pieds au-dessus de la mer !

— Les flammes sortent de ce satané tableau de bord, aboya-t-il. Bien sûr que nous brûlons. *Maintenant, prenez l'extincteur.*

— Vous avez dit que tout irait bien ! *Vous avez promis !* Mon Dieu, nous allons mourir. Je savais que c'était une mauvaise idée, mais je n'en ai pas tenu compte !

— Nous n'allons *pas* mourir. Et je tiens toujours mes promesses.

Il la fixa, avec une intensité étrangement hypnotisante.

— *Toujours*, répondit-il, furieux. Maintenant, contrôlez-vous et allez chercher ce satané extincteur.

Comme dans un brouillard, elle tâtonna pour détacher sa ceinture de sécurité, ses mains tremblant si fort qu'il lui fallut plusieurs secondes.

Elle n'avait pas signé pour cela ! Ce n'était qu'un mauvais rêve... Elle aurait dû être à Londres, dans un hôtel chic, pour une conférence sur *Les femmes et la naissance*. En fait, elle était allée à Londres — deux heures en tout — avant de prendre le premier avion au départ de Heathrow ; sa sœur avait laissé un message, elle avait rencontré quelqu'un et allait se marier... *Se marier !* Avec un garçon qu'elle venait de rencontrer. Et dans le Pacifique Sud, par-dessus le marché. Amelia avait-elle perdu l'esprit ? N'avait-elle donc rien appris de leur enfance troublée ?

Eve espérait avec ferveur qu'il n'y aurait pas de mariage. Ou, du moins, pas encore. Parce que, si sa jumelle avait effectivement perdu l'esprit, c'était son rôle à elle, Eve, de l'aider à le retrouver. Elle avait toujours veillé sur sa douce et confiante sœur, cela n'allait sûrement pas changer maintenant. Surtout avec le genre d'hommes qu'Amelia semblait attirer — les individus experts pour profiter d'une âme naïve et généreuse, comme ceux qui avaient défilé dans la vie de leur mère.

De toute évidence, les îles tropicales troublaient l'esprit d'Amelia comme il avait troublé celui de leur mère, c'était dans un cadre similaire qu'elle avait rencontré leur père et s'était mise à le désirer follement. Il n'était que le premier d'une longue série d'hommes qui avaient usé et abusé d'elle.

Le sang d'Eve n'avait fait qu'un tour : elle allait se rendre sur place, ramener sa sœur à la raison et revenir à Londres à temps pour les trois derniers jours de la conférence... de préférence acompagnée d'Amelia. Ce serait comme pendant leur enfance : elles deux contre le monde entier.

Seulement, maintenant, elle ne réussirait peut-être pas à regagner la conférence à temps. Ni à se rendre à Tukamumu pour empêcher la noce. Tukamumu ? Ou était-ce Moratunga ? Peu importait : elle allait finir dans une tombe d'eau salée !

Elle avait l'impression d'être ivre tant l'avion tanguait. D'un mouvement brusque, elle quitta son siège et, titubant sur ses talons de huit centimètres, se dirigea vers l'extincteur fixé derrière l'autre siège.

— Bon sang, dépêchez-vous ! fit le pilote.

Elle faillit l'envoyer au diable. Mais qu'arriverait-il s'il la prenait au mot et s'éjectait de la carlingue avec le seul parachute disponible ?

Elle dégageait le cylindre métallique quand l'avion piqua du nez. Basculant vers l'arrière avec un cri strident, elle heurta la paroi de l'avion et pulvérisa de la mousse partout.

Sauf sur le feu.

— Mais qu'est-ce que vous faites, bon sang ? hurla le pilote.

Tendant la main à l'aveugle derrière lui, il saisit Eve par sa blouse en soie pour l'aider à se redresser.

Sans doute n'avait-il pas conscience que celle-ci valait deux cents dollars, mais la priorité était de rester debout.

— Le *feu*, dit-il avec hargne, plus effrayant que comique malgré la mousse qui lui maculait les cheveux, le nez et le menton. C'est ce satané feu qu'il faut viser !

— Vous devriez empêcher ce satané plancher de bouger, alors !

Elle assena une tape sur sa large main trop proche de ses seins, mais soudain le plancher s'inclina brusquement de nouveau, et elle tomba sur les genoux de Chase, le pilote, provoquant un véritable chaos — bras, jambes, embout et extincteur mêlés.

Poussant un nouveau cri, elle s'efforça de ne pas heurter la tête de Chase avec l'extincteur. Mieux valait ne pas l'assommer. Ce fut donc sa propre tête que l'extincteur frappa avec force. Elle vit trente-six chandelles.

Dans un sursaut, elle lâcha l'extincteur et tomba sur les fesses.

Chase dirigea d'une main l'embout en direction du tableau de bord, tout en tirant sur la goupille avec l'autre main. Quelques secondes plus tard, les commandes étaient recouvertes d'une épaisse couche de mousse carbonique.

Le feu émit un dernier sifflement de défi avant de s'éteindre.

S'éteindre — un peu comme sa dernière relation, pensa confusément Eve, toujours assise sur le plancher. En fait, un peu comme *toutes* ses relations, pour être complètement honnête. Voir sa mère papillonner d'homme en homme l'avait aigrie quand il s'agissait d'amour.

Si toutefois on pouvait appeler « amour » ce que sa mère avait vécu avec ses innombrables amants.

Chase mit l'extincteur de côté et regarda les instruments de vol maintenant recouverts de mousse blanche.

Il poussa un nouveau juron, et l'expression de son visage, tendue et lugubre, déplut à Eve.

— Qu'est-ce qu'il y a encore ? demanda-t-elle. Ne me dites pas que nous tombons ou vous allez avoir une femme hystérique sur les bras !

Il lui décocha un regard signifiant qu'elle avait dépassé depuis une demi-heure le stade de l'hystérie et ne répondit pas à sa question. Ils connaissaient tous les deux la réponse. Chase était trop borné et trop macho pour admettre que saint Chris les avait abandonnés.

Eve retint un sanglot.

Dans la fleur de l'âge et à l'aube d'une carrière prometteuse — la réalisation de tous ses rêves après des années de dur labeur —, elle avait bien le droit d'être hystérique, bon sang !

Elle agrippa le siège et se releva avec difficulté. Chase ne lui prêtait plus aucune attention ; il luttait avec les commandes et tentait, par l'utilisation de la force brute, d'obliger l'hydravion à relever le nez.

En vain.

Oh mon Dieu ! L'appareil plongeait, les entraînant vers une mort atroce. L'hydravion avait beau voler plus bas qu'un avion commercial, cela ne changerait pas grand-chose quand ils heurteraient l'eau.

Déglutissant avec difficulté, elle regarda avec une fascination mêlée de terreur le pilote, dont les muscles des bras et des épaules, contractés, saillaient sous son polo et sa peau bronzée.

— Bouclez votre ceinture, fit-il, la mâchoire crispée. Ça va devenir difficile.

Elle en resta sans voix. Pire que maintenant ? Une plainte jaillit de sa gorge et faillit franchir ses lèvres.

Ils tombaient.

— Nous allons mourir, lâcha-t-elle.

— Nous n'allons *pas* mourir. Je suis un excellent pilote, répondit-il, tranchant.

Et les moteurs protestèrent avec un cri presque humain.

Elle entama un combat pour boucler de nouveau sa ceinture, qui semblait dotée d'une vie autonome.

— Au cas où vous ne l'auriez pas remarqué, dit-elle, ce n'est pas une tempête pour les « excellents pilotes ». Personne ne pourrait s'en sortir. C'est Armageddon. Mais si je meurs, je vous tue. A tout petit feu.

— Je n'ai aucune intention de mourir, moi, répondit-il avec indignation. Quel genre de médecin êtes-vous, pour menacer l'homme qui tente de sauver votre délectable personne ?

Il embrassa son saint Christophe avant de se passer la fine chaîne du médaillon autour du cou. Fascinée, Eve regarda le disque d'argent brillant disparaître dans l'encolure de sa chemise. Pourquoi avait-elle éprouvé ce bref sentiment d'envie en imaginant saint Christophe niché dans la chaleur de ce corps puissant ?

— Ce qui vous manque, c'est un peu de confiance, dit-il.

Au même instant, l'appareil se cabra, et les moteurs émirent un crachotement alarmant.

Eve ravala un autre cri d'angoisse et enfonça les ongles dans les accoudoirs — à défaut de les planter dans la cuisse musclée de Super-Pilote. Sa « délectable personne » allait devenir un appât à requins !

— Vous savez de quoi j'ai *vraiment* besoin ? répliqua-t-elle. C'est que vous nous sortiez de cette tempête. Que je mette la main sur ma sœur, et que je l'empêche de commettre la plus grosse bêtise de sa vie. Et surtout, que je ne rencontre pas mon Créateur sans avoir eu le moindre orgas... Enfin, peu importe.

Le regard du pilote fusa dans sa direction.

— *Quoi ?* Le moindre *quoi* ?

— Aucune importance. Simplement, à presque trente et un ans, je n'ai jamais connu de véritable orgasme — du genre

« séisme ». Alors, avant de trépasser, j'aimerais bien en avoir juste un. *Un !* Est-ce trop demander ?

— Vous... *Quoi ?*

Il semblait stupéfait. Si elle n'avait pas été au bord de la désintégration, son incrédulité aurait pu être flatteuse. Ou peut-être insultante, car celle-ci se teintait maintenant d'amusement. Comment avait-elle pu avouer une chose aussi intime — surtout à ce pilote superstitieux ? Mais elle allait mourir, et cela n'avait probablement plus beaucoup d'importance. La dignité était le dernier de ses problèmes.

— Maintenant, je ne connaîtrai *jamais* ça.

Une nouvelle explosion déchirante couvrit la réponse de Super-Pilote, et l'appareil bascula sur le côté, précipitant violemment Eve contre son harnais. Des lumières explosèrent dans sa tête. C'était la fin. Elle allait mourir et elle ne connaîtrait jamais l'orgasme qui fait crier de plaisir.

Dire qu'elle aurait pu être bien en sécurité à Londres, en compagnie d'une centaine d'hommes médecins réunissant tous les critères...

2

Six heures plus tôt, à Port Laurent, Tangaroa

Quand le taxi s'arrêta, dans un crissement de freins, devant les bureaux de Tiki Sea & Air Charter Services, Evelyn tomba littéralement du véhicule. Après avoir traversé la moitié du globe, elle venait de vivre huit kilomètres de terreur absolue sur le plancher des vaches. A son très grand étonnement, elle avait survécu.

Vacillant dans l'intense chaleur de midi, elle s'agrippa à la poignée de la portière. Se laisser glisser à terre aurait été une mauvaise idée : la chaussée devait être plus brûlante que l'enfer.

Eve avait quitté Boston sous une pluie glacée et atterri à Heathrow en pleine tempête de neige. L'élégant petit tailleur qu'elle avait acheté pour fêter son nouveau statut professionnel lui collait à la peau. De plus, sa valise s'était perdue en route, et son nécessaire de voyage ne contenait rien qui convienne à l'humidité étouffante et aux températures torrides qui régnaient.

Bon. Il n'y avait rien d'adapté non plus dans sa valise, mais au moins aurait-elle pu se changer. Elle avait perdu le compte des fuseaux horaires qu'elle avait traversés pour arriver à… Mince, mais où diable était-elle ?

Battant des paupières, elle regarda autour d'elle, ce qui ne l'avança pas à grand-chose : la fatigue et le décalage horaire lui embrumaient l'esprit, le nom de l'île du Pacifique Sud sur laquelle elle venait d'atterrir lui échappait totalement.

Oh ! mon Dieu… Le Pacifique Sud.

Son pouls s'accéléra, ses oreilles bourdonnèrent, et un frisson brûlant lui traversa le corps. Pendant une seconde épouvantable, elle crut qu'elle allait mourir et prit une profonde inspiration d'air chaud et humide pour s'éclaircir les idées.

Qui aurait pu penser, quand elle était descendue de l'avion à Heathrow, qu'au lieu de se rendre à la conférence *Les femmes et la naissance*, comme initialement prévu, elle prendrait un autre avion, à destination de Tuka-Tuka ?

Ou était-ce Moramumu ?

Elle poussa un profond soupir.

Avant ce jour, elle n'avait jamais entendu parler des îles de la Société, et encore moins de l'archipel des Tuamotu. Ce qui conduisait à la question suivante : que diable pouvait bien faire sa sœur ici ? Aux dernières nouvelles, Amelia chantait dans un palace à Hawaï !

La voix du chauffeur du taxi lui parvint à travers la musique endiablée de la radiocassette posée sur le tableau de bord.

— Madame, vous êtes bien sûre de vouloir rester ici ? Il y a un endroit bien mieux de l'autre côté de la marina.

— C'est très gentil de votre part, répondit-elle, dissimulant de son mieux son aversion à l'idée de se rasseoir dans ce tombeau roulant, même pour un seul kilomètre.

Le chauffeur gloussa sans retenue, dévoilant une étincelante dent en or. Peut-être n'avait-elle pas caché sa consternation si bien que cela ? Après vingt-sept heures sans sommeil, elle était dans un état d'épuisement avancé, et donc incapable de contrôler davantage qu'une envie de pleurer ou peut-être même de hurler.

Riant toujours, le chauffeur lui sortit son sac à main du taxi et le laissa tomber devant elle avec son lourd manteau d'hiver. Puis il remonta joyeusement dans son véhicule décrépit et démarra, chantant à tue-tête en accompagnement de sa radiocassette.

Pouvait-on vraiment vivre dans un environnement aussi humide sans branchies ? Eve suspendit son sac et son manteau à son épaule, et se dirigea vers le petit bâtiment niché comme une poule satisfaite dans un parterre de fleurs exotiques et de végétation luxuriante.

Elle gravit les marches de pierre qui menaient à un large porche panoramique décoré de jardinières débordantes de fleurs. Leur parfum entêtant, à la fois capiteux et luxueux, lui rappela le rayon parfums chez Bloomingdale's.

Et toujours cet air humide... Elle regarda autour d'elle. Etait-elle en plein rêve ? On aurait dit une brochure publicitaire pour destination de charme. Comment savoir ? Elle n'avait jamais pris de vacances et avait encore moins été tentée d'en prendre.

Bon, d'accord, c'était faux. Enfants, sa sœur et elle rêvaient en permanence de vivre sur une île exotique avec leur père, de se nourrir de fruits et de noix de coco, et peut-être d'apprendre à pêcher. Un endroit où elles auraient vécu adorées, et en sécurité. Mais cela remontait à si longtemps... A une époque où elles croyaient encore aux contes de fées.

Passant sa main sur son front moite, Eve aperçut un vieil homme assoupi sur un vieux canapé en rotin. Que cela lui faisait envie, que n'aurait-elle donné pour un lit confortable, des draps propres, et environ vingt-quatre heures d'oubli... avec l'air conditionné... Elle pesta en sentant une goutte de sueur rouler le long de sa gorge et disparaître entre ses seins. Air conditionné : indispensable.

Décidant qu'elle n'avait pas l'énergie nécessaire pour se faire une place sur le canapé à côté du vieil homme, elle se dirigea vers les portes ouvertes du bâtiment de style colonial français.

A l'intérieur, la pièce semblait tout droit sortie d'un film, avec ses meubles en rotin usé et son sol recouvert de nattes de fibre de coco. Au plafond, un vieux ventilateur brassait mollement l'air épais. Un grand comptoir incurvé, en bambou, occupait la plus grande partie de l'extrémité opposée de la pièce. Derrière, par les portes-fenêtres aux battants à claire-voie, Eve distingua un perron menant à un long et large quai en bois. Un gros hydravion blanc dansait sur l'eau d'un bleu turquoise insensé. Plus loin encore un cap se dessinait, puis le large, qui étincelait comme un million de diamants sous le soleil.

Eve s'approcha du comptoir, espérant trouver quelqu'un qui pourrait l'aider. Mais, à part un mug vide, une poubelle qui débordait et une tonne de boîtes de classement, le seul signe de vie était un ordinateur qui bourdonnait gentiment, et le discret *clunk, clunk, clunk*, du ventilateur au plafond.

Derrière le comptoir, une autre porte ouverte donnait accès à un petit bureau en désordre — vide lui aussi.

— Bon sang, lâcha-t-elle, agacée. Où sont-ils tous passés ?

Soudain, un sonore et rauque *Ia ora na e Maeva !* la fit violemment sursauter. Les yeux écarquillés, elle chercha en vain le propriétaire de cette voix râpeuse.

Génial. En plus de tout le reste, elle entendait des voix.

Décidée à mettre la main sur le pilote de son vol, un certain Chase, elle laissa tomber ses affaires sur un fauteuil et se dirigea vers les portes ouvertes.

Sur le perron de derrière, la lumière de midi était aveuglante. La chaleur montait du quai, et la baie reflétait la lumière du soleil. On aurait dit un spectacle laser.

— *Ia ora na e Maeva !* hurla la voix rauque près de son oreille.

Le cœur battant à tout rompre, Eve se retourna, s'attendant à se retrouver nez à nez avec un psychopathe brandissant une hache, mais seul un gros perroquet bleu et écarlate, perché sur une souche d'arbre, la fixait d'un œil menaçant.

Elle fit prudemment un pas de côté pour se mettre hors d'atteinte du bec inquiétant.

— Salut. Sais-tu où je pourrais trouver Chase ?

Le perroquet inclina la tête sur le côté, et Eve soupira. Elle parlait aux oiseaux, maintenant ! Le manque de sommeil, combiné au stress et à la panique, était en train de la perturber gravement.

— OK. Et ton maître ?

L'oiseau ébouriffa ses plumes éclatantes.

— Il y a quelqu'un ? insista-t-elle.

Un cri grinçant lui répondit.

— Bien, dit-elle. Dans ce cas, je vais le trouver par mes propres moyens, si tu le veux bien.

Derrière la rambarde du porche, au milieu d'une végétation abondante, une large allée faite de planches de bois menait à une luxueuse marina et à un centre d'affaires bourdonnant d'activité. Sur la droite, l'allée disparaissait, à deux cents mètres du perron, dans une grappe de maisons plantées au bord de l'eau. Aucun signe de vie. Les habitants s'étaient probablement enfermés chez eux pour fuir la chaleur étouffante.

En proie à une vague nausée, Eve s'assit sur la plus haute marche avec un soupir épuisé.

Au même instant, un long bras bronzé sortit de l'eau et s'abattit sur le quai.

Puis un autre bras apparut, tenant un filet rempli de poisson. Le reste de l'homme suivit — un bon mètre quatre-vingts supplémentaire —, émergeant de la baie tel un dieu marin en visite chez les mortels.

Eve écarquilla les yeux et humecta ses lèvres desséchées, suivant du regard les filets d'eau qui coulaient sur le large torse, les épaules et les biceps parfaits. Plus bas, ils caressaient amoureusement des abdominaux bien dessinés et se perdaient sous la ceinture d'un short de surfeur.

Un instant, elle en eut le souffle coupé. Les jambes de l'inconnu étaient aussi longues, bronzées et parfaites que tout le reste. Elle battit des paupières. Etait-ce une hallucination ? Elle poussa un de ces stupides soupirs de fille, qui l'auraient consternée si elle n'avait pas frôlé l'épuisement.

Waouh... Que dire d'autre ?

Sans remarquer son regard fasciné, le dieu marin secoua la

tête comme un chien, projetant de l'eau partout, avant de se pencher pour saisir le filet. Puis, chassant l'eau de son visage de sa main libre, il remonta le quai en direction d'Eve.

Elle sut qu'il l'avait vue quand il s'immobilisa un instant, avant de reprendre son chemin de son pas bondissant et souple.

Soudain nerveuse, elle se releva et passa ses mains sur sa jupe — pour lisser l'étoffe ou sécher ses paumes moites, elle n'en savait rien. Presque aussitôt, ses oreilles se mirent à bourdonner fortement. Sa vision tangua de façon alarmante, et elle s'entendit dire d'une voix qui semblait sortir d'un profond tunnel :

— Je suis Evelyn Carmichael et je cherche... Je cherche... Ch...

S'il y avait une chose que Chase Gallagher détestait plus que le fisc, c'étaient les citadines ambitieuses et arrogantes. Mais de longues jambes sculpturales se terminant par une paire d'élégantes chaussures à talons hauts, cela était incroyablement sexy et lui avait manqué.

Aussi dirigea-t-il un regard sévère sur la femme responsable de cette fâcheuse bouffée de désir. La ville ne lui manquait pas, ni l'agitation frénétique, ni la circulation, ni l'obsession des urbains pour leur carrière — et surtout pas ceux qui la faisaient passer avant tout, leur famille et le reste.

Alors, même si cette visiteuse, dont l'allure tirée à quatre épingles craquait aux entournures, avait fait monter son rythme cardiaque, il était décidé à se débarrasser d'elle au plus vite. Il la traiterait avec froideur. Mais c'était une décision qu'il avait prise avant qu'elle vacille et plonge la tête la première par-dessus la rambarde, l'obligeant à bondir pour la rattraper avant qu'elle heurte le sol.

Ensuite, il l'avait détaillée. Taille moyenne, joli corps tout en courbes et chevelure fauve tirée en arrière. Le soleil y aurait probablement fait chatoyer une centaine de nuances différentes — si elle avait été assez détendue pour se lâcher les cheveux.

Mais Chase eut un choc en examinant de plus près son visage. L'espace d'un instant, il avait cru voir sa future belle-sœur.

C'était ridicule. Non seulement Amelia était à la résidence avec son frère, Jude, mais surtout, au lieu de la douceur ensoleillée d'Amelia, cette femme-là avait l'hystérie de la grande ville chevillée au corps.

Il devait s'agir de la *sœur* d'Amelia — la mauvaise jumelle, donc. Il lui glissa un bras sous les épaules, et l'autre sous les genoux.

Maudissant sa malchance, il gravit les marches. D'un seul regard, il avait identifié cette femme comme une source de problèmes.

Et Chase Gallagher évitait désormais les problèmes.

Du moins ceux du genre féminin.

Il leva les yeux au ciel devant la jupe ajustée, la chemise à manches longues boutonnée jusqu'au cou et les jambes moulées dans du nylon. Coup de chaleur garanti. Cela mis à part, cette femme était le sosie de la fiancée de son frère.

Précédé du perroquet, il transporta la visiteuse dans la salle d'attente et l'allongea sur le canapé de rotin. Puis il lui glissa un coussin sous la tête et recula.

Il fallait faire quelque chose. Quoi ? Il n'en avait pas la moindre idée.

D'abord, prévenir le coup de chaleur. Après un bref débat intérieur, il se résolut à défaire les petits boutons de la chemise et sursauta quand le perroquet lui roucoula *Ia ora na e Maeva* à l'oreille.

— Oui, bienvenue à toi aussi, mon vieux, dit-il, soulagé.

Ignorer les visions de dentelle et de soie devenait plus facile avec les serres du perroquet enfoncées dans l'épaule. C'était *uniquement* dans un but médical qu'il tirait sur la chemise humide et le caraco pour les sortir de la ceinture de la jupe. Ce n'était pas étonnant que cette femme se soit évanouie : elle était habillée comme une bibliothécaire universitaire ! A cette pensée, il esquissa un pauvre petit sourire.

Bon, d'accord, peut-être pas une bibliothécaire. Plutôt une avocate sexy. Mais elle n'était pas parvenue à cacher toute sa peau claire, ni ses courbes, sous les vêtements stricts.

Il poussa un soupir et alla chercher de l'eau et un linge. Les bas devraient être ôtés. Comme la chemise ou ce qui se trouvait dessous. Mais, avant cela, il fallait qu'il la ranime et qu'il la réhydrate en la faisant boire.

Quand il revint avec un rouleau de papier absorbant et une bouteille d'eau, l'inconnue gémissait doucement.

Il imprégna une serviette en papier d'eau fraîche et essuya son front moite.

A la base du cou, le pouls battait très vite ; elle respirait d'une manière rapide et superficielle.

Génial. Vraiment génial. Devait-il l'emmener à l'hôpital... ou simplement s'enfuir et dire à Amelia que sa sœur n'était pas venue. Ou... La dernière chose qu'il voulait, c'était voir les grands yeux bleus d'Amelia briller de tristesse, surtout s'il était responsable de cette tristesse.

Humectant une autre poignée de serviettes, il baigna rapidement le front moite de la femme, prenant soin de ne pas se perdre dans la contemplation des séduisants globes de chair claire qui remplissaient la soie et la dentelle. Si elle se réveillait brusquement, il ne voulait pas être surpris en train de les scruter.

D'abord, il n'était probablement pas son genre, et ensuite, sa mère avait élevé ses fils dans le respect des femmes.

Un souvenir déplaisant lui arracha une moue douloureuse. Dommage que son ex-femme n'ait pas eu la même éducation, elle qui avait attribué sa longue aventure avec son patron au travail et à la famille de Chase.

Comme si très bien gagner sa vie en faisant du commerce était une chose condamnable ! Il aurait dû poursuivre cette satanée avocate en justice mais, quand il avait été remis du choc de sa trahison, il ne l'aimait plus assez pour cela.

Il avait survécu à la déplaisante découverte que sa femme

aimait son argent plus qu'elle ne l'aimait, lui ; mais qu'Avery ait sciemment tenté de faire passer le bébé de ce requin de Mercer Island pour son enfant à lui, cela l'avait achevé.

Heureusement, il n'était pas si stupide que cela. Il avait exigé un test de paternité, et l'affreuse vérité était apparue, écœurante. Ce qui avait vraiment rendu Chase malade, c'était que, chaque fois qu'il avait parlé de fonder une famille, Avery avait prétendu qu'elle n'était pas prête, qu'un bébé aurait été très mauvais pour sa carrière et sa silhouette.

Après le divorce, il avait quitté Seattle et s'était installé dans les îles, dirigeant toujours ses affaires de courtier en Bourse mais depuis ce que son frère appelait son « bunker » — une pièce climatisée et sans fenêtres, qui contenait son énorme batterie d'ordinateurs. C'était de là qu'il restait en contact avec le monde de la finance et le reste de sa famille habitant Seattle.

Oui, son mariage appartenait au passé. Il ne devait pas y penser ou il risquait de jeter la sœur d'Amelia à la mer et de s'enfermer dans son refuge. Mais il aimait vraiment sa presque belle-sœur, et Jude n'aurait pas apprécié qu'il abandonne la sœur jumelle de son épouse.

En attendant, qu'était-il censé faire de cette femme évanouie que la chaleur allait très vite épuiser ? Perplexe, il se passait une main dans les cheveux quand elle gémit de nouveau. Les longs cils fournis et sombres de la jeune femme palpitèrent, puis se soulevèrent, révélant des yeux de la couleur exacte du whisky pur malt à cinq cents dollars qu'il gardait pour les grandes occasions.

L'air quitta brusquement ses poumons, il lui sembla qu'il avait reçu un coup sur la tête. Il n'avait vu des yeux pareils qu'une seule fois auparavant. Deux fois, en réalité. Une fois dans un musée, sur une très ancienne bague viking en ambre, et la seconde fois… c'étaient les yeux de son ami le Dr Alain Broussard. Mais regarder celui-ci dans les yeux ne le laissait pas titubant comme un pingouin ivre.

C'était peut-être lui, Chase, qui avait besoin d'une assistance médicale !

La jeune femme battit des paupières.

— Bonjour, murmura-t-elle.

Sa voix était douce, rauque, et si sensuelle que, pendant un instant, il fut stupéfait... abasourdi, plutôt, pour être honnête.

Parce que... *bon sang*... ce regard l'avait captivé comme celui d'aucune femme ne l'avait fait depuis son ex. Ou peut-être même avant.

L'instant d'après, l'expression ensommeillée s'effaça, et toute ressemblance avec Amelia ou Alain disparut. Douceur et sensualité cédèrent la place à une intense vivacité intellectuelle. Et à un air outragé.

— Mais... qu'est-ce que vous faites ? demanda-t-elle d'un ton indigné en lui tapant sur les doigts.

Il avait pourtant cessé de lui humecter le front.

Des gouttes d'eau tombèrent des serviettes en papier sur le caraco de soie près du sein gauche, attirant le regard fasciné de Chase. L'inconnue avait probablement suivi son regard, car elle repoussa sa main avec une exclamation indignée et se redressa. Malheureusement, il ne se recula pas assez vite, et la tête de la jeune femme lui heurta violemment la pommette.

Elle poussa un cri affreux, porta la main à sa tête et se renversa sur les coussins, gémissant d'une manière déchirante.

Non !... C'était *lui* qui geignait comme ça !

— Mais qu'est-ce qui vous prend, nom de... ? fit-il d'un ton rageur, se tenant la joue.

Il recula en titubant et s'assit sur la vieille table basse en rotin, qui protesta sous son poids.

Le mouvement fit aussi tomber la bouteille d'eau minérale. Il voulut la rattraper et ne réussit qu'à l'envoyer en l'air, projetant un large demi-cercle d'eau dont la plus grande partie atterrit sur la visiteuse — inondant son caraco déjà humide, et... oh, mon Dieu... rendant la soie fine presque transparente. Ce qu'il aurait peut-être apprécié si elle ne venait pas d'essayer de l'occire.

Elle lui décocha un regard ambre, mauvais mais voilé par la douleur. Il appliqua énergiquement les serviettes en papier sur la bosse qui se formait déjà sur sa joue et vérifia qu'il ne saignait pas.

— Mais... pourquoi avez-vous fait ça ? demanda-t-il.

— Vous... vous..., balbutia-t-elle, le teint soudain verdâtre. Oooh...

Elle se plaqua la main sur les lèvres et, visiblement paniquée, se redressa de nouveau.

— Je crois que je vais...

D'un bond, Chase se remit debout et, prenant la jeune femme dans ses bras, courut jusqu'aux toilettes des dames toutes proches.

Il ouvrait la porte d'un coup d'épaule quand elle fut prise d'horribles haut-le-cœur.

— Tenez bon encore une seconde, on y est presque, dit-il, pris de panique.

Il se précipita dans un box et lui maintint la tête au-dessus de la cuvette des toilettes.

Sans manifester aucune résistance, elle se laissa tomber à genoux. Elle était secouée de nausées infructueuses qui firent perler la sueur au front de Chase. Il battit en retraite hors du box — uniquement pour laisser un peu d'intimité à la jeune femme.

Quelques instants plus tard, il entendit un faible gémissement et passa la tête à l'intérieur. Les yeux fermés, elle s'était affaissée contre le mur et s'essuyait mollement les lèvres avec le poignet. Elle avait l'air si mal en point qu'il fut pris d'un accès de sympathie — qu'il réprima.

Zut ! Il ne voulait *rien* ressentir — et surtout pas de l'empathie. Cela le rendrait aussi stupide que lorsqu'il avait rencontré Avery. *Quel idiot !* Il s'était vraiment fait avoir. Mais cela lui avait servi de leçon, et il ne referait pas cette énorme erreur. Il était désormais plus vieux et plus avisé. Et il avait appris combien les femmes pouvaient être sournoises.

Pourtant, inquiet du teint terreux de la jeune femme, il s'agenouilla près d'elle.

— Ça va ? demanda-t-il.

— Oui... bien, répondit-elle d'une voix rauque. Il me faut juste un...

Elle s'interrompit brusquement.

— Un peu de temps ? suggéra-t-il. Un médecin ?

— Ne... soyez pas ridicule, répondit-elle, posant fermement une main sur le rebord de la cuvette, et l'autre sur l'épaule de Chase.

Ce contact fit naître des pensées perturbantes dans la tête de Chase et l'émut physiquement.

— Je *suis* médecin, dit-elle.

Elle tenta de se relever mais, encore faible et tremblante, retomba immédiatement en arrière.

Un soupçon déplaisant lui vint. Malaise ? Vomissement ? C'était exactement les symptômes d'Avery quand...

— Vous êtes enceinte ? demanda-t-il sans détour.

Piquée au vif, elle leva vers lui un visage indigné.

— *Non !*

Pourquoi était-il soulagé de l'apprendre ? Elle mentait peut-être. Et bon sang, le mensonge, il connaissait !

Glissant la main sous l'aisselle de la jeune femme, il se releva et la remit debout. Elle s'affaissa aussitôt contre lui, et, au lieu de la repousser, il l'étreignit fermement, respirant son doux parfum et appréciant le contact de deux seins généreux contre son torse nu.

Réalisant ce qui était en train de se passer, il sortit rapidement du box et l'entraîna vers le comptoir. Il l'installa sur une chaise et retourna prendre des serviettes en papier au distributeur.

Qu'est-ce qui lui arrivait, bon sang ? C'était peut-être la chaleur qui l'affectait, lui aussi. Il ne pouvait tout simplement *pas* éprouver la moindre attirance envers une femme de la *ville* qui, de plus, était presque sa *sœur*, nom d'un chien !

Enfin, sa sœur à elle était presque sa sœur à lui.

Ce qui revenait au même, non ?

Il passa les serviettes sous l'eau. Se retournant, il s'aperçut qu'elle le détallait de ses yeux sérieux couleur de miel. Quelque chose de brûlant et de fou se noua dans son ventre.

Prenant conscience qu'il restait planté là comme un idiot, il détourna le regard. Décidément, l'abstinence rendait fou !

Il lui tendit la poignée de papier dégoulinant.

— Si vous êtes médecin, que faites-vous dans le Pacifique Sud habillée comme ça ? C'est la déshydratation et le coup de chaleur assurés !

Manifestement contrariée, elle considéra la masse détrempée qu'il lui tendait. Elle semblait avoir une bien piètre opinion de ses compétences médicales.

Ce n'était ni flatteur ni amusant. Alors pourquoi avait-il envie de sourire ? Il n'éprouvait aucune sympathie pour cette femme guindée et impatiente !

Elle se leva, chancelante, saisit les serviettes et alla en tirer d'autres, sèches, au distributeur.

— Si je suis habillée « comme ça », comme vous dites, c'est parce que je me rendais à une conférence à Londres quand j'ai reçu un message très préoccupant : ma sœur va épouser un homme qu'elle vient à peine de rencontrer. Un loser qui veut profiter d'elle, j'imagine. Et, au cas où vous penseriez que le monde entier vit dans un été perpétuel, l'hémisphère Nord connaît une saison nommée « hiver ». J'ai quitté Boston sous une pluie glaciale et j'ai atterri à Londres dans le blizzard.

Jude n'était pas du genre à profiter des femmes ; c'était plutôt l'inverse ! Vexé par la remarque déplaisante, Chase désigna la tenue qui avait cessé d'être élégante.

— Eh bien, de *ça*, il faudra vous en défaire ou vous allez vous évanouir toutes les cinq minutes sur moi.

Dans le miroir, elle lui envoya un regard de tueuse. Il parvint à grand-peine à dissimuler son envie de sourire en fronçant les sourcils.

— Je ne me suis *pas* évanouie, dit-elle avec mépris.

— C'était bien imité, répondit-il.

Il commençait à s'amuser.

— Je ne m'évanouis *jamais*. De toute manière, qu'est-ce que vous en avez à faire ? Nous ne nous reverrons plus, je quitte l'île en avion dans moins d'une heure.

De toute évidence, il lui tardait de s'en aller. Chase s'éloigna du comptoir en soupirant. Son humeur badine s'était brusquement dissipée.

En chemin vers la porte, il se retourna.

— Et comment comptez-vous prendre l'avion pour quitter l'île, Votre Altesse ? En construisant un appareil de vos mains ?

— Ne dites pas de bêtises. Je cherche Chase... Quelquechose.

Elle fronça les sourcils et palpa de ses doigts pâles et tremblants l'hématome qui se formait déjà sur son front.

Il essaya de ne pas se sentir coupable. C'était elle la principale responsable, non ? De plus, son œil à lui était en train d'enfler aussi, et sa joue lui faisait un mal de chien.

La jeune femme laissa retomber sa main et agrippa le comptoir. Elle prit une profonde inspiration qui fit saillir les deux globes clairs au-dessus du caraco bordé de dentelle. Chase en eut le souffle coupé.

Emergeant de ses pensées très osées, il se rendit soudain compte qu'elle le dévisageait d'un air horrifié. Elle venait de comprendre.

— Chase, c'est *vous*, c'est ça ?

Il ne répondit pas, en proie à un sentiment bizarre. Ce n'était pas exactement de la peur, car il n'avait peur de rien, lui, Chase Gallagher. Non non. Pas question d'avoir peur, surtout d'une femme de la ville.

Et surtout pas de *cette* femme de la ville, avec ses cheveux fauves, sa peau claire et ses grands yeux couleur whisky. Elle allait devenir la belle-sœur de son frère, bon sang ! Ce qui faisait pratiquement d'elle un membre de sa famille. S'il y avait une chose qu'un Gallagher ne faisait pas, c'était d'abandonner un parent — quoi qu'il advienne.

— Ne traînez pas, dit-il en sortant. Notre déjeuner va arriver, et il faut encore que je charge l'avion.

3

Le site du crash —
L'île de Moratunga,
cent soixante kilomètres au nord de Tukamumu

Le vent et la douleur — Chase sentit l'un et l'autre en même temps. Le vent lui cinglait le visage, la pluie le criblait de piqûres d'aiguilles, et la douleur… *horrible*… menaçait de lui pulvériser le cerveau.

Avec un gémissement rauque, il refoula une violente nausée. Mais, s'il souffrait, cela voulait dire qu'il était vivant. Ce qui était bien. Il dériva vers une obscurité réconfortante. Vraiment bien. S'il était vivant, tout cela n'avait été qu'un mauvais rêve…

Le cœur battant à tout rompre, il émergea en sursaut de sa torpeur. Un élancement douloureux le traversa lorsqu'il tourna la tête pour observer le cockpit autour de lui. Il y avait quelque chose d'anormal. L'odeur du plastique brûlé lui souleva le cœur.

Le feu !

A cette pensée, il détacha immédiatement sa ceinture, avant de réaliser — trop tard — qu'il était pratiquement suspendu dedans.

Il tomba sur les commandes, l'épaule gauche en avant. Puis il ne fut plus qu'un corps gémissant recroquevillé sur le sol.

Bon sang de bon sang !

Il resta quelques instants hébété. Une douleur brûlante lui transperçait l'épaule, et sa tête lançait comme une plaie ouverte.

Enfin, la vision lui revint suffisamment pour qu'il distingue… — *mais que diable… ?* — de la végétation dans son avion. Ou bien il avait des hallucinations, ou bien…

Ah oui… La tempête !

Un instant, il oublia de respirer, suffoqué par l'afflux de souvenirs. *Le crash*. Son avion s'était écrasé.

I-ni-ma-gi-nable.

Se tenant l'épaule et marmonnant des insultes contre les stupides tempêtes qui changeaient de trajectoire sans prévenir, Chase s'assit. Son estomac se révolta immédiatement, et il s'immobilisa. OK. A noter. Ne plus bouger jusqu'à ce que le cauchemar se dissipe.

Il inspira avec précaution et plissa les yeux dans l'obscurité.

Pourquoi y avait-il deux mannequins suspendus à trente centimètres de son visage ?

Soudain, il comprit qu'il voyait double et qu'il regardait… Comment elle s'appelait, déjà ? Malgré la douleur, il loucha de son mieux et distingua une cascade de cheveux fauves. Son cœur bondit jusqu'à sa gorge quand il reconnut… Amelia ? Mon Dieu, son frère allait… *Non, attends*. Pas Amelia. *Evelyn* — l'insupportable sœur d'Amelia —, suspendue par la ceinture, et dont les bras, les jambes et les cheveux pendaient mollement.

— Eve… Evelyn ? appela-t-il d'une voix enrouée.

Pendant combien de temps était-il resté inconscient ? Deux minutes ? Plusieurs heures ? Vaguement alarmé par la complète immobilité de sa passagère, il s'éclaircit la gorge.

— Eh, docteur !

Rien. Pas le moindre mouvement. Il inspira profondément pour contrôler la panique et réprima une horrible pensée. Son cœur s'affola. Non, non… *non* ! Il n'était pas question que le fringant médecin soit …

— Eve ! Réveillez-vous, *bon sang* !

Sa tête tournait, et la nausée lui montait à la gorge, mais

il se hissa jusqu'à la position debout en utilisant son bras valide. Tout tanguait autour de lui, et il se cala entre le fauteuil et les commandes jusqu'à ce que la nausée se calme, bientôt remplacée par un violent sentiment d'abattement.

Ils venaient à peine de se rencontrer, bon sang, et il ne l'appréciait même pas ! Mais elle était sous sa responsabilité — sans parler du fait qu'elle était aussi sa future belle-sœur, ou presque.

La première chose à faire, c'était de vérifier ses signes vitaux.

Il glissa les doigts sous l'épais rideau de cheveux fauves et trouva enfin, juste au-dessous de la mâchoire, un pouls, fort et régulier.

Attrapant le saint Christophe qu'il avait autour du cou, il le gratifia d'un bruyant baiser de reconnaissance.

Dieu merci, elle était en vie.

Lui aussi, à tel point qu'il fut distrait par la vue de longues jambes nues… Les pieds aussi étaient nus, et la blouse de soie ivoire avait glissé de la jupe, exposant un peu de peau qui semblait plus érotique que si tout le corps avait été dénudé.

Stupide. Il vivait dans un paradis où de nombreuses femmes sortaient beaucoup moins vêtues que cela. Mais pourquoi s'arrêter sur ce détail ? Il y avait bien plus important, le fait qu'elle n'avait pas repris connaissance par exemple. Et aussi qu'il ait crashé son satané avion… quelque part. *Bon sang !* Il n'arrivait pas à le croire. Dire qu'il survolait ces eaux depuis presque cinq ans sans le moindre incident !

Il se passa nerveusement la main dans les cheveux. Mieux valait regarder la réalité en face. Que cette catastrophe se soit produite le jour où cette femme s'était pratiquement jetée dans ses bras, avant d'essayer de le tuer d'un coup de tête, ne pouvait pas être une coïncidence. Cette Evelyn était une personne à éviter absolument. Une guigne. Une espèce de fléau mortel.

De plus, elle était guindée et insupportable — le contraire de son genre de femmes.

— J'ai fait des milliers de kilomètres pour fuir les femmes

comme vous, dit-il d'un ton agacé à sa passagère évanouie. La dernière chose dont j'ai besoin pour me compliquer la vie.

Même temporairement.

Alors pourquoi diable était-il fasciné ? Quel idiot il faisait ! Retenant un juron, il se massa la tempe. Il ne devait plus penser aux sous-vêtements d'Evelyn. Mais plus il essayait de ne *pas* penser à la soie et à la dentelle, et plus il se souvenait des formes parfaites sous la jupe ajustée vert pâle, quand elle s'était penchée sur le comptoir de l'entrée, à Port Laurent. Cette vision avait allumé de jolis et piquants fantasmes qui lui avaient surchauffé le cerveau. Puis son regard avait glissé le long d'une paire de jambes spectaculaires, plus dignes d'une danseuse de Vegas que d'une doctoresse droguée du travail.

Il avait attribué son trouble intense à la testostérone et à l'abstinence, bien sûr.

Etait-ce désormais le signe d'une possible commotion cérébrale ? De toute évidence, un homme qui vivait comme un moine pouvait penser au sexe même juste après avoir crashé son avion. Et le coup à la tête avait été *très* violent. Le cerveau avait-il été atteint ?

Quelle galère !

Pensif, il essuya quelque chose de chaud et de poisseux qui lui coulait sur le visage. Dommage que Mère Nature ait décidé de s'amuser avec lui. Le moteur droit et presque toute l'électronique étaient hors d'usage. Comme si cela ne suffisait pas, il avait perdu la face devant cette femme médecin sexy et guindée à laquelle il avait promis que tout se passerait bien !

L'urgence absolue, c'était de s'assurer qu'ils n'allaient pas glisser dans un volcan en activité. Chase se leva avec difficulté. Mais ce mouvement le rapprocha d'un entêtant parfum féminin... de la tentation.

Il recula promptement. Heureusement, ce genre de femmes, c'était fini pour lui.

Eve refit lentement surface. Un gang d'ouvriers jouait du marteau-piqueur sous son crâne. Elle tenta de s'éloigner du lieu des travaux, mais ce mouvement provoqua un élancement douloureux, une sorte de coup de poignard qui la traversa tout entière.

Aïe ! Mais qu'est-ce que...

Inspirant avec précaution, elle fit le point. Où était-elle, et pourquoi ne se souvenait-elle de rien ? Et pourquoi diable quelqu'un était-il assis sur sa poitrine ?

Quelque chose de froid et humide lui toucha la tête, juste à l'endroit douloureux. Elle ne put retenir un gémissement et frappa sans énergie la main qui l'ennuyait.

— 'vous-en, fit-elle.

Quand un filet d'eau froide lui coula dans la gorge, elle frissonna.

— Tenez-vous tranquille, ordonna une voix grave qu'elle connaissait.

Prise de panique, Eve ouvrit les yeux avec l'intention de dire vertement ce qu'elle pensait, mais les mots moururent sur ses lèvres. Le dieu marin était penché sur elle.

Mince.

Une plainte lui échappa : tout son corps lui faisait mal. Même ses yeux, qu'elle plissa en réaction à la lumière.

— Super, dit-elle d'une voix enrouée. Je suis morte. Le pilote de l'enfer n'a pas fini de me torturer.

Une lueur d'amusement dansa dans le regard gris orage, qui exprimait aussi... de l'inquiétude et un vif soulagement ? Etait-ce possible ? Pourquoi n'avait-elle pas remarqué avant ses cils longs et épais ?

Elle tenta de repousser le linge humide qu'il lui pressait sur les cheveux, mais il lui maintenait doucement la tête.

— Ne bougez pas, dit-il d'un ton agacé. Il a fallu que je vous déplace pour rechercher d'éventuelles lésions internes.

— C'est mon travail, ça ! protesta-t-elle.

L'instant d'après, elle sursauta. Il avait touché un point particulièrement sensible.

— Aïe !

Elle lui saisit mollement le poignet, ce qui n'empêcha pas Chase de tapoter doucement la zone douloureuse ! Pire, elle avait gémi. C'était très embarrassant. C'était *elle* le médecin, bon sang. C'était son travail à elle de soigner les blessés !

— Ça... fait mal...

Ce qui ne faisait pas mal mais était au contraire bizarrement excitant, c'était la chevelure que rencontra sa paume. C'était agréable — une sorte de bouée de sauvetage. Ensuite seulement, Eve remarqua quelque chose de sombre et humide qui poissait ces cheveux épais, la pâleur sous la peau bronzée du visage. En un instant, elle repassa en mode professionnel.

Avec une détermination retrouvée, elle écarta la main de Chase et parvint, en ahanant, à se mettre en position assise.

— Mais qu'est-ce que vous m'avez fait ? demanda-t-elle d'une voix rauque.

Elle avait l'impression qu'on lui avait écrasé la poitrine.

— J'ai sauvé votre peau, grommela Chase. Et, juste au cas où vous l'auriez oublié, c'est la deuxième fois en moins de huit heures.

Ignorant son visage outré, elle regarda derrière ses larges épaules.

Ce qu'elle vit la sidéra et l'horrifia. Les sièges étaient tordus selon des angles bizarres, et leur rembourrage répandu partout. Une grande bâche plastique recouvrait un trou dans le fuselage déchiqueté. Chase devait l'avoir installée tant bien que mal pour les protéger de la tempête, mais l'eau ruisselait sur les côtés.

La vérité se fit jour, et Eve reporta brusquement son regard sur Chase.

— Oh mon Dieu, vous vous êtes crashé ?

— Pas du tout, répondit-il, l'air choqué. La tempête...

— Mais nous sommes sens dessus dessous ! dit-elle, l'interrompant.

Derrière les larges épaules de Chase, ni le plancher ni le plafond ne se trouvaient à leur place normale.

— Vous aviez promis que tout irait bien !

Le regard de Chase s'assombrit, et un muscle saillit dans sa mâchoire.

— Tout *va* bien.

— Vous disiez que vous gériez la situation.

— Je l'ai fait.

Son regard tourmenté avait une telle intensité qu'elle comprit enfin : il n'était pas aussi calme qu'elle l'avait cru. Et il semblait... embarrassé, même.

— Vous l'avez fait ? Ah bon ! Au cas où vous ne l'auriez pas remarqué, vous vous êtes écrasé avec votre avion.

— Sans blague ! fit-il, d'un ton sarcastique qu'elle jugea complètement injustifié. Très observatrice. Félicitations. La foudre, quand on la reçoit directement, a tendance à griller l'électronique, vous voyez. Alors, oui. Nous nous sommes crashés. Vous êtes contente ?

Elle soupira au souvenir de l'hydravion, blanc, rutilant, et de toute évidence entretenu avec soin, qui se balançait gentiment sur les eaux bleu vif de Port Laurent.

— Je suis désolée. C'était un bel avion.

— Mm, répondit-il, l'air complètement abattu.

Elle adopta un ton conciliant.

— Savez-vous... où nous sommes ?

— Oui, dans un hydravion déchiqueté.

Elle en oublia toute idée de conciliation.

— Vous n'avez aucune idée de l'endroit où nous nous trouvons, c'est ça ?

— Eh bien, pas encore...

— Oh mon Dieu. Vous plaisantez... non ? Vous n'en savez rien ! dit-elle d'un ton accusateur.

— Eh bien, pas exactement. Mais vous allez bien, non ? Pas de fractures ou autre ! Vrai ou faux ?

Il aurait au moins pu prendre un air désolé ! La gorge d'Eve se contracta, et elle tenta de reprendre son souffle, une main crispée sur la poitrine. Son cœur battait à lui rompre la cage thoracique.

— « Bien » ? Vous appelez ça « aller bien » ? lança-t-elle, sa voix montant dans des aigus insensés. Oh mon Dieu ! je crois… que je suis en train de faire… une crise cardiaque.

— Vous hyperventilez, c'est tout, répondit-il, avec une insupportable exaspération masculine.

Elle aurait voulu lui taper sur la tête.

Mais au fait… il avait *déjà* reçu un grand coup à la tête — ce qui expliquait probablement son comportement exécrable. Non. Il était déjà comme cela avant le crash.

— Respirez à fond ou vous allez encore vous évanouir.

— Sûrement… pas ! protesta-t-elle sèchement. Mais… je n'arrive pas… à respirer… à fond. J'ai mal… à la poitrine… comme si… vous… m'aviez donné un coup de poing dedans.

Oh mon Dieu, elle allait tomber dans les pommes.

— Ce sont les contusions dues à la ceinture, rien de plus. Vous devriez peut-être me laisser vous examiner ? dit-il, prêt à rendre service. Vous vous êtes peut-être fracturé des côtes.

— Bas les pattes ! répondit-elle, donnant une tape énergique sur la main qui se tendait pour déboutonner son chemisier en soie. Tout ce que vous voulez, c'est vous rincer l'œil.

L'air exaspéré, Chase s'écarta.

— Je me suis *déjà* « rincé l'œil », comme vous dites si délicatement.

Plissant les yeux, elle lui décocha un regard meurtrier, auquel il répondit par un haussement d'épaules désinvolte.

— Si ça peut vous rassurer, vous n'êtes pas mon genre, déclara-t-il.

Elle mordilla sa sculpturale lèvre inférieure de ses dents nacrées.

Zut et rezut ! Ce n'était pas *du tout* le bon moment pour observer ses lèvres : ils avaient tous deux besoin de soins médicaux.

— Mais si vous le demandez bien gentiment…, reprit-il posément.

Il avala une gorgée d'eau en bouteille et grimaça.

— Quand nous sortirons de là, reprit-il, je vous aiderai à régler ce petit problème qui vous a fait *crier* quand vous croyiez votre dernière heure arrivée.

Elle le regarda de ses grands yeux couleur d'ambre. Elle se souvenait manifestement de quoi elle avait parlé et savait pourquoi elle avait *crié*… avant le crash.

— Qu-quel problème ? balbutia-t-elle. Le seul problème que j'aie ici, c'est vous, répondit-elle, regardant l'intérieur de la cabine. Vous, et le fait que vous vous soyez écrasé au sol.

Ignorant délibérément ses tentatives de diversion, il lui tendit la bouteille.

— Eh bien… c'était difficile d'entendre avec tout ce bruit, mais je crois bien que vous disiez n'avoir jamais connu le genre d'orgasme qui fait crier de plaisir.

L'air horrifié, elle lui arracha la bouteille des mains. Dans son visage clair, ses pommettes déjà roses avaient viré au fuchsia.

— Je n'ai *sûrement pas* dit une chose pareille.

— Oh que si !

A présent, il s'amusait beaucoup.

— Ne soyez pas ridicule. J'ai tr-trente ans. Bien sûr que j'ai eu des org… des centaines.

Il pointa l'index dans sa direction.

— Vous voyez ? Vous n'arrivez même pas à prononcer le mot, dit-il, réprimant un gloussement. Vous n'êtes pas mon genre, ni rien, mais après ça j'ai eu un mal fou à me concentrer sur mon pilotage. Alors je pense que le crash, c'est votre faute.

— Vous êtes… complètement fou.

Il haussa une épaule évasive.

— Je pensais que… survivre ensemble et tout ça…

En toussotant, il masqua un gloussement : le visage d'Eve exprimait un mélange de soulagement, d'indignation, de stupéfaction et d'incrédulité. *Impayable.*

— De plus, fit-il, peu de types se retrouvent naufragés sur une île tropicale déserte avec un mannequin en sous-vêtements exotiques !

Eve écarquilla les yeux et fit un faux mouvement. De l'eau remonta dans le goulot de la bouteille, lui aspergeant la main et le devant de la chemise. Pendant une dizaine de secondes, elle bredouilla, ouvrant et fermant la bouche plusieurs fois. Elle semblait sur le point de lui jeter de l'eau au visage. Ou peut-être de le frapper sur la tête avec la bouteille. Considérant qu'il avait déjà la migraine maximale, il se plaça prudemment hors d'atteinte.

— Vous feriez mieux de ne pas gaspiller l'eau, dit-il. C'est la seule bouteille que nous ayons.

Mortifiée de cette allusion à sa brève perte de contrôle, elle tira nerveusement sur sa jupe.

Elle n'était pas son genre. *Mais pourquoi diable s'arrêter à une remarque pareille ?*

— Lingerie, rectifia-t-elle d'un air guindé, se contorsionnant pour tirer sur sa jupe étroite.

— Mm ?

— *Lingerie* — pas sous-vêtements. Ce sont les hommes qui portent des sous-vêtements.

— Mm..., murmura-t-il, fixant sa poitrine avec acuité.

Elle vérifia d'un discret coup d'œil que l'étoffe restait opaque et soupira de soulagement.

— Alors comme ça, vous êtes vraiment mannequin pour de la lingerie ?

Il savait bien que non. Il était juste en train de la provoquer. Le *mufle*.

— Bien sûr que non, répondit-elle, mordant quand même à l'hameçon. Qu'est-ce qui a bien pu vous donner cette idée ?

— Vous.

— Je crois que vous avez reçu un coup à la tête, dit-elle, soudain inquiète.

Elle venait de prendre conscience de son visage marqué

d'ecchymoses et du sang poisseux dans ses cheveux bruns. Mais, malgré les ridules de douleur autour de ses yeux, il était… beau comme un pirate irrévérencieux et ébouriffé. Sexy ! Et elle éprouva un pincement de désir…

Il afficha un petit sourire, comme s'il avait deviné ses pensées.

— Vous devriez peut-être me laisser vérifier ça par moi-même. Dans un but éducatif, évidemment, ajouta-t-il innocemment. Pour me montrer la différence entre lingerie et sous-vêtements.

Exaspérée par sa malice, elle plissa les yeux, qui devinrent deux fentes au regard dangereux.

— Vous. Etes. Démoniaque, dit-elle, s'éloignant de lui — ce qui ne lui permit pas d'aller assez loin, étant donné l'espace restreint dans lequel ils se trouvaient. Et, au lieu de vous intéresser à mes sous-vêtements, vous feriez mieux de songer à notre localisation, et…

Soudain, la situation lui apparut dans toute son horreur.

— Et, mon Dieu, au moyen de nous sortir de là.

Il lui adressa un regard noir, comme si elle avait insulté sa virilité, mais il ne dit rien et ferma même les yeux.

La blessure à la tête avait-elle affecté sa mémoire ? La peur s'insinua dans son ventre.

— Et la radio ? Vous avez essayé la radio ?

Les épaules de Chase retombèrent.

— *Bien sûr*, répondit-il, exaspéré, sans ouvrir les paupières. Et, avant que vous me harceliez sur notre position exacte, et la manière dont nous allons être secourus, tout ce que je peux vous dire, c'est que je n'en sais rien.

Il ouvrit brusquement les yeux et fixa sur elle son regard sombre, étrangement sérieux et fascinant.

— J'ai jeté un coup d'œil tout à l'heure, et tout ce que j'ai vu, c'est de la jungle. Nous nous sommes écrasés dans la jungle. Pas de chance — mais c'est mieux que la mer, non ?

Que répondre à un tel raisonnement ? Après un court silence, Chase afficha une expression plus sereine et la toisa des pieds à la tête, s'attardant sur ses seins.

— Alors comme ça, dit-il, changeant délibérément de sujet, vous êtes généraliste ?

— Non. Gynécologue-obstétricienne.

— Et vous n'avez *jamais* posé pour de la lingerie ?

— Non, répondit-elle, agacée. Je n'ai *jamais* été mannequin. J'ai été serveuse, femme de chambre dans un motel, vendeuse dans une boutique de donuts, puis dans une...

Elle s'interrompit avant de mentionner qu'elle avait aussi travaillé dans une boutique de luxe, où elle avait contracté un goût prononcé pour la belle lingerie. Comment aurait-il réagi à cette révélation ?

— Enfin, peu importe. Je n'ai jamais éprouvé le moindre désir de défiler en sous-vêtements.

Avec un petit sourire, il la scruta délibérément, jusqu'à ce qu'elle s'empourpre.

— Mm.

— Qu'y a-t-il ?

— A l'université, j'avais un copain de chambre qui se spécialisait en gynécologie. Une espèce d'ours incapable de changer de chaussettes, et encore moins de savoir d'où viennent les bébés. Vous ne lui ressemblez pas du tout.

Comment prendre la remarque ? Elle leva les yeux au ciel.

— Vous êtes allé à l'université ? demanda-t-elle, examinant la plaie qu'il avait à la tête.

— A l'université ? Oui, répondit-il sans enthousiasme. Même réussi à obtenir un diplôme, et tout ça.

— Et qu'avez-vous appris ? s'enquit-elle distraitement, plus inquiète de son élocution difficile et de sa pâleur que de la quantité de sang perdu. A persuader les filles d'ôter leurs sous-vêtements ?

Il eut un petit rire las.

— Leur lingerie, murmura-t-il, fermant les yeux.

— Quoi ?

— On dit « lingerie ». Vous l'avez précisé vous-même. Ce sont les hommes qui portent des sous-vêtements.

Sans prêter attention à son bavardage, elle se concentra sur les détails importants.

— Si vous êtes diplômé, pourquoi promenez-vous les touristes en hydravion dans le Pacifique Sud ?

Il lui décocha un regard gris aussi vif qu'un laser et referma les yeux.

— C'est une histoire longue et ennuyeuse. Mais si vous voulez vraiment le savoir…

Il s'interrompit et bâilla.

— Ça me permet de boire de délicieux cocktails.

Déçue malgré elle, elle se renversa en arrière, s'éclaircit la gorge et replaça une longue mèche de cheveux derrière son oreille.

— Vous ne devriez pas fermer les yeux.

— Je suis fatigué, et ma tête me fait mal. J'ai mal *partout*, en fait.

Elle pouvait comprendre cela. Ses propres contusions, combinées à la diminution de l'adrénaline, lui donnaient une envie folle de s'abandonner à un sommeil réparateur.

— Je veux dire, je pense *vraiment* que vous ne devriez pas dormir.

Quelque chose dans le ton de sa voix avait dû alerter Chase, car, se redressant brusquement, il regarda autour de lui comme s'il s'attendait à ce qu'une horde de sauvages surgisse de derrière les sièges.

— Pourquoi ? Qu'est-ce qu'il y a ? Vous aussi vous êtes blessée à la tête, dit-il, agitant la main dans sa direction.

A la grande surprise d'Eve, la mention de sa propre tête réveilla sous son crâne un martèlement digne d'un concert de heavy metal.

— Mais… je n'ai pas de traumatisme, affirma-t-elle malgré sa migraine insoutenable.

Deux analgésiques et une bouteille d'eau en viendraient à bout. Plus une douzaine d'heures de sommeil, si possible.

— Comment le savez-vous ? demanda-t-il, se renversant en

arrière avec un grognement sourd. Vous êtes restée *longtemps* évanouie.

Elle digéra l'information.

— Combien de temps ?

— Je n'en sais rien. Un bon moment.

Ce qui signifiait qu'il avait perdu conscience lui aussi.

Du regard, elle inspecta la cabine.

— Avez-vous une trousse d'urgence ?

— Fixée à la cloison, derrière vous. Nous allons jouer au docteur, docteur ?

Elle décrocha la boîte et eut la surprise d'y trouver un équipement plus qu'adéquat pour les urgences bénignes — ou même pour de petites interventions.

— Non, répondit-elle distraitement. Je vais faire ce que j'ai appris à faire.

Après avoir sorti de la boîte des tampons d'ouate, des bandes adhésives sous emballage et un spray d'antiseptique, elle les posa près d'elle.

— Dois-je m'inquiéter ? demanda-t-il avec un petit sourire narquois.

— Vous inquiéter ? répéta-t-elle avec une légère appréhension.

Comment réagirait-elle ? Air sombre et jurons étaient plus faciles à affronter qu'un Chase Gallagher moqueur et dangereusement attirant. Mais peut-être le coup sur la tête avait-il modifié sa personnalité. Ou, pire encore, peut-être son traumatisme à elle lui avait-il fait perdre son bon sens.

— Je suis un excellent médecin.

— Mais une fracture du crâne n'a pas grand-chose à voir avec un accouchement et des… comment dire… des organes reproducteurs féminins, répondit-il, imitant à la perfection le ton doctoral qu'elle venait d'adopter.

— Si j'étais vous, je ne me ferais pas de souci pour ma blessure, dit-elle doucement. C'est seulement gros et dur.

Elle regretta les mots dès qu'ils eurent franchi ses lèvres : le sourire malicieux de Chase se transforma en un rire sans retenue. Elle lui décocha un regard noir qui le fit encore plus rire, jusqu'à ce qu'elle lui applique sur le crâne une poignée de tampons alcoolisés.

Le souffle coupé, il lui saisit le poignet.

— Vous êtes sûre que vous êtes médecin ? Mentionner la reproduction humaine vous fait rougir, et vous vous comportez curieusement avec les patients.

— Avec moi, les nouveau-nés et leurs mères sont parfaitement en sécurité ! Ce sont seulement les *grands* bébés qui doivent se méfier.

— Vous me traitez de gros bébé ? fit-il avec un froncement de sourcils terriblement sexy. Est-ce que vous flirtez avec moi, docteur Carmichael ?

— Ne soyez pas ridicule, répondit-elle en glissant les mains dans les cheveux humides de Chase pour examiner sa blessure.

Tu flirtais, Eve. Cette prise de conscience lui fit durcir la pointe des seins et fit naître dans son ventre un frisson d'alerte. Mais elle n'avait *rien* à voir avec sa propre mère. *Rien du tout.* Sa mère, qui avait commencé de travailler à l'âge de treize ans, avait eu une série d'aventures qui s'étaient conclues par deux grossesses non désirées, plus des ruptures douloureuses, des comptes bancaires à découvert et des ecchymoses.

— Ce n'est ni l'heure ni l'endroit pour flirter, dit-elle.

— Vous avez mieux à proposer ? fit-il, goguenard.

Elle lui décocha un long regard glacial et saisit d'autres tampons d'ouate.

— Par exemple : détecter une fuite de matière grise ? C'est inutile, monsieur Gallagher. Il semble que vous ayez déjà perdu toute la vôtre.

4

Chase trouva extraordinairement érotique la sensation des doigts d'Evelyn Carmichael dans ses cheveux. Aucun doute n'était plus permis : il avait bel et bien perdu des neurones.

Il ferma les yeux en soupirant. Super. Super cool. Il n'avait plus d'avion, et son cerveau aussi avait pris un coup. L'appareil était assuré, mais son cerveau… Il ne savait pas lequel des deux allait lui manquer le plus.

Il se concentra malgré lui sur le parfum follement érotique d'Evelyn penchée sur lui. *C'est bien ma chance d'avoir envie de coucher avec la sœur d'Amelia.* C'était mal et c'était étrange, car il n'avait jamais éprouvé le moindre désir pour sa future belle-sœur. Mais il avait envie de renverser Eve, de la faire basculer sous lui et de prendre ses jolies lèvres.

Justement, voilà qu'elle se mordillait la lèvre inférieure — une lèvre rose et pleine ! Il inspira bruyamment, ce qui intrigua Eve. Leurs regards se croisèrent, et ils se figèrent.

Des ondes vibraient dans l'air, et le pouls de Chase entama un brusque galop.

La seconde s'étira, et les pupilles d'Eve s'agrandirent jusqu'à ce qu'il ne reste qu'un mince cercle d'ambre brillant. Les oreilles de Chase bourdonnaient…

Avant de comprendre ce qu'il faisait, il saisit le chemisier de soie pour attirer Eve à lui. Mais, au lieu de l'embrasser comme il en rêvait, il marqua une pause à quelques centimètres des lèvres pulpeuses.

Elle laissa échapper un petit cri étranglé, et il rêva de prendre ces lèvres pour avaler ce bruit-là. Et tous les autres sons qu'elle produirait. Encore et encore...

Pendant de longues minutes, ils restèrent figés, leurs regards fondus l'un dans l'autre, et leurs bouches se frôlant presque. Le monde, silencieux, ne contenait plus que de la chaleur, des souffles entrecoupés, et un désir incroyable et fou.

Finalement, Chase prit conscience que c'était l'inquiétude, autant que le désir, qui dilatait les grands yeux d'Eve. *Bon sang*, mais qu'est-ce qui lui prenait ? Il n'avait pas pour habitude d'embrasser les femmes de force !

Déstabilisé par son propre comportement, il donna un petit coup de coude à Eve pour l'écarter de lui, avec l'espoir d'éloigner la tentation.

Désarçonnée, elle porta une main tremblante à ses lèvres et détourna le regard. Elle respirait aussi vite que lui, et il se maudit d'avoir fait naître cette inquiétude. Mais cela valait mieux que le désir brûlant qui l'avait envahie — qui les avait envahis.

Elle faillit parler, puis se ravisa. Un pli d'agacement et de trouble mêlés barrait son front.

— Qu'est-ce qui nous a pris ? demanda-t-elle d'une voix enrouée.

Il eut un rire sans chaleur.

— Si je le savais...

Et il lui tourna le dos pour qu'elle ne le voie pas s'empourprer.

Le silence s'éternisa, puis Eve s'éclaircit la voix.

— Je dois encore poser un pansement sur votre plaie à la tête, dit-elle d'un ton faussement enjoué.

— Non, mais ça va, fit-il.

Il ne lui présenterait pas d'excuses. De toute façon, tout était sa faute à elle. L'avoir regardé avec ces yeux brillants... Ah oui, et aussi avoir mordillé ses lèvres pulpeuses... devant lui ! Ça faisait un bon moment qu'il n'avait pas fait l'amour. Elle n'aurait pas dû tenter un homme en manque.

— Si j'ai besoin de soins médicaux, fit-il d'un ton rogue, je vous le ferai savoir. Là, je suis fatigué. Alors... bonne nuit.

Sa déclaration fut accueillie par un silence médusé, puis Eve remua, marmonnant à propos de lobotomiser les aviateurs grincheux pour leur améliorer le caractère.

Mais lui, il avait bon caractère — en tout cas, c'était vrai avant qu'Eve entre dans sa vie en faisant une syncope ! Peut-être était-ce son attitude à elle qui avait besoin d'être revue. Ne savait-elle pas que les hommes étaient attirés par les femmes douces et féminines ? Les femmes qui ne les regardaient pas comme des délinquants à mettre au pas. Les femmes qui ne prenaient pas un pilote qui avait crashé son hydravion pour un idiot.

Mais, si c'était vrai, alors pourquoi trouvait-il ses belles lèvres et ses reparties mordantes si incroyablement... *sexy* ?

Le cœur battant, Eve regarda, incrédule, l'allée irrégulière que l'hydravion de Chase avait ouverte dans la jungle sur une bonne quarantaine de mètres, avant de s'immobiliser dans une posture improbable. Une aile et un flotteur s'étaient cassés net, laissant la carlingue à demi ensevelie dans une épaisse végétation tropicale.

A cette vue, ses genoux flageolèrent.

La dernière chose dont elle se souvenait, c'était l'appareil se renversant sur le dos, et le cri qu'elle avait poussé, convaincue qu'elle allait mourir.

Ensuite... Elle prit une profonde inspiration pour ralentir son rythme cardiaque. A son réveil, un dieu marin à demi nu était penché sur elle, pour la seconde fois en moins de douze heures.

Tout cela semblait... surréaliste. Comme si ce cauchemar était arrivé à quelqu'un d'autre, sur fond de cris aigus ou rauques. Des animaux hostiles avaient-ils envahi la « chambre » ?

Non. Elle se trouvait dans une épave d'avion. Loin de la mer.

Pendant un long moment, elle était restée là, allongée,

parfaitement immobile, absorbant le choc et espérant que tout ne soit qu'un mauvais rêve.

Si la veille, à Oahu, elle avait pu prévoir ce désastre, elle serait rentrée à Londres...

Mais à propos de désastre... Où était passé Chase ?

Après leur brûlant et intense étrange presque-baiser, elle s'était enfuie de l'avion dans l'espoir de reprendre le contrôle de ses émotions avant de se retrouver de nouveau devant lui. Mais elle n'aurait pas dû s'inquiéter : à son retour, il dormait profondément. N'ayant rien à faire, elle avait avalé deux comprimés d'analgésique et s'était étendue à côté de lui. Quelques secondes plus tard, elle dormait aussi.

Elle s'était réveillée une fois, douillettement blottie contre son grand corps. Quand, dans un sursaut, elle s'était assise, *horrifiée*, il avait prononcé quelques mots agacés et l'avait recouchée contre lui.

Elle avait tenté de résister, mais Chase l'avait immobilisée, lui ordonnant, d'un ton bourru, de dormir. Finalement, elle avait succombé, enveloppée d'une délicieuse chaleur et gagnée par un étrange sentiment de décontraction et de contentement.

A son réveil, elle était seule.

Guettant la présence éventuelle de serpents et d'araignées — tout le monde savait que ce paradis en était infesté —, elle vaqua à ses occupations matinales avant de se mettre en route vers la plage. Elle ignora courageusement les bruits étranges venus du sous-bois dense et avança aussi vite que le lui permettaient ses pieds nus et ses muscles raides.

Quelle image ridicule elle devait donner d'elle ! Elle se frayait un chemin, en jupe verte moulante et chemisier de soie crème, à travers des branches cassées, des plantes hautes aux feuilles découpées et des plantes plus basses détrempées, tout cela avec ses sandales à hauts talons à la main !... Avec ses égratignures et ses hématomes, elle devait ressembler à une campagne d'information contre les violences domestiques.

Envolée, son image professionnelle, ce qui, à la réflexion, remontait au moment précis où elle avait atterri au paradis.

Et où elle avait rencontré Chase Gallagher, bien sûr.

Clairement, il ne lui portait pas chance. Et elle en avait assez de la malchance. Plus qu'assez.

Quand, enfin, elle sortit des arbres et foula un sable frais et doux, teinté de rose par la lumière du petit matin et jonché de débris à cause de la tempête, elle était essoufflée. Depuis quand négligeait-elle sa forme à ce point-là ?

A la réflexion, sa méforme avait peut-être un rapport avec les hématomes violacés de sa poitrine et de son ventre, ou avec les nombreuses heures écoulées depuis son dernier repas digne de ce nom...

La seule idée de nourriture fit gémir son estomac, même si elle aurait préféré un long bain chaud. Elle se rêvait enfoncée jusqu'au cou dans de la mousse parfumée, avec des bougies, une bouteille de vin... et un dieu marin pour masser son corps endolori...

Respirant l'air étonnamment frais du matin, elle leva les yeux — et se figea. Le dieu marin était en train de sortir des flots. Et elle ouvrit de grands yeux.

Il était... il était... *Oh mon Dieu !*

Nu. Glorieusement nu. De ses cheveux bruns humides à ses pieds bronzés, en passant par tout — absolument *tout* — ce qui se trouvait entre les deux.

Elle avait dû faire du bruit, parce qu'il cessa de s'ébrouer et leva la tête vers elle. Ses yeux gris orage la localisèrent avec une précision de pointeur laser.

Pendant un long instant, ils se dévisagèrent. Cinq mètres les séparaient, et le souvenir de la nuit précédente, brûlant comme un incendie. Finalement, Chase haussa avec arrogance ses sourcils bruns sous son front marqué d'ecchymoses, ce qui ramena Eve à la réalité.

Elle se plaqua à retardement la main sur les yeux avec un « oh ! » choqué et se retourna à demi, mortellement embarrassée.

Elle avait été surprise en train de fixer un entrejambe dont l'image s'était imprimée pour toujours sur sa rétine — et dans son cerveau.

— La vue vous plaît ? demanda une voix grave au ton amusé.

Elle se serait volontiers giflée, elle réagissait comme une adolescente de quatorze ans surprise dans le vestiaire des garçons.

— Mais que... que diable f-faites-vous là ? demanda-t-elle, l'épiant par les interstices entre ses doigts.

Elle admira — professionnellement, bien sûr — les épaules larges, les deltoïdes bien dessinés mais pas trop massifs, les biceps, les pectoraux, les huit... *huit ?...* abdominaux et, plus bas, le V profond plongeant en direction de...

— Je prends un bain matinal.

Il interrompit ce passage en revue anatomique en ramassant sa chemise, avec laquelle il entreprit de se sécher — pas le moins du monde embarrassé par sa nudité.

Eve ferma les yeux et agita la main dans sa direction.

— Mais vous êtes...

Décidément, elle se conduisait comme une vieille fille scandalisée, elle, la praticienne qui avait vu tant de corps dénudés !

— Je veux dire, votre tête. Vous êtes... euh... contusionné.

Il eut un petit « Mm » sceptique — il avait compris.

Il y eut un bruissement d'étoffe, puis la voix grave et amusée résonna de nouveau.

— Ça va. Je me sens très bien. Plus aucun danger maintenant, docteur Coincé. Vous pouvez regarder.

Il se tenait à une trentaine de centimètres d'elle, en jean, frais et humide et... *amusé*, le monstre. Mais il bougeait la tête et les épaules avec raideur et précaution, comme si tout mouvement lui faisait mal.

— Très bien ? Non. Vous mentez, dit-elle, soulagée de pouvoir se concentrer sur autre chose que cette ahurissante beauté virile.

Elle posa la main à plat sur sa nuque brune pour examiner

ses yeux. Il se raidit, comme si ce contact le surprenait, et, un instant, elle fut prise de court elle aussi. Mais ils avaient survécu à une terrible épreuve et avaient même dormi ensemble. Ce geste-là était un acte professionnel, et… *évidemment pas* le résultat d'un élan de désir !

Chase avait l'air fatigué et il s'efforçait de cacher qu'il souffrait. C'était exaspérant. Les hommes faisaient vraiment des patients insupportables — c'était la première raison pour laquelle elle avait opté pour la gynécologie-obstétrique.

L'autre raison était personnelle. Sa grand-mère, Isadora, sage-femme, avait souvent appelé Eve en renfort. Parfois, les choses avaient mal tourné, comme la nuit où la mère d'Eve était morte en accouchant pour la deuxième fois de jumelles. Le souvenir de ces instants de désespoir avait motivé Eve au cours de ses longues et difficiles années d'études de médecine, financées par trois petits boulots successifs.

Chase la fixait droit dans les yeux, avec un regard intense d'un gris qui s'était assombri, et elle sentit son cœur battre bizarrement. Il lui prit la main, et l'irrégularité rythmique devint un tambour fou qui résonna jusqu'à la plante de ses pieds. Ses seins se tendirent, et ses genoux flageolèrent.

C'était… pour le moins inattendu. Et complètement déplacé. Elle tenta de libérer sa main. Or il la tenait, doucement mais fermement, et elle n'aurait pu se dégager qu'en se débattant, ce qui aurait été très ennuyeux.

Du pouce, il entama une caresse délicieuse.

— Si je vous dis à quel endroit mes lèvres sont douloureuses, murmura-t-il, est-ce que vous les embrasserez mieux ?

— Que…

Sa phrase interloquée se termina en un *oumpf* étouffé quand il la tira par la main pour la serrer contre son sublime torse couvert de contusions.

— Si nous commencions ? demanda-t-il d'une voix rauque.

Avant qu'elle ait pu réagir, il la bâillonna de ses lèvres, sans hésitation — et sans douceur.

Elle ouvrit des yeux stupéfaits et émit une sourde protestation, qu'il étouffa aussi promptement. Quand elle tenta de se dégager, il glissa les mains dans ses cheveux pour la tenir captive pendant qu'il s'appliquait à subjuguer ses sens. Il ne demanda aucune permission et n'essaya même pas de la convaincre. Il se contenta de prendre, faisant tomber ses défenses de ses lèvres et de sa langue, et anéantissant toute idée de résistance.

Prise de vertiges, Eve trouva sous ses mains une peau masculine douce et chaude. C'était bien. Plus que bien, même. Inconsciemment, elle explora, avide et possessive, un abdomen dont les muscles durs frémirent et roulèrent sous ses doigts, pendant que ses lèvres répondaient aux baisers de Chase. Et elle oublia tout, perdue dans une brume heureuse.

Elle n'avait jamais rien connu de comparable. Il l'embrassa jusqu'à ce qu'elle s'affaisse contre lui, presque liquéfiée, et brûlante de désir.

Quand enfin il quitta ses lèvres pour respirer, Eve, le souffle court, parvint à articuler quelques mots.

— Ce... ce n'est pas comme ça qu'on embrasse... euh... mieux, quel que... soit l'endroit... qu'on embrasse.

Elle n'en revenait pas qu'une phrase à peu près cohérente soit sortie de sa bouche. Et que le simple baiser d'un homme puisse la laisser aussi... *changée*.

Il haussa un sourcil brun, et ses yeux brillèrent, à la fois d'amusement et d'une sorte d'indignation, comme si personne auparavant n'avait osé critiquer sa technique. Mais, à la satisfaction d'Eve, le cœur de Chase battait fort sous sa main — toujours posée sur la peau chaude et tendue de ses muscles pectoraux. De l'autre main, elle sentait également sa peau douce, car elle avait agrippé la ceinture de son pantalon de treillis — afin de ne pas s'écrouler en flaque informe à ses pieds.

— Ah bon ? Vraiment ? fit-il.

— Non, répondit-elle. Ce n'est pas... comme ça.

Pourquoi ne fuyait-elle pas cet homme dangereux ? Elle ne

l'appréciait même pas, bon sang, et ce baiser était complètement à l'opposé de l'idée qu'elle se faisait d'une histoire d'amour. Il avait été trop intense — une agression de ses sens — et l'avait laissée hors d'haleine et étourdie. D'autant plus étourdie, peut-être, qu'en déplaçant sa main très légèrement vers la gauche elle s'était figée en réalisant ce qu'elle touchait, en dessous de la ceinture du treillis.

Oh mon Dieu ! Chase s'était apparemment rhabillé très vite et avait oublié son sous-vêtement.

Les sens d'Eve s'affolèrent.

Elle posa sa main libre sur la joue de Chase, puis se dressa sur la pointe des pieds et se pressa contre lui — et contre cette preuve d'une réaction très virile à leur petite expérience.

— Voilà comment on fait, murmura-t-elle.

Le regardant dans les yeux, elle posa doucement les lèvres sur l'ecchymose de son épaule, avant de remonter vers la joue, couverte d'une barbe sexy de deux jours et d'un hématome sombre. Le délicieux picotement contre ses lèvres la fit frissonner de délice et lui donna la chair de poule… Une incitation à se rapprocher encore davantage.

Elle sourit contre une joue rugueuse, et les mains de Chase, lourdes sur ses hanches, se crispèrent presque convulsivement.

Le regard gris orage devint brûlant, et dans le ventre d'Eve naquit une sensation qui ressemblait beaucoup à… du désir ?

Elle se figea. *Non. Pas d'excitation, Evelyn. Ce n'est pas une séance de flirt adolescent qu'on peut contrôler ou désamorcer d'un éclat de rire.*

C'était un adulte, avec trente centimètres et cinquante kilos de plus qu'elle. Impossible de le contrôler, lui — ni la manière dont il faisait réagir son corps à elle.

— Ne vous arrêtez pas, dit-il doucement, ses lèvres sculpturales frôlant les siennes et la faisant frissonner.

Si. Il était vraiment temps d'arrêter.

Elle posa les mains sur les épaules musclées et tenta de

s'écarter, mais il la maintint plus fort encore par les hanches, la serrant contre lui. Contre cette délicieuse... dureté.

Elle respirait d'une manière entrecoupée. Le parfum d'un homme rempli de désir la rendait folle. Que faire ? Se blottir contre lui et lui offrir ses lèvres — et *tout* lui offrir — ou... fuir ?

D'instinct, elle sut quelle option choisir et s'écarta.

Comme s'il avait deviné ses pensées, il rit doucement.

— La frousse, docteur ?

— Ne s-soyez pas ridicule.

Apeurée, elle ? Terrifiée, plutôt.

— Je... je pense seulement que la leçon est terminée, c'est tout.

Ses paumes rencontrèrent accidentellement deux pointes tendues sur les pectoraux de Chase.

— Je vois que vous allez mieux maintenant, dit-elle.

— Menteuse.

Il la plaqua plus fort contre lui, trahissant un désir brûlant...

Je ne sens rien, décida-t-elle.

— C'est ailleurs que j'ai mal maintenant, murmura-t-il contre l'oreille d'Eve. Vous voulez savoir où ?

Son « oh ! » indigné fut couvert par un rire moqueur. D'une bourrade énergique, elle se dégagea.

— Vous... vous..., balbutia-t-elle, furieuse.

Il croisa les bras, exposant une autre ecchymose.

— C'est de mon coude que je voulais parler, déclara-t-il. A quoi d'autre pensiez-vous ?

— En tout cas, aucun baiser ne guérira votre énorme ego.

Il pouffa et se baissa pour ramasser sa chemise.

— Je vous laisse. Vous aimeriez peut-être prendre un petit bain...

Aussitôt, elle eut une vision de Chase nu en train de la rejoindre nue, dans l'eau fraîche et claire, et elle fit un pas chancelant en arrière, la main crispée sur les pans de son chemisier.

Il sourit. Craignait-elle qu'il lui propose son aide pour se dévêtir ?

— Mais… mais… ne devrions-nous pas trouver au plus tôt un moyen de quitter cette île ?

Il secoua la tête d'un air désapprobateur.

— Docteur, docteur, docteur… Regardez ce paysage. Est-ce qu'on voit souvent ceci en se réveillant ? De plus, j'ai faim. Je vais chercher quelque chose à manger. Bonne baignade. Je promets de ne pas vous épier.

Au lieu de répondre, elle pinça les lèvres, ce qui le fit sourire. Il lui tourna le dos pour traverser la plage.

— Comme vous voudrez. Au fait, l'eau est très bonne, lâcha-t-il. Avec un peu de chance, elle va vous rafraîchir.

C'était peu vraisemblable : quelque part au milieu de son corps, un incendie faisait rage, qui ne serait pas facile à éteindre.

Elle se retourna et posa un regard d'envie sur l'eau cristalline. Deux jours plus tôt, elle avait pris une douche rapide… Cherchant du regard un endroit sûr où se dévêtir, elle aperçut un recoin discret — une petite anse entre des affleurements rocheux — et s'avança dans cette direction.

Après une courte hésitation, elle quitta rapidement sa jupe et sa blouse.

Sur une impulsion subite, elle dégrafa son soutien-gorge. Avant de changer d'avis, elle l'ôta, comme sa petite culotte en dentelle assortie crème et vert.

Nue, elle entra rapidement dans l'eau, le cœur battant à l'idée de sa propre audace.

Une vaguelette la frappa à mi-cuisses et — *oh mon Dieu !* — lui procura une sensation incroyable.

Pendant un instant, son projet de travailler et de vivre à Washington s'éloigna à des années-lumière. A quoi aurait ressemblé une existence entière dans le jardin d'Eden, où la vie était si simple ?

Puis elle chassa ses pensées vagabondes. Cela n'était rien de plus qu'un incroyable interlude. Un fantasme inoffensif comme ceux qu'elle se construisait avec Amelia quand elles étaient enfants.

Son univers, sa vie se trouvaient aux Etats-Unis. Tout ce qu'elle avait à faire, c'était de trouver un moyen d'y retourner.

5

Chase se mit en quête de nourriture. Il trouva des bananes, quelques petites papayes mûres et des baies de goji. Il enveloppait ses trouvailles dans une feuille de bananier quand un cri perçant troubla le calme alentour. Il reconnut la voix d'Eve et se fraya aussitôt à la hâte un chemin à travers la végétation pour regagner la plage.

Zut, zut et *rezut* ! Il n'aurait jamais dû la laisser seule. Il aurait dû ignorer sa promesse de ne pas la regarder et rester monter la garde. Mais non. Il avait fallu qu'il fasse une promesse stupide. *Oh mon Dieu*, était-elle attaquée par un requin ? Piquée par une méduse ? Ou, pire encore, kidnappée par des pirates ?

Débouchant sur la plage avec un cri guerrier à glacer le sang, il s'arrêta net dans une gerbe de sable humide en découvrant une scène ahurissante qui le laissa bouche bée.

Une Eve nue lui tournait le dos, faisant face à la petite anse et dissimulant maladroitement le devant de son corps de ses bras et de ses mains. Il fut comme aimanté par la vue de son dos mince, de son postérieur adorable et de ses longues jambes de danseuse de Las Vegas, avant de prendre conscience qu'en face d'elle des insulaires, sur un bateau, la regardaient comme si elle venait juste de descendre du ravitailleur.

Puis ils le virent, et leur attention se reporta sur lui. Ils se figèrent tous en un tableau qui aurait été comique si le cœur de Chase n'avait pas menacé d'éclater après sa course folle vers la plage.

Soulagé, il leva le bras en un geste amical. L'avion ne s'était pas du tout écrasé sur une île déserte !

Se dirigeant vers le bord de l'eau, il aperçut quelques morceaux de dentelle, qui auraient pu passer pour de l'écume de mer, et s'arrêta pour les récupérer. Il les fourra dans sa poche avant de ramasser aussi la blouse et la jupe.

Eve avait dû sentir une présence derrière elle et jeta un regard paniqué par-dessus son épaule, comme si elle s'attendait à une attaque dans le dos. A la vue de Chase regardant son postérieur *nu*, elle émit une protestation chevrotante et plaqua une main sur son anatomie rebondie, ne dissimulant absolument rien.

Il lui tendit ses vêtements, et elle se réfugia en crabe derrière lui, l'utilisant comme paravent improvisé.

— Quel protecteur hors pair ! Comment avez-vous pu me laisser tomber comme ça ? dit-elle, furieuse.

Pourquoi était-elle en colère contre lui ? Il tenta de se tourner vers elle, mais elle poussa un cri aigu et lui assena un grand coup dans l'épaule. Avec un soupir résigné, il reporta son attention vers la mer. *Ah les femmes...*

Deux insulaires avaient sauté dans l'eau peu profonde et tiraient le bateau en direction du rivage. Chase s'avança pour les aider, mais Eve le retint par la ceinture.

— Un pas de plus et vous êtes mort, lui dit-elle à l'oreille.

Il aurait volontiers ri si le contact des doigts fins enfoncés dans le bas de son dos n'avait pas menacé de le rendre fou. Sa peau se couvrit de chair de poule, et un frisson de pur désir rayonna dans toutes les directions, le transformant en un grand générateur électromagnétique. Incroyable. Il n'avait jamais été aussi excité. A un doigt d'enlacer Eve pour l'emmener au septième ciel.

Devant un public — visiblement intéressé ?

Peut-être le crash lui avait-il causé des dégâts irréversibles au cerveau ...

— Où sont mes sous-vêtements ? demanda-t-elle sèchement derrière lui.

Il l'imagina avec délice et amusement enfilant à grand-peine la soie sur sa peau *nue* et humide.

— C'est *maintenant* que vous vous inquiétez de cela ?

— Comment... comment ça ?

— Vous le savez bien, non ? Nous sommes sur une île perdue du Pacifique Sud. Méfiez-vous des pirates et des trafiquants d'êtres humains.

— Qu-quoi ? lança-t-elle derrière lui.

Sa crédulité faillit le faire pouffer.

Mais elle s'était collée à son dos. Aussitôt, tout le corps de Chase se mobilisa, ses pensées se brouillèrent, et ses poils se dressèrent pour saluer le soleil — et *bon sang*, ils n'étaient pas les seuls à se dresser.

Un instant, il oublia de respirer. *Pas maintenant, Gallagher. Jamais. Pas avec elle.*

— Chase Gallagher, c'est toi ? demanda un des hommes.

Chase plissa les yeux et reconnut Teiki Manea, un professeur. Un an plus tôt, l'épouse de celui-ci avait failli perdre son bébé à un stade avancé de grossesse. Chase venait juste de déposer un couple de touristes quand Teiki était arrivé comme fou, menaçant de couler l'avion de Chase s'il ne les emmenait pas à l'hôpital de Rikirua.

Chase leva les mains en signe de reddition.

— Teiki ? Ne me dis pas que ta femme est encore en train d'accoucher !

— Et si c'était le cas ?

Avec un rire tonitruant, l'insulaire remonta la plage au pas de course pour échanger une accolade avec Chase — des claques gigantesques dans le dos.

— La tempête a réussi là où tu as échoué, dit Chase. Elle a détruit mon avion.

Se reculant, Teiki scruta le couple tuméfié et épuisé.

— C'était toi ? On a entendu quelque chose pendant la tempête la nuit dernière mais...

Chase l'interrompit.

— Eh, ne t'en fais pas. Nous allons bien tous les deux.

L'homme jeta un coup d'œil en direction d'Eve qui, derrière Chase, remontait le zip de sa jupe, et lui adressa un sourire charmeur.

— Toi, tu es encore plus laid qu'avant, mais ta femme, elle est vraiment très bien.

Chase éclata de rire. Il s'apprêtait à préciser qu'Eve n'était pas sa femme quand elle passa devant lui et adressa un sourire éblouissant à Teiki, comme si celui-ci venait de la sauver d'un destin pire que la mort.

Comme si lui, Chase, n'existait plus !

— Teiki, je te présente le Dr Carmichael, des Etats-Unis, dit-il d'un ton sec.

Puis il croisa les bras pour ne pas céder aux instincts primitifs d'un mâle défendant son territoire.

— Elle rend visite à sa sœur à Tukamumu.

Eve lui adressa un regard perplexe, comme si elle ne comprenait pas la raison de sa mauvaise humeur.

Bon sang, il était aussi perplexe qu'elle.

— Un médecin ? demanda Teiki, l'air encore plus réjoui — et impressionné. Kanaloa doit avoir entendu nos prières. Le Dr Tahuru ne s'en sort plus avec tous les blessés de la tempête de cette nuit... Et la prochaine va être encore pire, dit-il, regardant le ciel.

— La prochaine ? Vous savez prévoir ça juste en regardant le ciel ? s'enquit Eve. Mais il est tout clair maintenant !

— Eh bien, les anciens savent, oui, répondit Teiki, malicieux... Mon beau-frère s'occupe de la station météo locale.

— Oh ! je suis d-désolée, bégaya Eve, rougissant. Bien sûr, vous possédez des équipements modernes ...

— Pas de souci, docteur, fit Teiki, hilare. Nous sommes aussi fiers de la beauté intacte de notre île que de notre hôpital, de notre école et de notre centre météo. Si nous voulons rivaliser avec des destinations touristiques comme Tahiti, Bora Bora et...

Avant de poursuivre, il adressa à Chase un clin d'œil dont elle ne comprit pas la signification.

— ... Tukamumu, nous devons être capables de prévoir les tempêtes et de rester en contact avec le monde extérieur. Et au fait, j'y pense...

Il désigna son bateau d'un geste de la main.

— Pourquoi ne vous emmènerions-nous pas au village ? Vous pourriez prendre un bain et vous reposer. Vous devez mourir de faim. Je vous hébergerais bien, mais nous avons dû accueillir des parents dont les maisons ont été abîmées par la tempête.

Chase faillit refuser. Pourquoi, il n'en avait aucune idée. Il *mourait* de faim. Depuis le village, ils pourraient contacter son frère et repartir au plus tôt. Il pourrait placer Eve sous la responsabilité de quelqu'un d'autre. Et ainsi sauver ce qui restait de son propre cerveau.

— C'est une super idée, dit-il, fourrant les mains dans ses poches.

Ses doigts rencontrèrent quelque chose de doux, qu'il faillit sortir, avant de se souvenir à la dernière seconde qu'il s'agissait des sous-vêtements d'Eve.

Non. De sa *lingerie*.

Le mot fit naître une image d'elle seulement vêtue de ces dérisoires morceaux de soie et de dentelle. Troublé, il sortit trop vite sa main de sa poche et, pour se donner une contenance, se passa les doigts dans les cheveux.

— Pourquoi est-ce que vous... n'y... allez pas, docteur ? fit-il, désemparé.

On aurait dit un adolescent maladroit !

Elle le regarda comme s'il l'abandonnait à une tribu hostile, et il dut se raidir pour ne pas faire de promesses qu'il ne pourrait pas tenir. Des promesses qu'il n'avait *aucune envie* de tenir.

— Et vous, Chase ?

— Il faut que je récupère ma cargaison... Teiki, pourras-tu me renvoyer le bateau ?

— J'ai une meilleure solution, répondit le professeur, désignant les hommes qui attendaient à côté de l'embarcation tirée sur le sable. Timéo et Bradley peuvent emmener le docteur à la station et revenir avec un second bateau. Les autres donneront un coup de main pour votre cargaison.

Sans savoir pourquoi, Eve eut un instant de panique à l'idée de quitter Chase. Mais le sublime pirate sexy était redevenu l'étranger distant de la veille...

Puisqu'il semblait presque pressé de se débarrasser d'elle, elle accepta la proposition de Teiki.

Timéo, qui avait sauté à quai avant que le bateau ne heurte doucement la rangée de pneus au-dessus de la ligne d'eau, tendit la main à Eve.

— Je vais vous accompagner à l'hôtel, dit-il timidement. M. Gallagher souhaite que vous ayez votre confort.

Elle saisit la main tendue et sauta sur les solides planches de bois.

Ce que voulait « M. Gallagher », c'était se débarrasser d'elle...

Ecartant cette pensée désagréable, Eve remercia Bradley pour son aide et suivit Timéo. Elle mourait de faim. Il lui fallait d'urgence un bain et du café, et elle n'avait pas besoin de Chase pour se les procurer !

Dans le hall de l'hôtel, des clients tournèrent des regards intrigués vers elle. Faisait-elle pitié à ce point ?

Quand Timéo s'approcha du comptoir, la réceptionniste leva la tête, et ses yeux sombres s'agrandirent quand elle aperçut Eve.

Bon, voilà qui répondait à la question. L'expression de la réceptionniste ne flattait guère sa fierté féminine, mais que faire ? Elle n'avait pas d'argent, pas de chaussures, aucun vêtement de rechange, et... même pas de sous-vêtements !

L'employée lui adressa un sourire de sympathie et hocha la

tête en réponse à quelques mots incompréhensibles de Timéo. Celui-ci se tourna finalement vers Eve.

— Kimiki est ma cousine. Elle s'occupera bien de vous.

Eve lui toucha le bras.

— Merci pour votre aide.

— Pas de problème, docteur, répondit-il avec un sourire éblouissant. Nous sommes contents que vous soyez saine et sauve. *Ia ora na e Maeva.*

Une fois seule dans une spacieuse salle de bains, Eve aperçut son reflet dans le grand miroir et en fut sidérée. *Mon Dieu !* Pas étonnant que Chase, le sublime pirate, ait eu une telle envie de se débarrasser d'elle ! On aurait dit un débris rejeté par la tempête, avec ses vêtements froissés et sales, ses cheveux humides et emmêlés, ses éraflures et ses bleus.

Otant rapidement sa jupe et son chemisier, elle entra dans le bac à douche et eut un soupir de plaisir quand le jet chaud et apaisant coula sur sa peau.

C'était le paradis. Pour la première fois depuis qu'elle avait ouvert les yeux à Port Laurent, la veille, elle eut le sentiment que les choses allaient s'arranger. Tout ce qu'il lui fallait, c'étaient du café brûlant et un petit déjeuner copieux, avec deux heures de sommeil. Ensuite, elle pourrait affronter n'importe quoi.

Chase entra dans la suite et se dirigea vers les volets, avec l'intention de laisser entrer la brillante lumière du matin.

Il avait besoin d'une douche, de vêtements propres, de nourriture et de sommeil.

Ce fut seulement quand il posa la main sur le volet qu'il prit conscience qu'il n'était pas seul. Il tourna la tête si vivement qu'il fut pris d'un bref vertige. Quand sa vision s'éclaircit, il resta bouche bée.

Les couvertures du grand lit avaient été repoussées. Et là...

au milieu… une Eve *nue* était allongée sur le ventre, la tête tournée sur le côté. Sa longue forme toute en courbes n'était que partiellement couverte par un drap immaculé.

Nom d'un petit bonhomme !

Comme dans un rêve, ses pieds le portèrent jusqu'au lit, et son regard balaya une longue jambe découverte jusqu'à la jolie courbe — déjà connue — d'une fesse nue. Mais il ne l'avait aperçue que brièvement sur la plage et il laissa son regard avide se promener à loisir sur cette peau claire et satinée.

Les cheveux fauves étaient répandus sur l'oreiller en un nuage luxueux et là, sous un bras levé, il distinguait la courbe généreuse d'un sein.

Soudain, malgré l'épuisement et la migraine, l'eau lui vint à la bouche. Un intérêt dangereux… Mieux valait partir, mais la peau douce qui appelait les caresses se trouvait à portée de sa main, tentante et plus redoutable qu'un lit rempli de serpents à sonnette.

Passant une main nerveuse dans ses cheveux, il s'éloigna. Il ne devait pas rester dans la chambre avec… ce genre de pensée — surtout pour une femme qui serait bientôt la belle-sœur de son frère.

Il décrocha le téléphone et appela l'accueil pour demander une autre suite. Peu après, sourcils froncés, il reposa doucement le combiné.

Super. Même pas un placard à balais de libre. En fait, cela n'avait rien de surprenant. On était au pic de la saison touristique, et les quelques chambres disponibles étaient occupées par des personnes venues des résidences endommagées par la tempête de la veille. Selon la réceptionniste, Eve et lui avaient déjà de la chance d'avoir cette suite-là.

Mais ce n'était pas grave. Il ferait comme si Eve était son ex, et cela éteindrait toute étincelle d'intérêt. *Pfft.* Envolé, l'intérêt. Comme ça. Et donc, oui, ils pourraient partager un lit. Il contrôlerait ses mains — et tout son corps.

Aucun problème.

No problemo.

6

Chase avait un problème. Plusieurs, en réalité — le moins grave étant son avion détruit. Pour ne rien arranger, son frère, Jude, qu'il avait appelé, lui avait fait promettre de ne pas révéler le petit secret d'Amelia. Deux secrets, en fait — et aucun des deux ne pouvait être qualifié de « petit ».

Chase avait accepté tout de suite, ce n'était pas son rôle de discuter les affaires de famille qui ne le concernaient pas. Et franchement, sa loyauté allait à Jude, pas à une femme qu'il venait de rencontrer.

Mais tout cela, c'était pour plus tard. Dans l'immédiat, son problème très réel était plongé dans le sommeil et occupait une bonne partie du lit.

Surtout, il ne fallait pas penser à cette longue cuisse nue.

Avec un profond soupir, il jeta la serviette mouillée sur son épaule, passa dans la chambre et se dirigea vers le tentant nuage de draps blancs et frais. Il était bien trop fatigué et meurtri pour se préoccuper de l'endroit où il allait s'écrouler dans quelques instants. L'essentiel, c'était qu'il s'écroule ! Morose, il palpa l'hématome douloureux qui lui couvrait l'épaule gauche. Il méritait bien un peu de repos après les vingt-quatre heures qu'il venait de passer !

Il bâilla, passa la main dans ses cheveux humides et envisagea les choix limités qui s'offraient à lui.

Un : dormir par terre. Deux : éjecter le médecin sexy et prendre le lit. Ou trois...

Il réprima un ricanement incrédule quand il prit conscience de ce qu'il était en train de faire. Quand était-il devenu une poule mouillée qui avait peur d'une *femme* — une femme froide et focalisée sur son travail ? Agacé, il décida que le lit était assez grand pour deux. De plus, il était épuisé. Trop épuisé pour oser le moindre des gestes qui l'obsédaient.

Resserrant le nœud du drap de bain autour de sa taille, il fit un pas décidé en direction du lit, essayant de ne pas penser qu'il se dirigeait tout droit vers une tempête, qui lui coûterait peut-être plus que son avion.

Une sonnerie insistante s'insinua dans le cerveau embrumé d'Eve. Protestant en sourdine, elle parcourut mentalement la liste des patientes qui pourraient être en travail. En vain.

Elle tenta d'atteindre le téléphone, mais quelque chose de chaud et de lourd l'empêcha de bouger. Quand elle comprit qu'il s'agissait d'un corps, la sonnerie s'était arrêtée.

Pendant deux secondes, elle paniqua, tentant de se rappeler *qui* était là dans le lit. Les aventures alcoolisées d'une nuit n'avaient jamais été sa tasse de thé et, de toute façon, sa dernière relation remontait à... *très* longtemps. Au début de son internat de gynéco-obsté, en fait. Ensuite, franchement, elle n'en avait eu ni le temps ni l'énergie.

Pourtant, ce grand corps collé au sien lui rappelait quelque chose...

Soudain, la mémoire lui revint : peu de temps auparavant, elle s'était réveillée dans un avion écrasé, exactement dans la même position. Seulement, là, elle était — ils étaient — *nue.*

Elle ouvrit brusquement les yeux et, choquée, inspira par grands à-coups. Elle avait roulé du côté qui était inoccupé quand elle s'était allongée pour réfléchir à son avenir immédiat. Et ce côté était maintenant occupé — poitrine bronzée et tablettes de chocolat — par son pilote sexy et grincheux.

Mais le pire n'était pas là : elle s'était pratiquement *lovée* contre le corps *nu*, délicieux et viril comme si elle était un missile à tête chercheuse, et lui, le centre du soleil !

Que diable faisait-il dans son lit ? Et que diable faisait-elle nichée contre un individu qui se baladait d'île en île dans le Pacifique Sud ?

Avec précaution, sans bouger, ni même respirer, elle évalua la situation. Chase était allongé sur le dos, son grand corps détendu dans le sommeil, avec ses cheveux bruns soyeux qui retombaient en désordre sur son front. Et elle... eh bien, elle s'était blottie contre lui, une jambe reposant sur deux jambes musclées. Elle avait la main gauche posée bas sur un ventre plat, dangereusement près de...

Elle n'avait rien à faire là, sa main !

Mais son corps semblait vouloir rester blotti contre le grand corps viril. Et celui de Chase semblait vouloir la même chose, car il avait passé un bras musclé autour d'elle, et sa grande main calleuse épousait en un geste possessif une moitié de son postérieur.

Elle ferma les yeux avec force. Il ne fallait pas qu'elle frissonne, ni qu'elle fonde intérieurement. C'était à éviter à tout prix.

Expulsant avec prudence l'air de ses poumons, elle entreprit de se dégager. Mais au premier mouvement qu'elle fit, les muscles de Chase se contractèrent, roulant comme ceux d'un gros chat affamé dont le repas allait lui échapper.

Elle s'immobilisa et attendit deux secondes. Comme la respiration de Chase restait lente et régulière, elle leva prudemment la tête... pour trouver son regard ensommeillé qui la fixait.

Son cœur s'affola comme un lapin effrayé, et son sang se rua dans ses veines. Cela lui coupa brièvement le souffle.

La meilleure défense, c'était l'attaque.

— Vous êtes dans mon lit ! dit-elle, accusatrice.

Chase souligna qu'Eve était de son côté du lit à lui... avec la main toujours toute proche de son point sensible — qui était sur le point de se réveiller aussi.

D'un geste brusque, elle tenta de se dégager, mais il la retint. Et, avant qu'elle ait pu se demander ce qu'il faisait, il la fit basculer sur le dos et se plaça au-dessus d'elle, la fixant comme s'il avait l'intention de la dévorer.

Une cuisse puissante placée entre celles d'Eve la cloua au lit, rapprochant dangereusement leurs deux points sensibles.

Choquée par l'aisance avec laquelle il avait accompli ce mouvement, elle regarda, ébahie, son visage dur et beau. Brûlant, le regard gris de Chase fixa ses lèvres, où il s'attarda avant de descendre vers ses seins, nus, excités, et écrasés contre un torse magnifiquement sculpté.

Quand il baissa la tête pour tracer un chemin le long de sa joue jusqu'à la commissure de ses lèvres, elle en oublia de respirer et attendit son geste suivant.

Il gloussa en sourdine, provoquant un frisson d'excitation à la racine de ses cheveux. En même temps, elle avait envie de le gifler : il trouvait cela amusant ! Ce n'était *pas* amusant de se sentir désemparée à ce point-là avec lui.

Les lèvres souriantes de Chase effleurèrent les siennes, y laissant un picotement d'anticipation et de frustration. Il poursuivit son manège, lui taquina le menton, puis lui mordilla doucement le cou, avant de descendre vers la courbe entre le cou et l'épaule.

Elle sentit tout son corps réagir quand il lui mordilla la peau de ses lèvres brûlantes. Et elle fut horrifiée quand elle entendit un gémissement sortir de sa propre gorge. Pire encore, ses seins durcirent d'une manière incroyable qu'il allait forcément remarquer. Puis une vague de feu liquide déferla dans son ventre. Frissonnante, elle resserra les cuisses sur celle de Chase.

Il apprécia probablement, car il eut un soupir bruyant et pressa sa cuisse plus haut, entre les jambes d'Eve.

Un autre frisson se produisit, suivi d'un nouveau flot de chaleur liquide.

— Chase...

Oh mon Dieu ! Etait-ce vraiment sa voix à *elle*, si rauque et... et vibrante de désir ? Quelque chose chez Chase Gallagher éveillait le *pire* en elle. Déjà, son dos se cambrait, et elle poussa un soupir de plaisir sorti du plus profond d'elle-même.

Il leva la tête et plongea son regard ardent dans le sien. Des étincelles crépitaient entre eux.

Oh mon Dieu ! Personne ne l'avait jamais contemplée avec un regard aussi lubrique ! C'était follement excitant et complètement déconcertant. Si déconcertant que, quand Chase murmura : « Voulez-vous que j'arrête ? », Eve balbutia : « Non. *Oui !* Je ne sais pas... »

Le rire de Chase résonna dans la pièce sombre, et Eve, mortifiée, ressentit un curieux frisson d'anticipation.

Où est passée ta sophistication, Evelyn ?

— Si je vous aidais à vous décider ? susurra-t-il contre sa peau.

Elle se mordit la lèvre pour retenir un « Oh oui, s'il vous plaît ! »

C'était très embarrassant, comme la manière impatiente dont son propre corps remuait contre celui de Chase..

Leurs regards se fondirent l'un dans l'autre pendant un instant qui s'étira. Les mains de Chase décrivirent des cercles brûlants sur sa hanche, puis sur sa cuisse, puis remontèrent vers sa taille... et, finalement, le pouce de Chase s'arrêta sur la courbe du sein, dont il fit un monticule de désir et d'attente suppliante.

Quand elle lui griffa la nuque, ce fut au tour de Chase de frissonner. Ainsi, elle avait du pouvoir sur lui ! Cela accrut encore son excitation, et, tous ses sens exaspérés, elle fit rouler ses hanches contre lui.

Mais — *zut* — au lieu de prendre entre ses lèvres les pointes de ses seins impatients, il effleura le sillon qui les séparait, riant quand elle émit un « oh ! » frustré, et plus bas encore sa langue chaude plongea dans le nombril, puis il lui mordilla doucement la hanche.

Au bord de l'explosion, elle se raidit.

— Chase..., murmura-t-elle, avant d'oublier ce qu'elle allait dire.

Il avait niché la tête entre ses jambes... en zone sensible.

S'il ne posait pas les lèvres sur elle, elle allait mourir. Soudain, le téléphone sonna dans le silence vibrant.

Furieux, Chase saisit le téléphone avec une violence mal contenue.

— Oui ? fit-il entre ses dents.

Son regard s'éclaircit.

— La dame médecin ? Elle est... obstétricienne ? demanda une voix au téléphone.

Il haussait un sourcil interrogateur en direction d'Eve, qui acquiesça de la tête.

— Un médecin, c'est un médecin, non ? Entendu, je le lui dirai.

Il écouta pendant quelques secondes encore, puis s'assit, tournant le dos à Eve, et reposa le récepteur avec une fausse désinvolture. Il se passa les mains dans les cheveux et eut un petit rire. De toute évidence, il se demandait ce qui leur était passé par la tête.

Rien. Ils n'avaient plus pensé à rien. Chase avait posé les lèvres sur elle, et elle avait perdu la raison ! Pourtant, les aventures d'une nuit, ce n'était pas son genre, alors que lui... il n'était probablement intéressé que par cela.

De plus, elle ne savait pas grand-chose sur lui, à part qu'il était pilote, sexy, grincheux, qu'il pleurait la perte de son avion comme s'il s'agissait de son meilleur ami et qu'il embrassait en expert le corps féminin.

S'apercevant qu'elle était allongée là, nue et exposée, elle saisit le drap et le remonta jusqu'à son menton. Etait-elle soulagée ou déçue qu'ils aient été dérangés ?

Chase la regarda par-dessus son épaule, l'air de nouveau distant et indéchiffrable. Clairement, il n'était pas aussi affecté qu'elle par ce qui avait failli arriver. Inspirant de son mieux, elle tenta de paraître détendue — comme si tout cela n'était rien.

Mais elle n'était pas aveugle ! Et, quand il se leva pour passer dans la salle de bains, elle entrevit son érection et sentit une bouffée de chaleur l'envahir, parce que... waouh... les dimensions — et la vigueur.

Elle devait regarder la réalité en face. Il n'y avait pas de quoi se mettre dans tous ses états. Ce n'était qu'un homme. Et un homme insupportable, en plus.

Pas si séduisant que cela.

Elle leva les yeux au ciel. A quoi bon se raconter des histoires ? Il était superbe. Tout en muscles. Magnifique et attirant de la tête aux pieds. Un appel aux caresses...

Mais pas à ses caresses à elle. Non. Il n'était pas un homme pour elle. Point.

Soudain, il se retourna et la surprit en train de scruter son corps. Son rire grave résonna dans le calme de la chambre. Cela l'amusait d'être l'objet de ses regards concupiscents !

Elle se sentit rougir. *Zut !* Pourquoi cet homme-là lui inspirait-il le comportement d'une adolescente stupide ? Il fallait que cela cesse. Tout de suite.

Glissant le drap sous ses aisselles, elle se réfugia de l'autre côté du lit.

Il est temps d'agir en adulte, Evelyn.

— Qui était-ce, au téléphone ?

D'un geste dégagé, Chase revint prendre une serviette-éponge sur le lit et, quand il l'eut drapée autour de sa taille étroite, elle se sentit soulagée. Maintenant, elle allait peut-être pouvoir réfléchir.

— L'accueil. Une cliente a des douleurs d'estomac, et son mari réclame un médecin.

— Il n'y a pas de clinique sur l'île ?

— Si. Mais apparemment les douleurs ont redoublé d'intensité et, comme vous êtes là, il se demande si vous accepteriez de l'examiner rapidement. Il ne veut pas faire le trajet jusqu'à la ville si ce n'est qu'un problème mineur, avec la tempête suivante qui arrive.

— Ils savent que je suis gynécologue ?

— Maintenant, oui. Mais vous avez étudié la médecine avant de vous spécialiser, des douleurs d'estomac devraient être un jeu d'enfant pour vous.

Se mordillant la lèvre, elle passa rapidement en revue les causes possibles de sérieuses douleurs abdominales.

— Est-ce qu'elle est ballonnée ou enflée au niveau de l'abdomen ? A-t-elle des douleurs dans les jambes, ou au ventre avant ses règles ? Des rapports douloureux ? Des seins douloureux ? Des nausées... ou des vomissements ?

Il y eut un court silence, puis Chase posa sur elle un regard interloqué.

— Vous n'espérez quand même pas que je réponde à ça, n'est-ce pas ? Quel homme peut poser à une femme des questions sur des douleurs pendant ses rapports sexuels ? Et sur ses règles ? Vous plaisantez !... Alors ?

— Alors, quoi ?

— Eh bien, allez faire... ce que font les femmes médecins. Et trouvez quelqu'un d'autre à qui poser vos questions.

Elle réprima une envie de sourire.

— Je ne peux décemment pas sortir vêtue d'un drap ! Mes vêtements sont en piteux état, et...

Elle rougit.

— Et vous... m'avez... volé mes sous-vêtements.

Enveloppée dans un drap, toute rougissante et gênée, Eve représentait une énorme tentation dont Chase n'avait vraiment pas besoin.

Une seconde de plus, et il aurait été plongé profondément dans ce corps — heureusement, ils avaient été interrompus. D'autant plus qu'il n'avait pas pensé à utiliser une protection.

Cette pensée, à elle seule, suffisait à le terrifier.

De plus, cette femme n'était pas son genre et, de toute évidence, il n'était pas son genre d'hommes.

En résumé, ils n'étaient pas du tout faits l'un pour l'autre.

Message reçu.

— Par hasard, Chase, vous n'auriez pas... cherché mes bagages ? Dans l'épave, je veux dire ?

Il faillit répondre qu'il n'y avait même pas pensé.

— Je croyais que vous n'aviez pas de vêtements de rechange dans vos bagages ? dit-il.

— Je n'en ai pas, mais j'ai besoin de mon porte-monnaie pour... euh... acheter quelques affaires à la boutique de l'hôtel.

— Ne vous inquiétez pas pour ça. La compagnie paiera tout ce dont vous avez besoin.

— Je préférerais régler moi-même, répliqua Mlle Indépendante. Et j'ai besoin de mon passeport et de mes billets d'avion. S'il vous plaît, dites-moi que vous avez trouvé mon sac. J'ai... j'ai besoin de mon téléphone. Il faut que je rentre chez moi.

— Je croyais que vous vouliez empêcher votre sœur de commettre une grave erreur en épousant un loser qu'elle vient juste de rencontrer ! répondit-il, sarcastique.

— Eh bien, oui... Mais après cela, j'ai l'intention de retourner à Londres. Je suis censée assister à une conférence médicale. J'attends aussi la réponse d'un centre médical de Washington pour un poste.

Il secoua négativement la tête.

— Nous n'avons rien trouvé. Nous nous sommes écrasés dans une partie de l'île vraiment dense, expliqua-t-il. Fouiller la zone pourrait prendre des jours... des semaines, et vous ne trouveriez probablement rien. C'est si humide ici que la jungle recouvre tout en quelques jours.

Elle lutta visiblement pour rester calme.

— Donc... Vous êtes en train de me dire que je suis bloquée ici, au milieu du Pacifique Sud... pour une durée indéterminée ? Sans passeport et sans moyen de rentrer chez moi ?

— C'est à peu près ça. Vous pourrez utiliser mon ordinateur

sur Tukamumu pour contacter l'ambassade. Mais il faut que je vous avertisse : la vie... la vie administrative... se déroule sur un rythme différent ici.

Elle pâlit, et, de nouveau, il se maudit. La perte de son passeport signifiait qu'elle allait rester là quelque temps. Ce qui, soudain, apparaissait comme la pire chose qui pouvait lui arriver, à *lui*.

Il étudia l'image qu'elle offrait, assise là, toute douce et sexy, mordillant sa pulpeuse lèvre inférieure, et se souvint d'une chose que Jude avait dite au sujet de l'enfance d'Amelia.

Elle avait eu une enfance difficile. Suffisamment difficile pour qu'Eve ait assumé très tôt le rôle de nounou et de protectrice — tout en effectuant ses études secondaires et supérieures.

Pourtant, elle avait l'air jeune, fraîche, et aussi innocente qu'une adolescente. Aucun signe de son tempérament d'acier.

Il passa dans ses cheveux une main qui tremblait imperceptiblement. On ne pouvait qu'admirer une personne aussi courageuse. Mais, s'il l'admirait, il avait un problème.

Un groooos problème.

Un problème sexy, depuis la chevelure fauve, et les yeux d'ambre, jusqu'aux petits pieds élégants.

Oui. Il était piégé.

7

Eve traversa la terrasse derrière un employé en uniforme. L'inquiétude la tenaillait : pendant qu'elle dormait — blottie contre un certain pilote sexy —, un banc de nuages menaçants venus de la mer avait envahi le ciel, chassant l'image d'un Eden oublié.

Apparemment, les problèmes aussi s'amoncelaient.

Des rafales de vent venues de la baie faisaient bruisser les palmiers et les bananiers, comme pour prévenir que la tempête arrivait, et la mer turquoise avait viré au gris fer.

Il ne faisait pas froid, mais Eve frissonna. La vue de ces nuages noirs et de ces éclairs ravivait les souvenirs du crash, et... de choses auxquelles elle préférait ne pas penser. Le fait qu'elle était coincée là, sans argent ni passeport, par exemple.

Il y avait beaucoup plus agréable, comme pensée — *oh mon Dieu !* Elle se sentit rougir... jusqu'à l'incandescence.

Au lieu de *cela*, elle aurait plutôt dû réfléchir à la raison qui lui avait fait quitter Londres pour ce très vulnérable caillou volcanique, perdu au milieu du Pacifique. Cette raison, c'était Amelia — sa sœur, qui l'avait probablement attendue la veille et qui devait à présent redouter le pire.

Qui devait l'imaginer transformée en appât à requins.

Et Eve, elle, rêvait d'abdominaux en tablettes de chocolat, de longues jambes musclées et de hanches sculpturales, au lieu de réfléchir à une manière de joindre sa sœur.

Il suffirait qu'elle entende la voix d'Amelia, et toutes ces émotions indésirables disparaîtraient.

Avec le sentiment de ne pas être du tout professionnelle, vêtue comme elle l'était d'un *muumuu* de couleurs vives — la version insulaire du sarong —, d'un slip de soie et d'une paire de tongs, Eve attendit pendant que le concierge frappait à la porte d'une suite.

Un homme de trente-cinq ans environ ouvrit et parut étonné en la voyant. Etait-ce dû à son âge, à sa tenue ou à ses ecchymoses ?

— Bonjour. Je m'appelle... Mark. Etes-vous... ?

— Bonjour. Je suis le Dr Eve Carmichael. Que puis-je faire pour vous ?

— C'est ma... femme Raina. Je... je ne sais pas ce qu'elle a, répondit-il d'un ton précipité. Elle souffre beaucoup. Nous pensions que ce matin ça irait, mais son état a empiré. Je ne sais pas quoi faire...

Eve l'interrompit doucement.

— Est-ce que je peux entrer ?

Il hésita encore.

— Oui. Venez...

Comme il restait sur le seuil de la chambre, Eve dut passer devant lui.

La jeune femme recroquevillée sur le lit était pâle, et la douleur crispait son joli visage brillant de sueur.

Eve lui prit doucement le poignet et trouva le pouls.

— Bonjour. Je suis médecin. Gynécologue-obstétricienne.

— Vraiment ? dit Mark. Vous êtes très jeune, non ? Et vous êtes...

Il désigna de la main le visage et le corps meurtris d'Eve.

— Nous avons dû atterrir en pleine tempête. C'était un peu rude.

— Je dirais plus qu'« un peu rude ». Vous devriez peut-être porter plainte contre la compagnie aérienne ?

— La compagnie et le pilote n'étaient pas en faute. Le moteur a été touché par la foudre.

Eve se retourna vers sa patiente.

— Etes-vous enceinte ?

— *Enceinte ?* répéta Mark, l'air horrifié.

Des larmes firent briller les yeux de la jeune femme.

— Tu ne m'as pas parlé de grossesse, Raina, fit Mark d'un ton accusateur.

— Je ne suis pas... Je te le promets, répondit Raina d'une voix tremblante. Ça ne peut pas être ça.

— Est-ce que vous préféreriez que Mark quitte la pièce pour que je vous examine ? demanda Eve.

Se mordillant la lèvre inférieure, la patiente acquiesça, évitant de regarder son compagnon.

Après quelques instants chargés de tension, Mark sortit, refermant la porte derrière lui avec un soupir.

Eve palpa avec précaution le ventre de la jeune femme, et celle-ci émit une plainte douloureuse.

— Pourquoi ne voulez-vous pas qu'il sache ?

— Je ne suis pas enceinte. Je *ne peux pas* l'être.

— Raina...

La patiente détourna le regard.

— Ecoutez, Mark n'est pas mon mari, murmura-t-elle, des sanglots dans la voix. C'est mon p-patron. Je ne peux pas... Il va me licencier. En plus, je ne peux pas... être enceinte. Ce n'est pas possible. J'ai pensé... que c'était peut-être une appendicite ?

Eve poursuivit son examen.

Raina expliqua qu'elle avait de légères pertes de sang depuis quelques jours, avec les douleurs abdominales et dorsales qui, assura-t-elle, lui étaient habituelles les deux premiers jours du cycle.

La douleur avait commencé du côté droit et avait gagné le côté gauche, jusqu'à ce que toute la zone du bassin devienne très douloureuse. Raina avait du mal à marcher en restant droite — ce qui lui avait fait penser à une crise d'appendicite.

Elle était nauséeuse, épuisée, et avait besoin d'aller fréquemment aux toilettes.

L'examen permit d'écarter plusieurs hypothèses : dysménorrhée, appendicite et kystes ovariens. La patiente allait devoir être opérée. Très vite. Surtout si le saignement s'aggravait ou si elle déclenchait un état de choc.

Eve écarta les cheveux qui collaient au front moite de Raina.

— Il ne faut pas vous inquiéter, dit-elle fermement. Nous allons prendre soin de vous.

Puis elle se leva et quitta la pièce.

Mark, très pâle, attendait dans le petit salon ; il sirotait trois doigts de whisky tout en arpentant la pièce. Ignorant son comportement agité, Eve lui fit part de ses conclusions.

— Elle est enceinte, c'est ça ? demanda-t-il avec emportement. Bon Dieu, j'en étais sûr.

— Quelques tests seront nécessaires pour confirmer mon diagnostic, et je ne peux les faire qu'à l'hôpital. Il faut agir vite, Raina risque le pire... Vous ne voudriez pas qu'un malheur arrive à votre femme, n'est-ce pas ?

Mark s'empourpra.

— Ce n'est pas ma... Mais... non, je ne veux pas que ça arrive.

— Bien. Dans ce cas, je vous suggère d'appeler le concierge pour demander une voiture. Il n'y a pas une seconde à perdre.

Le vent soufflait fort, courbant les arbres et les palmiers. Soudain, une violente bourrasque heurta le côté de la voiture.

Cela n'annonçait rien de bon. Eve croisa les doigts.

Heureusement, le chauffeur ne perdit pas de temps, roulant à vive allure le long des routes désertes qui menaient à la ville.

L'hôtel avait probablement prévenu car, aux urgences, deux ambulanciers sortirent en hâte avec une chaise roulante. Eve se présenta, et les hommes échangèrent des regards pleins de sous-entendus.

— Il y a un problème ? demanda-t-elle.

Avec Mark, elle aida Raina à descendre de la voiture.

— Non, non, répondit le plus âgé des ambulanciers. Nous avons entendu parler de votre crash avec M. Chase pendant la tempête de la nuit dernière.

Qu'avait-on bien pu leur dire ? Savaient-ils qu'un équipage d'habitants ébahis l'avait surprise en train de se baigner nue ?

— Oui, renchérit le plus jeune des ambulanciers avec un sourire chaleureux mais un peu gêné. Teiki dit que Lono et Kanaloa devaient vous avoir amenée ici dans un but précis.

— Lono ? Kanaloa ? Qui est-ce ?

Entrant dans l'hôpital derrière Raina et les ambulanciers, Eve tenait fermement Mark par le bras. Il était tendu comme un ressort, et sa tension ne demandait sûrement qu'à exploser à la première occasion.

— Des divinités polynésiennes, fit derrière eux une voix douce.

Se retournant, Eve vit une femme d'une cinquantaine d'années qui s'avançait dans leur direction.

Une blouse blanche, un stéthoscope autour du cou, une attitude posée et l'autorité naturelle qu'elle dégageait l'identifiaient comme médecin.

— Vous êtes le Dr Tahuru, je suppose ? dit Eve.

La femme lui sourit, et elles échangèrent une vigoureuse poignée de main.

— Oui. Et vous, le Dr Carmichael — la spécialiste que la tempête a amenée sur notre île.

Eve se sentit rougir sous le regard amusé du Dr Tahuru.

— Vous avez entendu parler du crash ?

Et peut-être aussi de la manière dont on nous a retrouvés ?

— Nous sommes une petite communauté ici. Les nouvelles vont vite.

Le Dr Tahuru demanda à un ambulancier d'emmener la patiente et son mari dans une salle d'examen toute proche, avant de se tourner vers Eve.

— Vous l'avez examinée, docteur Carmichael ?

— Oui. A la demande de son... mari.

— Et ?

— Je pense à une possible grossesse extra-utérine, mais il faudra quelques tests pour confirmer.

— Je suis généraliste, et cette structure est toute petite, répondit le Dr Tahuru, manifestement inquiète. Tous les cas graves sont transférés à Rangiroa ou à Raiatea.

— J'ai bien peur qu'on n'en ait pas le temps. Si j'ai vu juste, une intervention sera nécessaire dès ce soir.

Le Dr Tahuru jaugea posément Eve, qui savait très bien quelle image elle donnait : en tongs et en sarong, sans maquillage, elle avait l'air d'une adolescente.

Elle retint son souffle et attendit. Elle n'avait aucune envie d'offenser cette femme, ni d'enfreindre les coutumes de l'île, ni de donner l'impression de décider à la place du médecin en poste.

— Très bien, docteur Carmichael, nous allons vous procurer une tenue.

Une heure et demie plus tard, Eve et Jasmine Tahuru discutaient de la procédure en se brossant les mains. Le test de grossesse et l'échographie étaient revenus positifs : un fœtus se développait dans la trompe de Fallope droite.

Vu les symptômes, la jeune femme n'aurait probablement pas le temps de passer d'autres tests. Au dernier contrôle, la pression artérielle avait baissé, et elle se plaignait de douleurs à l'épaule, ce qui signifiait que la trompe de Fallope s'était rompue, créant une hémorragie dans l'abdomen. Mais avec un peu de chance, la déchirure ne serait pas grave, et Eve ne serait pas obligée d'ôter toute la trompe.

En entrant dans la petite salle d'opération contiguë au vestiaire, elle éprouva un instant l'habituel sentiment d'appréhension et d'excitation mêlées. Cette fois, la salle ne contenait qu'un équipement basique : Eve devrait compter sur ses compétences, sans l'aide d'équipements sophistiqués.

Raina se trouvait déjà sur la table et attendait, angoissée. Quand elle aperçut Eve en tenue de chirurgien, elle eut un sanglot sourd.

Eve lui prit la main et lui adressa un sourire rassurant.

— Vous allez vous rétablir, je vous le promets. Quand le Dr Tahuru a pris la tête de cet hôpital, vous étiez encore toute petite. Elle est très expérimentée. Vous êtes en de bonnes mains, ne vous inquiétez pas.

— Je n'arrive toujours pas à croire que je suis enceinte. Comment est-ce que j'ai pu l'ignorer ?

Jasmine posait des électrodes sur le haut du thorax de Raina.

— Beaucoup de femmes enceintes continuent d'avoir leurs règles, dit-elle doucement. Ce n'est pas rare… Mais vous devriez peut-être songer à changer certaines choses quand vous rentrerez chez vous, par respect pour vous-même.

Des larmes brillèrent dans les yeux de la patiente.

— Vous avez raison, admit-elle d'une voix sourde mais résolue. Il faut que je le fasse. J'ai fini par le comprendre : Mark m'a bercée de faux espoirs. J'avais entendu des rumeurs sur lui, mais je croyais… Avec lui, je me sentais si… différente. Il n'a aucune intention de quitter sa femme, c'est ça ?

— Je n'en sais rien, répondit, à regret, Eve.

A en juger par la réaction de Mark à son diagnostic, il ne le ferait probablement pas.

— Mais vous méritez un homme qui désire s'engager totalement.

Raina inspira en hoquetant.

— Vous restez là, hein ?

Eve sourit et posa un capteur d'oxymètre sur l'index de Raina. Un bip paisible résonna dans la salle.

— Je ne pars pas, promit-elle, échangeant un regard avec l'autre médecin. A votre réveil, vous pourrez commencer de faire des projets.

Dès que l'anesthésie fit effet, Eve leva son scalpel.

— Il faut faire vite. Même avec une anesthésie légère, nous ne pourrons pas opérer longtemps sans anesthésiste.

— Florine contrôlera les signes vitaux, dit le Dr Tahuru.

Elle adressa un signe de tête à l'infirmière avant de poursuivre :

— Quand vous voudrez, docteur.

Eve mit son masque en place avant d'effectuer la première incision transversale en suivant la ligne du bikini.

— Le souci principal est de stopper toute hémorragie et d'ôter toutes traces de cellules trophoblastiques. Sinon, elles pourraient s'agréger de nouveau et recommencer de grossir.

Elle marqua une pause pendant que l'autre médecin épongeait le sang. Puis elle dégagea doucement la trompe de Fallope et attendit pendant que Jasmine, penchée pour mieux voir, posait des clamps de chaque côté du sac gestationnel.

— Quel stade ? Environ quatre, cinq semaines ?

— Oui, murmura Eve, examinant avec soin l'ovaire et l'utérus.

A son grand soulagement, tout était intact.

— Ça s'annonce plutôt bien. La rupture est toute proche de l'utérus. Nous pourrons opérer avec un minimum de dégâts.

Une demi-heure plus tard, et après une hémorragie inquiétante qui faillit l'obliger à ôter toute la trompe de Fallope, Eve défit la ligature qu'elle avait effectuée et attendit.

Comme aucune nouvelle hémorragie ne se produisait, elle s'écarta pendant que Jasmine nettoyait la trompe. Puis elle reprit sa place pour suturer la déchirure et refermer l'abdomen.

— Et la cicatrisation le long de la trompe ? Ça ne va pas la rétrécir ? demanda Jasmine, injectant des antibiotiques dans une poche de Ringer lactate et stoppant la perfusion qui délivrait l'anesthésique.

— C'est un risque. Il faudra que Raina voie son gynécologue, une fois rentrée chez elle. Une laparoscopie déterminera s'il y a une cicatrice qui pourrait empêcher la future implantation d'un autre œuf. Si cela arrive — j'espère que non —, on ôtera probablement toute la trompe.

Elle termina la suture et contrôla les signes vitaux. L'intervention avait duré quarante minutes.

— Beau travail, docteur, dit Jasmine. Si vous parliez au « mari » pendant que je termine ici ? Si cela vient de vous, je pense que cela passera mieux.

Un moment plus tôt, Mark avait tonné contre « les hôpitaux paumés et le personnel médical incompétent ».

— Il vaudrait mieux que ça vienne d'un homme, vous voulez dire, répondit Eve. C'est encore un de *ces hommes-là*.

— « Ces hommes-là » ?

— Vous savez bien — ceux qui pensent que la femme n'est bonne qu'à une seule chose.

— Nous en rencontrons souvent. Certains hommes ne sont pas encore entrés dans le XXIe siècle.

Surtout quand des femmes, comme sa propre mère, les laissaient persister dans leurs croyances dépassées. Sa mère, enceinte et abandonnée — à deux reprises.

Elle s'éloigna de la table d'opération et ôta ses gants de latex, qu'elle jeta dans la poubelle avant de quitter la salle. Elle avait l'habitude d'affronter des familles difficiles. C'était déplaisant — mais on pouvait comprendre que certaines personnes réagissent à la peur et au stress en se montrant odieuses.

Elle trouva Mark en train d'arpenter la petite salle d'attente. Il la repéra immédiatement et vint vers elle, l'air furieux.

Eve s'apprêtait à lui dire qu'il allait faire une attaque et qu'il devait apprendre à se détendre, quand l'ironie de la situation la frappa. Voilà qu'elle, la reine du stress, voulait conseiller à quelqu'un de se détendre !

Mark braqua un regard accusateur sur elle, comme s'il avait l'habitude d'intimider.

— Qu'est-ce que c'est que cet hôpital ? Il n'y a pas de cafétéria, ni même de distributeur de boissons !

Eve ignora délibérément ses éclats de voix.

— L'intervention s'est bien passée.

— Elle n'est plus enceinte ?

— Non. Elle n'est plus enceinte.

— Oh ! Dieu merci ! s'exclama Mark. Enfin... Je veux dire... Je ne... Vous ne pouvez pas savoir...

Elle interrompit son balbutiement embarrassé.

— Dès que le temps le permettra, Raina sera transférée dans un plus grand hôpital. Elle ne pourra pas prendre l'avion avant plusieurs jours.

— Mais, moi, je ne peux pas attendre plusieurs jours ! Il faut que je rentre chez moi... Vous comprenez pourquoi.

— Votre relation avec Raina ne me regarde pas, répliqua Eve. Ce qui me regarde, c'est sa santé et son rétablissement. Ecoutez... Elle a besoin de temps, sur le plan émotionnel comme sur le plan physique, monsieur Greenway. J'espère que vous prendrez les bonnes décisions.

Sans attendre de réponse, elle lui tourna le dos et sortit, pour regagner la salle d'opération.

— J'ai l'impression que ça ne s'est pas bien passé ! dit Jasmine.

— C'est... un sombre idiot, répondit Eve, choisissant ses mots avec soin. Il était tellement soulagé de savoir qu'elle n'était plus enceinte qu'il n'a même pas demandé comment elle allait, ni s'il pouvait la voir !

Jasmine lui tapota le bras.

— Un imbécile sans cœur. Mais tous les hommes ne fuient pas leurs responsabilités quand la fête est finie...

8

Eve entendait la tempête rugir à l'extérieur de l'hôpital. Quelque chose de lourd donnait des coups contre le bâtiment. Elle sursauta et dirigea un regard inquiet vers la porte. Fenêtres et volets battirent violemment. Les lumières vacillèrent. Un véritable enfer semblait se déchaîner...

Jasmine, qui plaçait les instruments sur des plateaux de stérilisation, lui adressa un regard rassurant.

— C'est le vent.

Eve ne répondit pas. On aurait dit qu'un train de marchandises hors de contrôle fonçait dans leur direction ! Un craquement résonna au-dessus de leurs têtes, et elle craignit presque que le toit ne s'envole dans la nuit.

Comme il y avait peu de chances qu'elle puisse rentrer à la résidence, autant se rendre utile...

— Vous avez besoin d'aide ?

Jasmine ôta sa tunique verte et sourit en enfilant une blouse blanche.

— C'est une proposition sérieuse ?

— Si vous le voulez bien.

— Dans ce cas, c'est d'accord. Je viens juste d'apprendre que des sauveteurs vont amener des urgences. Apparemment, des yachts de la marina ont percuté des maisons le long du front de mer. D'après ce qu'on m'a dit, nous aurons besoin de toute l'aide disponible — mais je doute qu'il y ait beaucoup de cas gynécologiques.

Eve était soulagée d'avoir quelque chose à faire.

— Je suis sûre d'avoir gardé des souvenirs de mon stage aux urgences.

Jasmine éclata de rire.

— C'est un peu comme le sexe. Ça ne s'oublie pas.

Le sexe ! Eve, elle, craignait d'avoir oublié. Cela faisait si longtemps ! Mais pour le travail d'urgentiste, c'était différent. Elle aurait sûrement pu faire ça les yeux fermés.

Les deux médecins franchissaient les portes des urgences quand le monde au-dehors s'illumina un bref instant, puis explosa dans un bruit qui secoua le bâtiment. Brusquement, toutes les lumières s'éteignirent.

Eve s'immobilisa dans le noir d'encre qui régnait. Elle ne connaissait pas les locaux et craignait de trébucher sur quelque chose ou — *quelle horreur !* — sur quelqu'un.

Il y eut un instant de silence complet, puis la voix désincarnée de Jasmine Tahuru lança un « Bon sang » agacé.

Eve tendit une main hésitante et fut soulagée de sentir du plâtre froid sous ses doigts. Elle appuya son dos contre le mur, prête à faire face à tous les dangers.

Il y eut des bruits étouffés de murmures et de pas, puis un lourd fracas, suivi par des jurons. Puis un rire un peu nerveux, destiné à relâcher la forte tension.

— Tout le monde, restez où vous êtes jusqu'à ce que j'aie trouvé des lampes, dit Jasmine d'une voix forte. Nous avons assez d'urgences qui arrivent sans en rajouter.

Un cliquetis se fit entendre tout près, et un étroit faisceau lumineux coupa l'obscurité. Il s'éloigna. Il y eut le bruit d'une porte qui s'ouvrait, et le faisceau disparut, comme avalé par l'obscurité.

Malgré quelques murmures dans la pièce, Eve se sentit terriblement seule.

Et effrayée par les bruits d'une respiration toute proche.

Venus du dehors, des éclairs lumineux fendirent l'obscurité autour d'elle, et Eve frissonna.

Et alors… là… juste derrière elle résonnèrent le bruit d'une chaussure sur le linoléum et un bruissement d'étoffe. Le cœur battant, elle se retourna, regrettant de ne pas avoir une grosse seringue — ou un scalpel —, et se heurta à une paroi de muscles.

Au même instant, un éclair zébra brièvement le ciel, et l'ombre qui la dominait la fit réagir instinctivement. Il s'agissait peut-être de restes de souvenirs de son enfance — les hommes de sa mère à affronter en plein milieu de la nuit — ou de films d'horreur qu'elle avait vus : elle eut un cri étranglé et recula vivement, avec l'intention de s'enfuir.

Mais des mains dures lui emprisonnèrent les épaules.

Avec un petit cri surpris, elle leva machinalement le genou et, au même instant, reconnut l'homme qui l'avait saisie. Par chance, il réagit tout aussi rapidement et pivota juste à temps pour éviter son genou. Un « Bon sang… » résonna, et un parfum viril et vibrant qu'Eve connaissait bien flotta jusqu'à ses narines.

Sous l'effet du soulagement, ses épaules s'affaissèrent, et l'homme les lâcha pour plaquer les paumes sur le mur, à droite et à gauche de son visage.

— Chase ? murmura-t-elle.

Il inclina la tête, et sa barbe naissante lui piqua la joue, éveillant en elle des endroits secrets de son anatomie, en sommeil depuis une éternité.

— Vous attendiez quelqu'un d'autre ? répondit-il sur le même ton.

Avec un petit rire nerveux, elle froissa la chemise de Chase dans ses poings crispés.

— Je n'attendais *personne*. Et sûrement pas quelqu'un qui me surprenne comme ça.

Il pouffa doucement contre son cou, comme s'il soupçonnait qu'elle mentait, et son souffle chaud lui donna la chair de poule. Puis il lui lécha l'oreille d'un bout de langue expert.

— Je n'ai rien fait pour vous surprendre, murmura-t-il, soufflant sur l'endroit humide.

Elle ne put retenir un petit soupir de plaisir, et les bouts de ses seins se dressèrent.

— Votre cœur bat à toute vitesse ! déclara-t-il.

— Oui — je vous ai pris pour un psychopathe armé d'une hache !

Les larges mains de Chase descendirent sur sa taille.

— Qui vous dit que je n'en suis pas un ? Je suis peut-être un tueur en série qui terrorise les îles, décollant toujours avant d'être pris, dit-il tout bas.

Ses doigts remontèrent et caressèrent le torse d'Eve, la faisant frissonner.

— Dans ce cas..., balbutia-t-elle, je... je... crois que j'aurais dû vous avertir que je suis ceinture noire. Alors... alors vous devriez peut-être vous reculer maintenant, avant que... avant que je...

Il laissa échapper un petit rire sexy et glissa la main sous sa tunique verte pour lui caresser le ventre d'une manière un peu brusque mais très érotique, et elle se sentit fondre sous ses mains... magiques !

Soudain, les lampes clignotèrent et se rallumèrent, et une voix amusée résonna dans le silence rempli d'ondes brûlantes.

— Waouh ! fit Jasmine Tahuru. Nous devrions éteindre les lampes de nouveau. Qui sait qui apparaîtrait la prochaine fois !

Eve s'éclaircit la voix avec difficulté. Tous les regards étaient braqués sur eux ! Elle tenta de se comporter comme si elle n'avait pas été surprise dans une posture embarrassante.

— Que voulez-vous que je fasse en premier ?

D'une main tremblante, elle écarta les cheveux qui retombaient sur son visage. Elle ressentait avec une telle intensité la présence de Chase !

— Vous me remplacez, dit Jasmine, jusqu'à ce que je trouve ce qui se passe avec le groupe électrogène.

— Je m'en occupe, déclara Chase. Vous allez bientôt avoir assez de choses sur les bras.

A peine avait-il terminé sa phrase que la porte des urgences s'ouvrait et claquait contre le mur, laissant entrer et la tempête et leurs premiers patients.

Jasmine se dirigea rapidement vers eux.

— J'espère que vous savez vous servir de vos mains, Chase. Le groupe électrogène est parfois capricieux.

— Je sais très bien me servir de mes mains, répondit-il, regardant Eve, qui, un instant, craignit de se liquéfier.

— Je n'en doute pas, rétorqua Jasmine, ironique... Mon fils va vous donner un coup de main !

Le groupe démarra. Et après quelques secondes de suspense, les lampes clignotèrent, la lumière se fit plus intense, et, finalement, elles restèrent allumées.

Echangeant un sourire de satisfaction, Chase et Henri Tahuru, le fils de Jasmine, se tapèrent dans la main avant de quitter en courant le local du groupe électrogène sous une pluie torrentielle.

Aux urgences, Chase observa un instant le chaos organisé qui régnait dans le minuscule service. Le Dr Eve Carmichael était dans son élément... Vêtue d'une tenue bleu clair, un stéthoscope autour du cou et ses cheveux relevés en queue-de-cheval, elle n'avait plus rien de l'arrogante professionnelle de la grande ville qu'il avait vue deux jours plus tôt. Il découvrit qu'il aimait ce look-là, qui la faisait paraître plus juvénile... plus douce... Quand elle croisa son regard, ses yeux d'ambre lui donnèrent un coup au cœur.

Ce regard exprimait une vive intelligence, enrichie d'une touche de vulnérabilité. Waouh ! Elle ne pouvait pas savoir qu'il était génétiquement incapable de résister à la vulnérabilité.

Quel idiot il faisait, d'imaginer des choses comme ça ! Il n'y avait rien de vulnérable dans une spécialiste venue de Boston !

Lui tournant le dos, il passa des mains tremblantes dans ses cheveux.

— Eh !

Le mot, prononcé doucement derrière lui, le fit se retourner. Et il vit une femme sublime. Même couverte de bleus et de contusions, et vêtue d'une tenue d'hôpital trop grande, elle était belle à couper le souffle.

— Eh, répondit-il faiblement, incapable de trouver un commentaire plus élaboré.

Elle le fixait avec intensité.

— Ça va ?

Il se gratta la joue.

— Oui... et vous ?

Elle fut visiblement étonnée par sa question, comme si on ne lui demandait jamais comment elle allait.

— Bien sûr que je vais *bien*, répondit-elle, l'air amusé. Je vais toujours *bien*.

— Toujours ?

Un pli se forma entre les sourcils d'Eve, et il réprima une envie de lui lisser le front du bout des doigts.

— Eh bien... Hier encore, vous aviez peur de mourir avant d'avoir connu un véritable orgasme. Vous n'alliez pas *bien*, à ce moment-là.

Les joues d'Eve se teintèrent de rose vif, et tout son visage exprima l'agacement. Cela réjouit Chase. Mais pourquoi éprouvait-il en permanence ce besoin de la déstabiliser ?

— Je n'arrive pas à croire que vous reparliez de ça, dit-elle, pivotant sur ses talons.

Avec un éclat de rire, il la saisit par la tunique pour la plaquer contre lui.

En fait, il avait reparlé de cela pour une seule raison : chasser l'air inquiet d'Eve, qui lui serrait le cœur. Et voilà... Ça avait marché. Il pensait à autre chose. Et elle aussi. Mission accomplie.

Avec un soupir désapprobateur, elle se libéra. Malheureusement, ses superbes formes étaient cachées sous des vêtements amples, mais cela n'empêcha pas l'esprit de Chase de s'aventurer en territoire dangereux.

Il ne devrait peut-être plus rêver de voir de très près l'anatomie d'Eve... C'était une erreur. De plus, elle n'était là que pour semer la pagaïe dans la vie de son frère. Il n'avait aucune intention de la laisser gâcher sa vie *à lui* ! Donc, affaire classée.

Il fallait souhaiter que certaines parties de son anatomie *à lui* reçoivent aussi le message.

9

Il était presque 2 heures du matin quand Chase entra dans la suite de l'hôtel. Trempé et en colère, il avait du mal à garder son calme. Son agacement monta d'un cran quand il ne trouva aucun signe de la présence d'Eve — ni seule ni accompagnée.

Il passa ses doigts dans ses cheveux mouillés, écœuré par ses propres réactions.

Son mariage était loin derrière lui, et il avait depuis longtemps surmonté cet échec. Aussi, jamais, au cours des cinq années qu'il avait passées dans le Pacifique Sud, il n'avait connu ce sentiment d'impuissance mêlée de colère. Jamais — avant qu'Eve débarque dans sa vie, avec ses cheveux acajou et ses yeux cent pour cent whisky, mettant sens dessus dessous sa vie construite avec soin.

Pendant qu'elle s'activait aux urgences, il s'était joint aux opérations de sauvetage et avait passé les quelques heures suivantes à donner un coup de main. Au moins jusqu'à ce que le vent tombe à trente nœuds. Le déluge continuait, mais tous les gens de la marina avaient été évacués.

N'ayant rien d'autre à faire que d'attendre le matin, Chase était retourné à l'hôpital, sale, exalté, avec quelques éraflures et hématomes supplémentaires. A son exaltation se mêlait une étrange impatience de revoir un certain médecin sexy. Il pourrait la ramener à l'hôtel et...

L'idée de ce « et » l'avait surexcité en quelques secondes. Du moins, jusqu'à ce qu'il apprenne que Jasmine Tahuru avait envoyé Henri raccompagner Eve à l'hôtel plus d'une heure auparavant — et que Henri n'était pas revenu.

Chase avait imaginé toutes sortes de scénarios, et son sang s'était rapidement glacé dans ses veines. Bon, il n'était pas vraiment fier du premier — Eve et le jeune étudiant emportés par la passion —, mais ensuite avaient surgi l'image d'une vague géante qui les engloutissait tous les deux et celle de la voiture de Henri heurtant un arbre abattu. Une horrible angoisse l'avait étreint.

Il avait quitté l'hôpital comme s'il avait eu le diable aux trousses. Mais il n'avait rencontré aucune voiture accidentée.

A ce moment-là, il avait pensé trouver Eve dormant à poings fermés à l'hôtel — seule — et rire d'avoir imaginé des choses aussi absurdes.

Seulement voilà : c'était lui qui était seul.

Mm. C'était l'histoire de sa vie.

Il contempla le lit inoccupé si longtemps qu'une petite flaque d'eau de pluie se forma autour de ses pieds, puis il pivota sur les talons avec un juron.

Mais qu'est-ce qu'il avait cru ? Qu'elle l'attendrait dans le lit, la lumière de bougies faisant danser des ombres sur sa peau nue ? Et qu'elle l'inviterait d'un doux sourire à la rejoindre ? Quel crétin il faisait d'imaginer des bêtises pareilles !

Soudain, un bruit de l'autre côté de la porte lui fit tourner la tête.

Le battant s'ouvrit brusquement et claqua contre le mur, livrant passage à Eve qui entrait à reculons dans la chambre et referma la porte avec la hanche.

Ses bras n'entouraient pas Henri, le jeune étudiant ; ils soutenaient un plateau surchargé de nourriture, où trônait une bouteille de vin débouchée.

Elle s'arrêta net en le découvrant dans la pièce.

— Oh mon Dieu ! Chase ?

Il fit un pas dans sa direction, mais elle émit un cri inarticulé, recula et heurta la table du hall d'entrée.

Les plats commencèrent à basculer avec un bruit de vaisselle qui s'entrechoquait, et Chase saisit instinctivement le plateau juste à temps.

— Oui, c'est moi, fit-il avec aigreur. Qui voulez-vous que ce soit ?

Elle porta la main à son cœur, puis s'affaissa contre la table, les yeux fermés et le souffle court.

— Bon sang ! Il faut arrêter de faire ça.

Une fois qu'elle eut contrôlé sa respiration, elle rouvrit les yeux et fixa sur lui un regard de reproche.

— Vous m'avez fait une peur épouvantable !

Il éprouva un mélange de colère et de soulagement en la voyant indemne, et cela lui donna une légère nausée.

N'avait-il pas fini par se laisser séduire par elle ?

Cette question stupide ne méritait pas la moindre réponse.

Il s'apprêtait à plaquer Eve contre la cloison la plus proche quand il réalisa qu'il avait toujours le plateau dans les mains. Agacé, il marmonna un juron et le déposa sans ménagement au sol, fléchissant les genoux pour rattraper le vin au dernier moment.

Encore dans cette position, il vit, du coin de l'œil, Eve qui glissait furtivement le long du mur, le fixant comme s'il était un prédateur affamé prêt à bondir sur elle.

Eh bien, oui. Il avait effectivement envie de lui bondir dessus. Et cette fois, il ne lui laisserait aucune chance.

Quand il se redressa et la rejoignit — ou plutôt, *se précipita* sur elle —, elle s'immobilisa comme un cerf pris dans les phares. Quand il la poussa contre le mur et l'emprisonna entre ses bras, elle leva vers lui un regard stupéfait.

— Que… que faites-vous ?

— Savez-vous *vraiment* ce que je viens de vivre ? lui murmura-t-il à l'oreille. Je croyais vous avoir dit de ne pas quitter l'hôpital.

Voilà qui allait plaire à Mlle Indépendante !

Elle se raidit instantanément et le repoussa de nouveau,

sans ménagement cette fois, une lueur belliqueuse dans son regard doré. Il décida qu'il adorait ça.

Afin de l'exaspérer davantage, il la coinça entre son propre corps, le mur et la table du hall, ce dont il fut récompensé par une sourde protestation et une bourrade énergique.

Ouiiii. C'est mieux, pensa-t-il, affichant un sourire cruel. *Bagarrons-nous.*

— Je ne vous répondrai même pas, espèce d'imbécile arrogant, répliqua-t-elle, furieuse.

— Je suis retourné à l'hôpital. Quand le Dr Tahuru m'a dit que vous étiez partie depuis plusieurs heures avec Henri, je n'ai pas pu m'empêcher de l'imaginer perdant le contrôle de son véhicule et vous précipitant tous les deux du haut d'une falaise.

Il avait imaginé d'autres choses aussi — qu'il ne lui raconterait pas. Stupide, mais pas à ce point-là.

La tension entre eux devint presque palpable. Lentement, Eve fit glisser une main apaisante sur le torse de Chase, qu'elle tapota.

— Je regrette que vous vous soyez inquiété, dit-elle avec circonspection. Mais comme vous pouvez le voir, je vais bien. Je mourais de faim, alors nous avons fait un raid dans la cuisine.

— Nous... ?

Elle tenta de lui échapper, mais il n'était pas décidé à la lâcher et se déplaça très légèrement, lui bloquant le passage.

— Ecoutez..., commença-t-elle.

De nouveau, il l'exaspérait — pourquoi trouvait-il cela excitant, il n'en avait aucune idée. Mais il ne pouvait être tenu pour responsable de ses actes, il était au bord de la folie.

— Je suis vraiment navrée que vous vous soyez inquiété, poursuivit-elle avec une politesse exagérée, mais je me débrouille seule depuis un bon nombre d'années. Et puis... vous aviez disparu, je ne pensais pas que ce que je faisais avait de l'importance pour vous.

— Mais pourquoi cela n'aurait-il pas d'importance ? demanda-t-il, outré.

Elle s'étonnait qu'on prenne soin d'elle. Un élancement douloureux pinça le cœur de Chase. D'une main, il se frotta le torse. Peut-être était-ce sérieux. S'il lui demandait de l'examiner ? Elle était médecin, non ?

Il parcourut du regard la tenue d'hôpital humide et froissée qui collait à son très beau corps.

Mm. Bonne idée, la consultation.

L'idée serait encore meilleure s'ils faisaient ça nus.

D'une main, il retira son T-shirt humide. Ensuite, il ôta ses baskets et s'attaqua à son jean.

— Mais que faites-vous ?

Il coula un regard dans sa direction et s'aperçut qu'elle fixait ses mains. Elle avait l'air choqué, et les joues trop roses. Il sentit une chaleur dangereuse s'accumuler au bas de son ventre. Une chaleur qui avait augmenté de jour en jour depuis qu'Eve s'était évanouie à ses pieds.

Il n'avait qu'une seule chose en tête… Deux, en fait.

La première : se déshabiller.

La seconde : déshabiller Eve.

— J'ôte mes vêtements, répondit-il.

Le bruit du zip qu'il défaisait fendit le silence tendu.

— Vous… Quoi ? dit-elle d'une voix éraillée. Vous n'avez pas… euh… faim ?

Le rose de ses joues était plus vif encore, et ses seins pointaient sous le coton humide de sa tunique d'hôpital. Elle laissa son regard fasciné descendre le long du torse de Chase, puis s'arrêter sur le jean entrouvert comme si elle se demandait ce qu'elle allait goûter en premier.

Il avait plusieurs suggestions à lui faire.

— Oh que si ! répondit-il avec une lenteur volontaire. Je meurs de faim.

Le regard d'Eve remonta brusquement et devint glacial quand elle vit la manière dont il la fixait. N'y tenant plus, il afficha un petit sourire supérieur.

— Chase…, fit-elle, d'un ton à la fois ferme et patient, comme si elle s'adressait à un préadolescent.

— Eve ?

Il vint tout près d'elle.

— Vous devriez vous déshabiller, dit-il.

— Mais… non ! Non, sûrement pas ! balbutia-t-elle, crispant les doigts sur la tunique entre ses seins.

— Si, si. Vous ne pouvez pas prendre une douche toute habillée.

— Une… douche ?

L'air méfiant d'Eve devint un air traqué quand il se pencha un peu plus encore vers elle, et il faillit éclater de rire.

— Oui, lui murmura-t-il à l'oreille. D-o-u-c-h-e…

Avec un large sourire, il posa les mains sur ses hanches rondes, ce qui la fit sursauter. Quand il entreprit de lui ôter sa tunique, elle se raidit et, avec de petits cris de protestation, lui donna des tapes sur les mains. Il les glissa donc sous la tunique.

— A-arrêtez ça, ordonna-t-elle, le souffle court.

Il plia les genoux pour la regarder dans les yeux.

— Vous avez quelque chose à dire, docteur ?

— C'est une… une erreur.

— Permettez-moi de ne pas être de votre avis.

— C'est une erreur, répéta-t-elle.

Elle se mordilla nerveusement la lèvre, ce qui trahissait son excitation et fit monter en flèche la pression artérielle de Chase.

Il glissa une cuisse entre les jambes d'Eve et pressa son érection contre elle. Elle respirait plus vite, ses pupilles se dilatèrent, et ce n'était pas seulement parce que le jean de Chase était froid et humide.

— Pas une erreur — du sexe façon j'ai-envie-de-toi-comme ce-n'est-pas-permis, dit-il d'une voix rauque. Ou si-je-ne-te-fais-pas-l'amour-tout-de-suite-je-vais-exploser.

L'air à la fois flatté et indigné, mais le regard fuyant, elle marmonna quelques mots à peine audibles.

— Qu'est-ce que vous dites ?

— Ça fait longtemps, lâcha-t-elle à haute voix, l'air embarrassé.

— Longtemps ? fit-il distraitement, le regard aimanté par la lèvre qu'elle venait d'humecter, la laissant brillante et humide. Vous pouvez préciser ?

Elle le repoussa sans ménagement.

— Ça ne fait rien, déclara-t-il. Je me souviens d'assez de choses pour nous deux.

Sur ces mots, il lui ôta sa tunique et la jeta derrière lui.

Dessous, il y avait un minuscule caraco. Et pas de soutien-gorge, l'étoffe fine et ajustée moulait les généreux seins nus — qui, de toute évidence, étaient très, *très* contents de le voir.

Elle plaqua les mains dessus.

— Vous ne vouliez pas... prendre une douche ? demanda-t-elle, pleine d'espoir, en fixant ses pectoraux.

— Si, si, répondit-il dans un souffle, caressant ses épaules nues.

Elle frissonna sous ses doigts.

— A-arrêtez ça, balbutia-t-elle. Vous avez peut-être besoin d'une douche f-froide. *Vraiment* froide.

— Non, non. Il n'y aura pas de douche froide ce soir. Ce qu'il vous faut, c'est une expérience... fumante... et brûlante.

— B-brûlante ? fit-elle, l'air à la fois sidéré et intéressé.

— Mm, répondit-il, examinant la cabine de douche pour voir si elle pourrait les accueillir tous les deux.

Il était d'une stature imposante, mais il n'avait pas l'intention qu'Eve s'écarte beaucoup de lui, cela devrait donc aller.

Il l'entraîna dans la salle de bains et referma la porte, lui coupant toute possibilité de fuir. Se plaçant à genoux devant elle, il posa les mains sur ses hanches et lui ôta à la fois son pantalon d'hôpital et sa petite culotte.

Les yeux d'Eve, sombres comme du vieil or, brillèrent dans la lumière douce, et il sentit son cœur battre à tout rompre. Il lui prit la main, qu'il posa sur sa propre épaule.

Elle s'appuya sur lui pendant qu'il l'aidait à quitter le petit tas de vêtements qu'elle avait autour des pieds. Puis, se relevant, il lui ôta son petit caraco, la laissant nue.

Ils se regardèrent un moment en silence, chacun attendant que l'autre fasse le geste suivant.

Chase se décida. Il ouvrit la cabine à tâtons et fit couler l'eau. Le bruit résonna, insolite dans le silence vibrant qui protégeait leur intimité et les isolait du reste du monde. Il n'y avait plus qu'eux. Là. Maintenant.

Le lendemain, elle s'en irait, et il pourrait reprendre sa vie tranquille.

Il allait lui préciser qu'il n'était pas intéressé par autre chose que par une nuit, quand elle prit son visage entre ses mains.

— Je vais partir, dit-elle, avec une intensité qui le laissa perplexe et choqué.

— Quoi ? Maintenant ?

Elle eut un petit rire enroué.

— Non. Bientôt. Je veux juste que vous sachiez que... que...

— Quoi donc ?

Elle le regarda droit dans les yeux.

— Que c'est une aventure d'une nuit. Liée à... la situation.

Il n'était pas question qu'il soit vexé, puisqu'il souhaitait la même chose.

— La situation... Vous voulez dire : l'adrénaline, le fait d'avoir survécu à un crash aérien, partagé quelque chose d'intense ?

— Oui, quelque chose comme ça, répondit-elle.

Ses mains délicates vagabondèrent jusqu'à la ceinture de son jean.

— Pourquoi êtes-vous encore habillé ?

— Eh bien... Vous devriez peut-être arranger ça...

Il fit entrer Eve dans la cabine, la bâillonna d'un baiser et la rejoignit.

Il avait des projets qui, avec un peu de chance, les occuperaient agréablement pour le reste de la nuit...

10

Eve caressa Chase par-dessus son jean, qu'elle fit ensuite glisser sur ses hanches musclées.

Comme elle ondulait contre lui, savourant la lueur qui brillait dans ses yeux gris orage, il lui saisit les poignets et les bloqua derrière son dos.

— *Attends !* fit-il. Bon sang, Eve. Rien... ne presse !

Si. S'ils arrêtaient ne fût-ce qu'une seconde, tout serait fini avant qu'elle l'ait senti en elle. Et de *ça* — et de *lui* —, elle en avait vraiment besoin. Très, très fort.

— Tu es trop habillé, répondit-elle, avant de mordre dans le muscle dur de son épaule.

Il émit une protestation indistincte, et elle profita de la diversion pour libérer une de ses mains.

— Bon sang ! murmura-t-il d'une voix rauque sous ses caresses encore plus précises.

Il lui saisit la main et la plaqua contre le mur.

— A ce régime-là, je ne tiendrai pas plus de deux secondes ! dit-il, le regard brûlant de désir.

Elle sentit ses propres muscles internes se contracter. Oh mon Dieu ! Elle était elle-même au bord de l'orgasme. Et il ne l'avait même pas encore vraiment touchée !

Choquée par la tempête de sensations qui l'agitait, elle ferma les yeux et serra les cuisses, mouvement qui faillit précipiter le paroxysme. Elle s'immobilisa, respirant très vite.

Avec les mains captives de part et d'autre de la tête, le dos plaqué contre le carrelage dur et froid, et le corps brûlant de Chase tout près du sien, elle avait l'impression d'être une victime consentante sacrifiée aux dieux du volcan. Comme l'attente la rendait folle, elle fit jouer ses hanches contre Chase. C'était délicieux.

— Arrête, fit-il, la mâchoire contractée.

Mais il ne s'écarta pas, et elle recommença, encore et encore, jusqu'à ce qu'il émette un juron guttural.

D'un geste brusque, il fit tomber son jean, dont il se débarrassa d'un coup de pied. Puis il regarda Eve avec l'intensité d'un mâle sauvage et affamé qui guette son prochain repas.

Mais, déterminée, elle s'écarta du mur. Surpris par son audace, il trébucha. Ravie qu'il soit à son tour coincé contre le mur, elle saisit le savon.

Quand Chase eut séché Eve dans une grande et douce serviette-éponge, ils regagnèrent la chambre.

Elle n'avait aucun doute sur ses intentions. Il allait la pousser sur le lit et l'y suivre. Alors, rapide comme l'éclair, elle lança une jambe autour de celles de Chase. D'une poussée de l'épaule, elle le fit rouler sur le lit et se réceptionna sur lui, chevauchant ses hanches. L'effet de surprise lui permit de s'emparer du préservatif emballé qu'il serrait entre ses dents.

Au lieu de protester ou de se dégager, il lui sourit, comme amusé par sa prise de pouvoir. Et se cala les mains sous la tête, comme un touriste se relaxant sur la plage.

— Nous allons jouer au docteur, docteur ?

— Non, répondit-elle joyeusement. A une autre sorte de jeu.

— Faites de votre... pire, docteur.

Ce qu'elle fit.

Il y avait six cent quarante muscles dans le corps humain, qu'elle connaissait tous par leur petit nom. Elle décida de savourer ceux de Chase, qui étaient... *impressionnants*, en effectuant une petite revue anatomique.

Elle lécha un pectoral, puis l'autre. Ensuite, parce que la dimension de ses bras la fascinait, elle s'y attarda, murmurant chaque nom juste avant de lécher d'abord le deltoïde, puis le triceps, suivi du biceps. Chaque muscle était dur et frémissant sous la peau lisse et humide, qui avait si bon goût ! Cela donnait envie de... *mordre*.

Chase réagit comme si on lui avait tiré dessus : avec un grognement sauvage, il se redressa et inversa leurs positions.

Prise au dépourvu par la rapidité du renversement de situation, elle le regarda, médusée.

— Zut ! murmura-t-elle, déçue. J'étais... *occupée*.

— Plus tard... tu joueras plus tard, répondit-il, haletant... Si j'attends deux secondes de plus, je ne réponds plus de rien.

Il déchira le petit paquet avec les dents et mit le préservatif en place avec des gestes hâtifs.

Ensuite, fixant Eve dans les yeux, il plaqua ses paumes sur ses mains et d'une seule poussée, il plongea en elle.

Un instant, elle eut le souffle coupé. Oh mon Dieu ! Même si elle était prête, cette *énorme* invasion soudaine — après une longue abstinence — déclencha un léger pincement de douleur.

Il dut sentir sa petite réaction involontaire, car il s'immobilisa.

— Excuse-moi, lui murmura-t-il à l'oreille. Laisse-moi une seconde, et ça va devenir bon, je te le promets.

Mais, déjà, elle fondait littéralement. Jamais elle ne s'était sentie aussi bien. Déjà, elle s'ajustait à lui...

— Oh oui ! Comme... ça, dit-il, le souffle court et les muscles tendus.

Tout en commençant à bouger en elle, il l'embrassa avec l'immense désir qu'il retenait depuis plusieurs jours ; elle répondit avec passion, et ils oublièrent tout le reste.

Chase se réveilla blotti entre des bras féminins. Pendant quelques secondes de demi-sommeil, il savoura la sensation d'un corps tout en courbes pressé contre le sien. Depuis son divorce, il avait eu quelques aventures, mais jamais il n'avait dormi avec ces femmes. Il ne voulait pas de ce genre d'intimité, ou il n'en avait pas besoin, peut-être.

Il ne voulait plus connaître cela — et surtout avec une femme prête à ruiner la vie de son frère ! Une femme qui, telle une comète, brûlerait l'homme devenu captif de sa beauté.

Mais voilà : il était prisonnier — pris dans l'étau d'un désir qui exigeait qu'il la prenne encore, et tout de suite !

Cette pensée lui fit battre le cœur à coups redoublés. Mais pas de panique ! Il s'écarta de sa douce chaleur féminine. Ils étaient bien d'accord : il ne s'agissait que d'une aventure d'un soir. Alors la solution la plus douce, pour tous les deux, était qu'il s'en aille maintenant, pendant qu'elle dormait encore.

Ouais. Bonne idée.

Avec précaution, il quitta le lit, rassembla son paquetage et ses affaires en hâte, et gagna la salle de bains.

Juste avant de refermer la porte, il aperçut Eve se nichant contre l'oreiller qu'il venait de quitter, comme si elle cherchait sa chaleur. Il grava avec gourmandise cette longue silhouette dans sa mémoire.

Puis, dans le noir, il enfila ses vêtements. A présent, il comprenait pourquoi Adam avait mordu dans la pomme !

Lui, Chase, avait péché avec entrain — il avait été conscient de commettre une erreur. Il ignorait ce qui, en elle, le transformait en idiot obsédé par le désir, mais il n'était pas assez stupide pour s'attarder et finir par souffrir.

S'il restait, cela lui coûterait autrement plus cher qu'un avion fracassé. Et il n'avait aucune envie de payer ce prix-là.

Elle était… *nue* ? Alarmée, Eve leva la tête et découvrit, à travers le rideau de ses cheveux emmêlés, qu'elle était également *seule*.

Ensuite seulement, elle se souvint.

Chase Gallagher.

Elle frissonna. Le pilote sexy et grincheux avait une manière tellement incroyable d'utiliser ses mains... et ses lèvres — cela était complètement nouveau pour elle.

Abasourdie par les événements de la nuit et en proie à une panique croissante, elle resta immobile sur le lit jusqu'à ce qu'on frappe à sa porte. Le cœur battant comme sous l'effet d'un défibrillateur, elle quitta le lit d'un bond.

Ce mouvement fit protester ses six cent quarante muscles, sans exception, et lui donna le vertige. *Mince.*

On frappa de nouveau, et avec un « J'arrive » hâtif, elle trouva le drap — et les oreillers — de l'autre côté de la chambre. Comment tout cela avait-il atterri là-bas ? Son cerveau privé de sommeil ne lui fournit aucune réponse.

S'enroulant dans le doux coton, elle clopina jusqu'à la porte. A sa grande surprise, un plateau garni de café — *merci, mon Dieu !* — d'une assiette de fruits exotiques et d'un assortiment de gâteaux était posé sur la moquette du couloir. Avec une longue boîte plate...

Elle s'apprêtait à remercier l'employé de l'hôtel, mais il n'y avait plus personne. Resserrant le drap autour d'elle, elle prit le plateau et poussa la boîte dans la suite d'un pied avec lequel elle referma la porte.

Elle déposa tout sur le lit et se versa une tasse de café noir. Une fois la caféine en circulation dans son corps, elle souleva le couvercle de la boîte.

Cachés sous un nuage de papier de soie, il y avait une robe portefeuille vert tendre, des dessous de soie — *de la lingerie*, précisa-t-elle mentalement —, une paire de sandales à lanières du même vert, des lunettes de soleil, une brosse à cheveux, quelques produits cosmétiques d'une grande marque française et un sac à main de grand couturier.

Elle resta bouche bée devant le luxueux étalage.

Que diable... ?

Aucun message ?

Ah si ! Elle avisa un morceau de papier plié.

Elle le déplia de ses doigts fébriles.

Il n'y avait aucun nom au bas du message, mais il provenait de Chase : cette écriture audacieuse et illisible ne pouvait appartenir qu'au pilote sexy.

Elle dut relire le texte trois fois avant d'assimiler pour de bon le sens du griffonnage.

« Parti pour Port Laurent en stop.
Visite urgente chez l'assureur.
Note d'hôtel réglée.
Al te conduira à Tukamumu.
Bonne journée. »

« Bonne journée » ? C'était tout ?

Bonne journée ? *Bonne ?* Grâce à quoi ? Au petit déjeuner ? A la boîte de cadeaux ? Aux retrouvailles avec sa sœur ? Au fait qu'il l'avait abandonnée ? A quoi ?

Aucun *Chère Eve.* Aucun *Je t'embrasse.* Aucun *Merci pour cette nuit mémorable, je ne l'oublierai jamais.* Aucun *C'était incroyable. Revoyons-nous.* Aucun *Au revoir, je te souhaite le meilleur.*

Elle refoula les larmes d'humiliation qui montaient. Les questions se bousculaient dans sa tête.

Un : qu'est-ce qu'elle avait cru ?
Deux : qui était Al ?
Et trois...

Elle réalisa soudain qu'on venait vraiment de la laisser tomber avec, pour toute explication, juste quelques mots griffonnés. Quelle goujaterie, après la nuit la plus excitante et la plus passionnée de sa vie !

Elle plaqua la main sur ses lèvres et étouffa un sanglot. Oh mon Dieu ! *Plaquée.* En plein milieu du Pacifique Sud. Sans argent, sans passeport, sans billet d'avion ni vêtements. A part le contenu de la boîte, bien sûr. Des objets de luxe, que Chase avait très vraisemblablement payés lui-même.

La prenait-il pour une escort-girl qu'on rémunère pour services rendus ?

Elle poussa tout de côté et, prise d'une nausée, alla regarder par la grande fenêtre, l'esprit ailleurs.

S'il vous plaît, dites-moi que je ne suis pas devenue ma mère.

Des taches noires dansèrent devant ses yeux. Allait-elle s'évanouir ? Mais sa poitrine devint douloureuse, et elle s'aperçut qu'elle retenait sa respiration. Elle poussa un long soupir syncopé.

Mince. Elle avait trente ans, et un métier — médecin spécialiste. Elle n'avait plus rien d'une fille de dix ans effrayée, paniquée, même, parce qu'on l'avait une fois de plus abandonnée à des étrangers. D'ailleurs, même dans ces conditions-là, elle avait relevé la tête et fait le nécessaire pour protéger sa sœur.

Mais maintenant elle était *seule*. Sa sœur jumelle avait trouvé quelqu'un d'autre à aimer. Dorénavant, ce ne serait plus Eve-et-Amelia-contre-le-monde-entier. Il n'y aurait plus... qu'Eve.

Elle s'efforça de calmer sa respiration. Ruminer ce sentiment d'abandon, cette colère et ce dégoût d'elle-même était puéril et ridicule. De plus, il y avait des problèmes plus urgents. Par exemple, faire remplacer son passeport et sa carte de crédit, ne serait-ce que pour rembourser Chase et restaurer sa fierté en lambeaux. Il devait avoir dépensé au moins deux mille dollars ! Sans compter la chambre d'hôtel de luxe...

Mais au fait... comment un pilote des mers du Sud pouvait-il se permettre d'acheter des marques de luxe ? Surtout quand sa principale source de revenus n'était plus qu'une masse informe de tôles tordues ?

Malheureusement, elle n'eut pas le temps de s'appesantir sur le mystère Chase Gallagher, car le téléphone sonna. Pensant qu'il n'était peut-être pas parti sans au moins un *au revoir*, elle écarta ces questions dérangeantes et décrocha.

Une voix douce et féminine résonna dans le récepteur.

— Docteur Carmichael, c'est Kimiki de la réception. Le pilote vous attend pour vous emmener.

Eve tenta de se convaincre que c'était la fatigue, et pas la déception, qui lui mettait ce goût amer dans la gorge.

Mensonge. Elle *était* déçue. Stupidement, ridiculement déçue.

Pour couronner le tout, elle allait devoir monter dans un autre avion !

— Quoi ? *Déjà ?*

Sans valise, et vêtue d'un drap ?

— Ecoutez, je..., reprit-elle avec difficulté. Bon, peu importe. Dites-lui que je descends dans vingt minutes. Oh ! et aussi, Kimiki, pouvez-vous s'il vous plaît appeler le Dr Tahuru et lui demander des nouvelles de la cliente de l'hôtel que j'ai vue hier ?

— On m'a dit qu'elle se remettait très bien, répondit Kimiki. M. Chase les a emmenés en avion tôt ce matin, elle et son mari.

— Ah b-bon ? balbutia Eve, stupéfaite. Il les a... emmenés ? Lui-même ?

— Oui. Il a acheté un des petits hydravions que l'hôtel utilise pour les visites de l'île et il est parti avant 7 heures.

Acheté ?

— Je... je v-vois.

Elle voyait ? Non. Elle n'y comprenait absolument rien.

Eve, très perturbée, remercia Kimiki et raccrocha. Que faire de cette information ? Une conclusion émergea du chaos. Chase Gallagher avait été tellement pressé de quitter l'île qu'il avait *acheté* le premier moyen de transport disponible pour s'en aller.

Etait-il parti parce qu'il pensait qu'elle ferait une scène ? Qu'elle s'accrocherait ? Ou — quelle humiliation — était-il parti parce qu'il ne voulait plus la revoir ?

C'était une hypothèse stupide, elle avait clairement dit qu'*elle* partirait et avait même *insisté* : c'était une aventure d'une nuit. Seulement, voilà : maintenant, elle avait la nausée, parce que ce qui s'était passé ressemblait à tout sauf à une aventure d'une nuit. A présent, elle savait ce que sa mère avait ressenti quand le dernier homme de sa vie l'avait quittée.

Eve redressa les épaules et se dirigea vers la salle de bains. Elle n'était pas sa mère, il n'était donc pas question de s'effondrer, ni de sombrer dans les dépenses incontrôlées et l'alcool. Ni de rentrer à la maison avec le cœur brisé ou d'enchaîner les aventures débridées pour oublier celle-là !

Eve Carmichael était bien plus forte qu'on ne l'imaginait — elle, une survivante, qui avait surmonté des choses bien plus graves qu'un abandon après la plus belle nuit de sa vie, même s'il s'agissait d'une terrible trahison personnelle !

Elle enfila les vêtements, appliqua le maquillage fourni par Chase et quitta la chambre sans un regard en arrière.

Ses aventures dans les mers du Sud étaient apparemment terminées. Le soleil brillait, et l'île était de nouveau baignée d'une lumière surnaturelle et d'une brise embaumée. Tout était comme d'habitude.

Sauf elle.

Mais elle s'en sortirait. Tout allait bien. Elle ravala des larmes amères. Il était temps de revenir à la véritable raison de sa présence sur cette île. Amelia. Une fois la question réglée avec son efficacité et son calme habituels, elle rentrerait à la maison et reprendrait le cours de sa vie.

A la réception, Kimiki sourit en apercevant Eve. De fait, elle ne ressemblait plus à une rescapée, elle avait même réussi à masquer ses hématomes et sa pâleur à la perspective de monter dans un autre hydravion. Son enfance lui avait appris à dissimuler ses sentiments. Le cran et la fierté la poussèrent à suivre les indications de Kimiki, et elle alla rejoindre sur la terrasse le pilote qui buvait un café.

Il se leva si promptement qu'il faillit renverser sa chaise. Il était grand et devait avoir une cinquantaine d'années, mais semblait plus jeune.

— Je suis Evelyn Carmichael, dit-elle froidement pour cacher sa nervosité. Désolée de vous avoir fait attendre.

Ils échangèrent une poignée de main.

— Alain Broussard, murmura-t-il, la fixant avec intensité. Je suis très heureux de faire votre connaissance, Evie.

Evie ? Un curieux frisson la parcourut, et elle dégagea sa main.

Devant son trouble, l'homme eut l'air penaud.

— Excusez-moi. Votre sœur vous appelle Evie tout le temps, alors j'ai l'impression de vous connaître.

— Pas de problème. Va pour Evie, déclara-t-elle poliment.

Mais une idée vraiment horrible lui était venue. Il n'y avait qu'une explication possible au fait que sa sœur partage des choses personnelles avec cet homme.

Oh mon Dieu, non !

— Etes-vous... ?

Elle s'interrompit brusquement et eut un rire embarrassé. Elle savait depuis toujours qu'Amelia se cherchait un père, et cet homme-là était assez vieux pour l'être, bon sang !

Comment, sans être impolie, demander à un quinquagénaire s'il est le fiancé de votre sœur ?

Elle en oublia ses propres problèmes. Amelia s'apprêtait à commettre une erreur gravissime...

— Nous pourrons parler pendant le vol jusqu'à Tukamumu, si vous le voulez bien, dit gentiment Al. Amelia meurt d'impatience de vous voir.

L'hydravion survolait à faible altitude une poignée de petites îles à la végétation dense, groupées autour d'une île volcanique beaucoup plus grande. Comme pour embrasser le petit archipel, une langue de sable entourait ces îles.

Waouh ! C'était beau à couper le souffle.

La stupéfaction d'Eve amusait manifestement le pilote.

— Tukamumu, dit-il, criant presque. L'île la plus proche est Rangi-ura — l'hôtel.

Jamais — même dans ses rêves les plus fous — Eve n'aurait pu imaginer d'endroit plus parfait. Pas étonnant qu'Amelia soit tombée sous le charme : on aurait cru cette île sortie d'un roman d'amour.

— Et là-bas ? demanda-t-elle, pointant l'index en direction d'une autre île, plus petite et plus rocailleuse.

— Ça, c'est Matariki. C'est une île privée. Si vous regardez bien, vous verrez la maison.

Plissant les yeux, elle distingua vaguement une structure basse, sur un sol recouvert d'une jungle épaisse. Un escalier de pierre menait à une plage immaculée et une jetée en bois. Tout cela formait un cadre irréel, et comme sorti d'un film.

— Et quelqu'un vit là ?

Alain dirigea vers elle un regard intrigant et acquiesça d'un signe de la tête. Mais elle n'eut pas le temps de poser plus de questions. Ils approchaient d'un lagon d'un bleu transparent.

Al posa l'hydravion et le dirigea tout droit vers une partie de la plage qui, à en juger par les parasols en paille et les chaises longues, appartenait à l'hôtel.

Il ne fallut qu'une seconde à Eve pour repérer sa sœur jumelle. Malgré le soulagement intense et la joie, elle eut un énorme choc.

— Oh mon Dieu ! Elle est... *enceinte* ?

11

Stupéfaite, Eve regarda longuement, par la vitre du cockpit, la silhouette qui agitait la main avec enthousiasme dans sa direction. Puis elle se tourna, furieuse, vers le pilote. Il avait profité d'une femme beaucoup plus jeune que lui et en manque d'amour et de tendresse !

— Elle est *enceinte* ? dit-elle de nouveau.

Alain vint placer l'hydravion tout près du rivage et coupa les moteurs.

— Je lui avais conseillé de vous préparer, mais elle a tenu à vous faire la surprise.

L'indignation d'Eve monta d'un cran. Pour une surprise, c'était une surprise ! Et un choc, aussi — parce que le ventre de sa sœur était énorme.

Et elle ne lui avait même pas parlé de sa grossesse.

Au fil des années, elles avaient tout partagé. Leurs premiers mots, leurs premières dents, leurs premiers pas. Leurs premiers rendez-vous, aussi, et la première fois où elles avaient fait l'amour. Comment Amelia avait-elle pu lui cacher une nouvelle aussi énorme, un pareil bouleversement ? Et elle avait fait un enfant avec un homme assez âgé pour être son père !

Heureusement, Eve n'eut pas le temps de développer sa crise d'indignation. Alain la libéra de sa ceinture et l'aida à descendre de l'appareil. L'instant d'après, Amelia se jetait sur Eve et la serrait avec force — autant que le lui permettait son énorme ventre.

— Tu es saine et sauve, dit-elle avec ferveur. J'ai cru… J'ai cru… oh mon Dieu !

Elle se recula, et son regard bleu plein de larmes repéra les ecchymoses habilement masquées par sa sœur.

— Voilà que je te gronde, maintenant, alors que c'est toi qui devrais me gronder.

Elle renifla et pouffa en même temps. Etait-ce en réaction à l'expression du visage d'Eve, qui devait être à la fois angoissée et choquée. Non, elle n'était plus la personne qui comptait le plus dans la vie d'Amelia…

— Apparemment, tu ne m'as pas caché seulement ton fiancé, dit posément Eve en essuyant les larmes qui coulaient sur les joues de sa jumelle.

— Je sais — et je regrette, vraiment. Mais tu vois…

Amelia se mordit la lèvre, et adressa à l'homme debout derrière Eve un regard rempli de culpabilité et d'appréhension.

— Tu aurais dû lui en parler, Lia, dit-il. Ce n'est pas bien de tout déballer d'un seul coup, comme ça.

Amelia — *Lia ?* — adressa un regard inquiet à Eve.

— Je sais, papa. Je regrette. Mais, si je lui en avais parlé, elle aurait refusé de venir.

Quoi ? Incrédule, Eve effectua observa tour à tour sa sœur et Al.

Dieu merci, ce n'était pas son fiancé. Mais pourquoi… P-papa ?

Eve eut l'impression que son monde vacillait et s'écroulait à ses pieds.

— « Papa » ?… Mais qu'est-ce que ça veut dire ? Si c'est une blague, ce n'est pas… Ce n'est pas…

Prise d'un vertige, elle porta la main à sa tête.

Inquiet, Alain fit un pas dans sa direction, et, durant un instant, le soleil se refléta dans ses yeux. Elle sentit ses genoux se dérober sous elle. Ces yeux étaient… exactement les mêmes que les siens.

Non, ce n'était pas possible ! Elle eut un mouvement de

recul, pour fuir ces mains qui se tendaient vers elle. Pour fuir l'incroyable vérité.

Allait-elle se réveiller — sortir de ce cauchemar ?

Ce fut sa dernière pensée.

Eve ouvrit les yeux. Etait-elle revenue à la case départ, allongée sur un vieux canapé en rotin dans la salle d'attente de Tiki Sea & Air, un dieu marin sexy penché sur elle ?

Malheureusement, ou pas, le dieu marin inquiet n'était pas son pilote sexy et grincheux, mais une version de Chase plus jeune et plus douce, avec des yeux bruns. Toutefois, la ressemblance était étonnante.

Prise de nausées, elle plaqua une main tremblante sur son ventre, et Amelia, en larmes et *enceinte*, écarta sans ménagement le dieu marin. Avant qu'Eve ait pu protester, sa sœur jumelle s'était jetée sur elle et sanglotait dans son cou, la comprimant sous son énorme ventre en forme de ballon.

La version de Chase plus jeune — oh mon Dieu, elle avait dit à Chase qu'elle était venue pour empêcher sa sœur d'épouser un loser — adressa une moue d'excuse à Eve et desserra doucement les mains d'Amelia qui l'étranglait.

— Lia, ma chérie, tu l'étouffes, dit-il, apaisant. Elle devient toute bleue.

Avec un rire nerveux, Amelia lâcha prise et s'affaissa sur le parquet à côté du canapé — qui n'était pas du tout vieux mais luxueux et confortable, comme le reste de la grande pièce dans laquelle ils se trouvaient.

Avant qu'elle ait pu détailler le décor, son regard s'arrêta brusquement sur la quatrième personne présente dans la pièce. Alain... *Al*... Broussard. Le pilote. Son... *père* ?

Elle eut l'impression que son cœur allait éclater.

Tout pâle, le frère de Chase se redressa.

— Je crois que nous aurions besoin de boire quelque chose.

— Je vais t'aider, Jude, dit Alain, posant sur Eve un regard plein d'une étrange tendresse.

Il avait des yeux si semblables aux siens que c'en était inconcevable.

Restée seule avec sa sœur, Eve s'assit avec un soupir.

La migraine lui martelait la tête, et elle aurait aimé remonter le cours du temps. Jusqu'à la nuit d'avant... aux trois jours précédents... quand Chase et elle...

Soudain, la vérité l'aveugla. *Chase. Oh mon Dieu !* Puis l'humiliation l'envahit, mêlée à une bonne dose de colère. Il savait. *Forcément*. Il était au courant de... *ça*. Elle fixa le ventre gonflé de sa sœur. Et il n'avait pas dit un mot en l'entendant radoter, affirmant qu'elle partirait dès qu'elle aurait empêché Amelia d'épouser un homme qu'elle connaissait *à peine*.

Larmoyante, la voix de sa sœur interrompit brusquement ses pensées.

— Tu es vraiment fâchée ? demanda Amelia avec un regard plein d'appréhension et d'espoir.

— Ecoute... Je suis venue ici pour t'empêcher d'épouser un homme que tu connaissais à peine. Et... voilà que je te trouve enceinte jusqu'aux yeux et vivant déjà avec ce garçon que tu « connais à peine ». Et ce... père ? Je ne comprends rien à cette histoire.

— *Notre* père à toutes les deux.

— Tu n'en sais rien, dit Eve, se massant les tempes.

— Je sais très bien ce qu'il en est, répliqua doucement Amelia. Toute ta vie, tu t'es sentie différente à cause de tes yeux *bizarres*. C'est ton mot, pas le mien ! Tes yeux étaient différents de ceux du reste de la famille, et ça te tracassait. Mais, quand j'ai vu Alain — *papa* —, j'ai su. Il y a peu de chances que deux personnes n'ayant aucun lien du sang aient exactement les mêmes yeux, de la même forme et de la même couleur ! Et devine de quoi d'autre tu as hérité ?

— De l'envie de t'étrangler ? demanda, sèchement, Eve.

Sa sœur éclata de rire et la gratifia d'une accolade.

— Non, idiote. Il est médecin, lui aussi ! Médecin militaire, en fait. Il était en poste à Hawaï quand il a rencontré maman. Maintenant, il s'occupe d'un petit cabinet médical en ville.

Médecin militaire ? Quelle surprise — cela expliquait peut-être le goût d'Eve pour la médecine.

— Tu étais décidée à retrouver notre père, même quand je te disais de ne pas perdre ton temps ni ton argent dans ces recherches qui n'aboutissaient jamais, dit Amelia... Des recherches pour retrouver un homme qui avait abandonné notre mère quand elle avait découvert qu'elle était enceinte ? Eh bien, il ne savait même pas qu'elle était enceinte ! Maman a menti. Avant même qu'elle ait su qu'elle était enceinte, le régiment de papa avait été redéployé. Il n'a jamais su, pour nous.

Eve se souvint de tous les mensonges de sa mère — à elles, à ses innombrables hommes... Cela ressemblait bien à Chloe, de manipuler tout le monde afin qu'on la plaigne.

— Et la meilleure chose, c'est que nous pouvons former une *vraie* famille, maintenant... Comme nous en avons toujours rêvé. Je meurs d'impatience que tu apprennes à le connaître, Evie. Il est merveilleux. Tout le monde l'adore.

— Et ton fiancé ?

— Jude ? Nous nous sommes rencontrés à Hawaï. Il assistait à un séminaire hôtelier, et moi je chantais au night-club de l'hôtel quand il est entré. Ça s'est passé exactement comme maman l'avait décrit : les yeux qui se croisent dans une salle remplie de monde, et — wham ! — le coup de foudre.

Pour ne pas refroidir l'enthousiasme de sa sœur, Eve s'abstint de lui rappeler où les « coups de foudre » avaient mené leur mère.

— Alors que fais-tu ici ?

— C'est chez lui. Enfin, c'est chez Chase, mais Jude gère tout, dit Amelia, sans mesurer le choc que ses mots infligeaient à Eve.

D'abord un hydravion, et maintenant un complexe hôtelier ?

— J'en conclus que je n'arriverai pas à te convaincre de rentrer ?

— *Non !* répondit Amelia, l'air horrifié. J'aime Jude plus que tout. C'est mon âme sœur. Et papa aussi est là. Je ne retournerai jamais là-bas.

Eve remarqua qu'elle n'avait pas été mentionnée et ravala son amertume. Mais sa sœur lui prit la main et la serra.

— Tu sais que je t'aime, Evie. Je t'aimerai toujours. Tu es ma jumelle. Ma meilleure amie. Mais je ne peux pas rentrer. Même pour toi. Je voudrais que tu restes... même après le mariage.

Eve allait lui rappeler ses obligations professionnelles, mais Amelia poursuivit :

— Reste au moins jusqu'à l'accouchement. J'ai toujours voulu que tu sois présente quand mon bébé naîtrait.

Eve lui adressa un coup d'œil ironique.

— Tu portes des jumeaux, tu le sais, n'est-ce pas ?

L'air surpris d'Amelia était démenti par le petit sourire qui jouait aux commissures de ses lèvres.

— Qu'est-ce qui te fait dire ça ?

— A part le fait que tu as l'air d'être enceinte de douze mois ?

Amelia pouffa.

— Oui. A part ça.

Eve posa les doigts sur le poignet de sa sœur pour contrôler le pouls.

— Je te rappelle que je suis gynécologue-obstétricienne, tu n'as pas oublié, quand même ? Les jumeaux ont plus de chances d'avoir des jumeaux. Et aucune femme enceinte ne peut être aussi volumineuse avec un seul bébé. A moins que tu aies avalé un ballon de plage ?

Amelia prit la main d'Eve et la plaça sur son ventre rond.

— Pas un ballon de plage, murmura-t-elle, rêveuse. J'attends simplement deux magnifiques petites filles, blotties tout près l'une de l'autre. Exactement comme nous.

Soudain, le ventre gonflé bougea sous la main d'Eve qui ne put s'empêcher de sourire.

Elle allait devenir tatie. Et bientôt, apparemment.

Amelia inspira par à-coups.

— J'ai peur, Evie, dit-elle, sincère, mais je meurs d'impatience de les voir. Je vais être la meilleure maman qui soit, je le promets.

Bouleversée, Eve prit le visage de sa sœur entre ses mains. Elles n'avaient pas eu le meilleur modèle maternel...

— Je sais que tu le seras, ma chérie. Je crois bien que tu as trouvé le bonheur, finalement.

Et que tu n'as plus besoin de moi.

— Oui. Toi aussi tu le trouveras, je le sais. Peut-être plus tôt que tu ne le penses. Il y a une croyance locale qui dit que, si on rencontre quelqu'un juste avant que le soleil plonge dans la mer, cette personne sera l'âme sœur qu'on attend.

— Oui, c'est ça. Et la petite souris emportait vraiment nos dents de lait quand nous avions six ans.

Elles rirent de bon cœur.

— Tu sembles être dans une forme éblouissante, dit Eve quand elles reprirent leur sérieux. Comment te sens-tu ?

— Oh ! merveilleusement bien, répondit Amelia avec un sourire radieux. Maintenant que tu es là, tout est parfait.

Un soir, une semaine plus tard, Eve s'excusa et quitta la table du dîner. Elle avait besoin de souffler. Les regards amoureux d'Amelia et Jude, leurs conversations sur les bébés, les mariages et la famille, tout cela lui donnait la migraine.

Ou du moins, c'était ce qu'elle se disait. La vérité était plus difficile à admettre : à sa grande honte, elle était jalouse. Pour quelle raison enviait-elle sa sœur, elle n'en avait aucune idée, car c'était merveilleux qu'Amelia ait enfin trouvé la stabilité.

Quant à elle, l'avenir lui appartenait. Elle avait pu accéder à ses messages. On lui offrait un poste comme associée dans un cabinet médical de Washington. Exactement ce pour quoi elle avait travaillé si dur et si longtemps !

Alors, pourquoi avait-elle demandé quelques jours de

réflexion ? Et pourquoi l'idée de rentrer lui avait-elle laissé un sentiment d'abattement ?

Elle se dirigea vers la plage. Elle voulait être seule et démêler le tumulte d'émotions où alternaient bonheur, angoisse et sentiment de vide.

Avec un soupir, elle ôta ses sandales et goûta la sensation du sable chaud et fin sous ses pieds avant de marcher dans l'eau fraîche et transparente du bord.

Au cours de la semaine précédente, elle n'avait pas réussi à oublier Chase et avait même rêvé de lui. Souvent…

Pourtant, elle s'était activée, veillant sur sa sœur et passant plusieurs heures par jour avec Alain — qu'elle n'arrivait toujours pas à considérer comme son père — dans le petit cabinet médical. Cela s'était révélé agréable — le cabinet médical plus que son père, même si elle apprenait à le connaître et devait avouer qu'elle était plutôt contente qu'Amelia l'ait retrouvé.

Pourtant, malgré les circonstances — ou peut-être à cause d'elles —, elle se sentait terriblement seule.

Il était temps de rentrer — de retourner vers sa vie et son travail. Là-bas, elle n'aurait pas le temps de s'appesantir sur des choses qu'elle ne pouvait pas changer — et qu'elle n'était pas sûre de vouloir changer.

Elle regarda l'énorme boule rougeoyante s'attarder paresseusement sur l'horizon lointain et prit une décision pénible. Ce soir, elle accepterait le poste à Washington, parce que sa sœur n'avait plus besoin d'elle. Même si l'île était belle et tranquille, rien ne l'y retenait.

Rien du tout.

12

En voyant la silhouette solitaire immobile au bord de l'eau, dans une robe légère, Chase s'arrêta net. D'instinct, il sut que c'était elle.

Eve.

Son cœur battit plus vite, et son corps frissonna de désir, mais la solitude qui émanait d'elle lui serra le cœur.

Pourtant, il n'avait aucune envie d'éprouver *ça*. Quoi, exactement ? Ce n'était pas très clair. En tout cas, une nuit n'avait pas suffi à calmer le désir qu'elle lui inspirait.

Parce que, entre eux, le sexe avait été incroyable. Le genre de nuit que tout le monde rêvait de connaître.

Et pourtant, Eve allait partir — et bientôt, d'après Jude. Elle avait reçu une proposition d'une clinique réputée de Washington et s'en irait dès que son nouveau passeport arriverait.

Ou même avant. Chase était retourné sur le lieu du crash, et il avait trouvé l'ordinateur portable et le sac d'Eve. Au lieu de les faire suivre, il les avait rapportés à Port Laurent sans en parler à personne. Pourquoi ? Lui-même n'en savait rien. Ce qu'il savait, c'était que leur nuit d'amour n'avait pas calmé ses ardeurs. Et il s'était interrogé sur l'étrange trouble qui l'habitait depuis quelque temps.

Maintenant qu'il se tenait là, témoin de la solitude d'Eve, il comprenait la nature de ce trouble.

C'était de la solitude. Il se sentait seul. A cause d'Eve.

Avant elle, il avait été heureux, allant d'île en île dans son avion, libre comme un oiseau, suivant ses envies. Il avait fallu un crash avec un médecin stressé à la peau claire et soyeuse, aux yeux ambre doré, pour qu'il comprenne ce qui lui manquait. *Un lien*. Oui, c'était cela qui lui manquait. Un lien avec quelqu'un d'autre que les gens de sa famille. Un lien intime et personnel.

Il aurait presque pensé qu'il était am...

Quoi ? Un instant, il oublia de respirer et plaqua la main sur son cœur. *Amoureux ?* Non. C'était impossible. Il était seulement en train de faire un infarctus...

Super. Il était *amoureux* — d'une femme si peu faite pour lui qu'elle aurait tout aussi bien pu venir d'une autre planète.

Le cœur battant la chamade, il décocha un regard noir à Eve, debout en plein milieu du paradis comme si elle était innocente de lui avoir volé son cœur et son âme ! Et voilà que, sans qu'il l'ait décidé, ses pas le portaient vers elle !

Eh bien, il allait lui dire ce qu'il pensait ! Comment osait-elle le rendre fou ? Pour qui se prenait-elle, à venir là et à mettre sens dessus dessous sa vie insouciante ?

Quand il la rejoignit, elle se raidit, visiblement envahie elle aussi par des sentiments mêlés.

— Va-t'en, lâcha-t-elle, lui tournant le dos comme si sa vue lui était insupportable et s'éloignant d'un pas décidé.

Mais il ne pouvait pas renoncer sans se battre.

— C'est ta faute ! dit-il.

Elle s'arrêta net et fit volte-face, le visage voilé par le crépuscule.

— Ma faute ? C'est *ma faute* ? demanda-t-elle d'un ton incrédule.

— Tu avais dit « une seule nuit », répondit-il, malicieux comme un enfant. Alors je t'ai donné ce que tu voulais.

— Tu ne sais pas ce que je veux, Gallagher. Tu n'es pas resté avec moi assez longtemps pour le découvrir.

A court de réponse, il trouva enfin une idée.

— Il paraît que tu passes du temps avec ton père ?

— Ah bon ? fit-elle, glaciale. C'est de *ça* que nous allons parler ? De mon *père* ? Un homme que tu connaissais mais dont tu n'as pas jugé utile de me signaler l'existence ? D'ailleurs, tu m'as aussi caché que ton frère avait fait deux bébés à ma sœur !

Dans la pénombre, leurs regards se fondirent l'un dans l'autre. Bouleversé, il ouvrit la bouche pour dire… quoi ? Il ne pensait qu'à une seule chose : la prendre entre ses bras et l'embrasser comme un fou.

Comme il ne répondait pas, elle poussa un soupir à la fois déçu et volontaire.

— Tu sais quoi ? Tout ça n'a plus aucune importance, parce que je m'en vais.

— Tu… t'en vas ? murmura-t-il, soudain glacé.

— Oui. Demain, ou peut-être après-demain.

Elle pivota sur ses talons, mais il la saisit par le poignet.

— Comme ça ? Tu laisserais ta sœur jumelle et ses bébés ? Ce sont tes *nièces*, bon sang. Et ton père ?

Elle dégagea son bras et se retourna brusquement, le corps vibrant d'une rage mal contenue.

— *Lui ?* C'est un étranger, un homme dont je ne connaissais pas l'existence il y a encore huit jours. Un homme qui n'avait rien à faire de la femme à laquelle il avait fait deux bébés. Il n'a même pas laissé d'adresse pour faire suivre le courrier… C'est moi qui ai dû m'occuper de tout le monde : ma mère, ma sœur, puis ma grand-mère. Parce que la belle, talentueuse et enjouée Chloe était bien trop occupée à chercher l'homme suivant, le job de rêve suivant, l'aventure suivante. Ça lui était bien égal que ses filles aient faim ou qu'elles portent des vêtements dont même les associations de bienfaisance ne voulaient pas. Ou que sa mère soit trop malade pour assurer deux métiers et s'occuper de deux petites filles. Il était là, mon père, quand les amis de ma mère se glissaient dans notre chambre la nuit ?

— Est-ce qu'ils… ? demanda Chase, incapable de formuler les horribles choses qu'il imaginait.

— Non, répondit-elle posément, mais ce n'est pas faute d'avoir essayé. Avec le premier, je me suis débattue et j'ai hurlé de toutes mes forces jusqu'à ce que ma mère le mette dehors.

Ensuite, j'ai appris à me défendre et à défendre Amelia. Bien sûr, ça ne s'est pas arrêté, mais notre voisine, Mme Friedman, était une gentille vieille dame. Quand cela tournait mal, nous prenions l'escalier de secours pour nous réfugier chez elle.

— Eve...

— Ça n'a plus d'importance. Je me suis juré de faire quelque chose de ma vie et je l'ai fait. Amelia n'a plus besoin de moi. Elle sera heureuse. Elle a Jude et les bébés, plus la maison et la famille dont elle a toujours rêvé.

Il aperçut ses yeux trop brillants, et sa gorge se serra. Il résista à l'envie de l'emprisonner entre ses bras et de lui promettre qu'elle ne serait jamais seule. Parce que, après avoir entendu ce qu'elle avait dû subir, avec la force et le courage d'une petite fille décidée à protéger sa sœur jumelle... mon Dieu, comment aurait-il pu ne pas l'aimer et ne pas avoir envie de lui offrir tout ce qu'elle voulait — tout ce qu'elle méritait ?

— Et toi, Eve ? Qu'est-ce que *tu* souhaites ?

Après un court silence, elle se retourna.

— Rien...

Il n'eut pas le temps de lâcher les mots stupides qui lui tourbillonnaient dans la tête : Jude venait en courant dans leur direction.

— Eve ! dit-il, affolé. Viens vite. C'est... c'est Lia.

13

Une boule d'angoisse dans la gorge, Eve releva sa robe et remonta la plage en courant vers la maison. Sa sœur avait été pâle et fatiguée toute la journée et, malgré son insistance à répéter qu'elle allait bien, Eve l'avait obligée à se reposer. Sa pression artérielle, un peu élevée, était redescendue après le repos, mais elle s'était plainte d'un mal au dos persistant.

Amelia en était presque à trente-quatre semaines de grossesse — presque à terme pour une grossesse gémellaire —, et une douleur dorsale n'avait rien d'anormal. C'était aussi à ce stade que leur mère était morte au cours de sa seconde grossesse. Chloe n'avait pas reçu le genre de soins que Jude avait procurés à Amelia, mais des problèmes étaient toujours susceptibles de se produire.

De toute évidence, Jude avait les moyens de chouchouter sa famille. Pour parer à toute éventualité, il avait fait installer une nursery-salle d'accouchement avec deux couveuses, une réserve d'oxygène et une trousse d'urgence complète.

Les deux frères Gallagher sur les talons, Eve gravit l'escalier et se précipita dans la maison.

— Amelia, où es-tu ? appela-t-elle à pleins poumons.

— Ici ! répondit son père sur le même ton, depuis le salon.

Au même instant, un cri déchira le silence.

Dans le salon, Eve trouva son père à genoux à côté de sa sœur assise sur le parquet et courbée en avant. La tache sombre autour d'Amelia confirma les pires craintes d'Eve. La poche des eaux s'était rompue.

— Que s'est-il passé ? demanda Eve.

— Elle s'est levée de la table et... soudain elle a crispé les mains sur son ventre, répondit Jude, livide.

Alain aussi était pâle et repoussait d'une main tremblant imperceptiblement les cheveux d'Amelia. Il avait probablement passé toute sa carrière militaire à s'occuper d'hommes et ne connaissait rien à la mise au monde de prématurés. De plus, le stress montait toujours en flèche quand il s'agissait d'un proche.

— Jude, aide-moi à l'emmener à la nursery, dit Eve en contrôlant le pouls de sa sœur. Chase, va dans la nursery, branche les couveuses et prépare le matériel stérile. J'aurai aussi besoin d'un vieux T-shirt propre et d'un short. Papa, prépare le kit d'urgence. Nous risquons d'en avoir besoin.

Pendant une seconde, tout le monde se figea, même Amelia pourtant penchée en avant, les mains sur le ventre. Tous braquaient des yeux sidérés sur Eve.

— Qu'est-ce qu'il y a ? demanda-t-elle. Je vais trop vite ? Bien, je reprends plus lentement. Jude...

— Non, répondit Amelia, haletante.

Elle saisit la main d'Eve et la broya littéralement quand la contraction atteignit son maximum.

— Tu... tu... l'as... appelé... « papa ».

Eve sentit l'inquiétude l'envahir. Le pouls de sa sœur était très rapide — il y avait un problème.

— Qui ? demanda-t-elle distraitement.

Alain et Chase quittèrent la pièce.

— « Papa-a-a-a » ! cria-t-elle, prise d'une nouvelle contraction. Alain, tu... l'as appelé « papa ».

— Ne dis pas de bêtise, répondit Eve en se tournant vers son futur beau-frère. Jude, on y va. *Tout de suite !*

Comme s'il sortait d'une transe, Jude sursauta. En quelques

secondes, Eve et lui aidèrent Amelia à se relever et la portèrent presque jusqu'à la nursery.

Là, Eve aida sa sœur à s'allonger sur le côté.

— On ne touche à rien avant de s'être lavé les mains ! Remonte les genoux jusqu'à ton ventre, ma chérie. Tu seras mieux pendant que je me préparerai et tu ne seras pas tentée de pousser. Jude, ne la quitte pas. Respire avec elle.

— Je... ne crois pas que j'y arriverai, répondit-il, affolé.

Comme Amelia poussait un autre cri déchirant, Eve saisit le bras de Jude.

— Si, tu vas y arriver, murmura-t-elle d'un ton ferme. Ça va être un peu rude pour elle, et elle va avoir besoin que tu sois fort. Mais je suis là.

Jude inspira profondément et hocha la tête.

— C'est entendu. Où... veux-tu que je me mette ?

— Aide-la simplement à respirer. Je vais me laver les mains.

Quand elle eut ôté sa robe et enfilé le T-shirt et le short qu'avait apportés Chase, Eve se brossa les mains et mit la blouse stérile que lui tendait son père.

Chase se tenait sur le seuil, près de la porte, l'air inquiet.

Il aurait visiblement préféré se trouver à des centaines de kilomètres, mais il était là. Il avait choisi de réapparaître après huit jours de silence, alors autant qu'il se rende utile.

— Je vais avoir besoin de toi, dit-elle, le regardant droit dans les yeux.

C'était embarrassant à dire, vu ce qu'elle lui avait assené sur la plage, mais tant pis !

Il resta bouche bée.

— Qu'est-ce que... tu dis ?

Devant son air traqué, elle réprima une envie de sourire.

— Tout le monde sur le pont.

— Et Jude et... et Al ?

— Ils vont être très occupés et ils ne pourront pas m'aider pour l'accouchement.

Il pâlit.

— L'accouchement ? Oh non ! Il n'est pas question que je fasse... ça.

Eve contrôla son agacement.

— Est-ce que tu répares tes avions ?

— Quel rapport... ?

— Considère l'accouchement comme de la mécanique.

— Tu plaisantes, non ? Je ne supporte pas la vue du sang ! Pourquoi est-ce qu'elle crie comme ça ? Elle va mourir ?

Eve saisit le sphygmomanomètre et se plaça à genoux devant le bas du lit sur lequel Alain avait déjà posé une feuille de plastique.

— Non, elle ne va pas mourir. Jude, place-toi derrière Amelia pour lui soutenir les épaules. Ne la laisse pas s'allonger à plat. Papa, où est le monitoring fœtal ?

Se retournant, elle aperçut Chase toujours hésitant sur le seuil.

— Est-ce que je peux compter sur toi ?

Le regard de Chase prit une intense et mystérieuse nuance gris orage.

— Toujours, répondit-il enfin.

Un étrange frisson remonta le long du dos d'Eve.

— Bien, dit-elle, refoulant son émotion. Alors apporte cette alèse jetable et aide-moi à la glisser sous elle.

Quand Alain eut branché le monitoring fœtal, le sphygmomanomètre indiqua une pression artérielle un peu élevée mais pas inquiétante.

Soudain, Amelia inspira bruyamment, et son dos s'arqua sous l'effet d'une forte contraction.

— Ça va passer, murmura Eve. Respire. Respire, ma chérie, mais essaie de ne pas pousser.

Sa sœur saisit la chemise de Jude.

— Il... faut... que je pousse ! cria-t-elle, haletante.

— Pas encore. Je vois l'épaule d'un bébé, et il va falloir que je le repositionne.

Amelia émit un nouveau long vagissement qui aurait terrifié Eve si elle n'avait pas eu l'habitude des femmes en travail, puis, grimaçant de douleur, agrippa avec force les deux avant-bras de son compagnon.

— Jude, dit Eve, j'ai besoin que tu l'aides à rester calme pendant que je manipulerai le bébé. Tu vas y arriver ?

— Euh... oui... bien sûr. A rester calme. Entendu, répondit-il, l'air traumatisé.

Amelia se mit à sangloter, répétant qu'elle n'y arriverait pas et qu'elle ne voulait plus.

Eve lui serra doucement le genou.

— Tu vas y arriver, ma chérie. Détends-toi une minute pendant que je repositionne la petite. Après ça, elle sortira tout de suite, tu comprends ?

Leur père fixait le monitoring fœtal d'un air inquiet.

— Alain... Papa ?

Elle lut rapidement le chiffre du rythme cardiaque ; il montait, bien au-delà de cent quarante.

— Est-ce que tu peux contrôler l'autre épaule du bébé et ses fesses pendant que je le repositionnerai ?

— Aucun problème, répondit Al, délibérément chaleureux et rassurant, en appliquant ses larges mains sur le ventre tendu d'Amelia.

— Qu'est-ce qui ne va pas ? demanda Jude, paniqué.

— Tout va bien, répondit Eve avec un calme qu'elle était loin de ressentir. Continue comme ça, Jude. Et toi, Amelia, pour l'amour du ciel, ne pousse pas avant que je te le dise.

Sa sœur répondit par une sorte de feulement sourd qu'Eve aurait trouvé amusant en d'autres circonstances.

Elle glissa doucement deux doigts sous l'épaule gauche du bébé et la repoussa jusqu'à ce qu'elle disparaisse. Puis elle trouva sous ses doigts l'arrière du cou et la tête, qu'elle soutint pour placer avec précaution l'enfant dans une meilleure position. Quelques secondes plus tard, la tête apparut.

— Dieu merci, lâcha-t-elle, soulagée. Tu te débrouilles très bien, Amelia. Tu vas bientôt pouvoir pousser.

Quand une nouvelle contraction se produisit, Amelia cria et cambra le dos.

Jude saisit le T-shirt d'Eve et le tira brusquement.

— Ça va la tuer ! Fais quelque chose !

D'une torsion du buste, Eve se dégagea, sans quitter du regard la tête du bébé.

— Reprends-toi, Jude, dit-elle calmement. Amelia doit pouvoir compter sur toi.

— Elle peut... Elle compte sur moi... Oh mon Dieu ! Ça ne va pas recommencer ! Ça ne va *pas* recommencer !

De nouveau, il saisit Eve et la secoua.

— Eh, frangin...

Chase apparut soudain près d'Eve et repoussa la main de Jude.

— On t'entend jusqu'à Honolulu. Reprends-toi, mon vieux. Eve sait ce qu'elle fait. Laisse-la tranquille.

— Ça va, murmura-t-elle avec gratitude, avant d'adresser un sourire d'encouragement à Jude. Les papas ont tendance à devenir un peu nerveux. C'est permis.

Le regard brun de Jude s'embruma, et Eve sentit l'émotion la gagner, elle aussi.

— On s'y met maintenant, Amelia. A la prochaine contraction, tu pourras pousser... Oui. Comme ça. Très bien. Encore. Nous y sommes presque.

La petite tête du bébé apparut, le visage tourné vers le bas, et une épaule encore remontée. Eve soutint légèrement la tête et le cou.

— Respire encore pendant la contraction suivante.

Elle dégagea l'épaule gauche du bébé.

— C'est super, dit-elle, prenant la serviette que lui tendait son père. Encore une fois, et tu pourras embrasser ta fille. Comment allons-nous l'appeler ?

— Is... Isabella, répondit Amelia.

Le reste de l'enfant glissa dans les mains qui l'attendaient.

— Je l'ai ! annonça Eve, triomphante. Isabella. Elle est très belle.

Le bébé laissa échapper un petit cri étouffé, puis un autre, vigoureux, ses petits poings protestant contre le traitement indigne qu'il venait de subir. Amelia riait et pleurait, haletante et épuisée. Eve sécha Isabella, puis Alain posa une pince sur le cordon ombilical, qu'il coupa.

Quand Eve échangea la serviette humide contre la serviette sèche que lui tendait Chase, leurs regards se fondirent un instant l'un dans l'autre. Elle s'immobilisa, et, soudain, la pièce et ses occupants disparurent, les laissant tous les deux dans un espace vide.

Les oreilles bourdonnantes et le cœur affolé, elle sentit un frisson lui parcourir la peau. Quelque chose de profond venait d'arriver. L'instant d'après, la vérité lui apparut, aveuglante comme un néon dans le noir.

Oh mon Dieu ! L'impensable s'était produit. Un suicide émotionnel ! En *trois jours*, elle était tombée amoureuse d'un pilote sexy et grincheux qui ne l'aimait *pas* !

Il avait même *acheté* un avion pour s'éloigner d'elle !

Eve avait regardé Chase comme s'il n'y avait eu que lui dans la pièce et, l'instant d'après, elle avait eu l'air stupéfaite, comme s'il lui était arrivé quelque chose de bouleversant — et d'horrible.

Il la prit par les épaules au moment où elle vacillait. Avait-elle un problème ? Ou le bébé ? Ou Amelia ?

Celle-ci geignait de nouveau, le dos creusé.

— Oh mon Dieu, faites quelque chose ! répétait-elle.

— Euh... Evelyn, ma chérie, je crois que nous avons un problème, dit Alain.

— Tiens, souffla Eve, tendant le bébé à Chase.

Le cœur battant, il regarda le minuscule visage avec ses grands yeux, son mignon petit nez et ses lèvres roses. Que diable était-il censé faire avec un fragile petit bout qui pesait aussi lourd qu'un chaton ? Il n'avait jamais tenu de bébé de sa vie ! Et s'il le laissait tomber ? Et si... ?

— Garde-la au chaud, et garde un œil sur sa respiration et sa couleur, dit Eve.

— Mais... Attends ! Je...

— J'ai du travail, là.

De nouveau, Amelia, tendue comme un arc, poussa un cri grinçant. Quand du sang attira le regard de Chase, il eut l'impression que tout basculait autour de lui. Il y avait beaucoup de sang. Une hémorragie !

Aussitôt, Eve donna des directives d'une voix calme et ferme.

Chase recula en titubant jusqu'à ce que son épaule heurte le mur derrière lui. Eve mentionna quelque chose comme « rupture du placenta » et donna des ordres à Al.

Il y avait un problème. Et c'était grave.

Chase regarda la fillette minuscule dans ses bras.

— Il faut que tu sois forte, Bella. Ta maman a besoin de toi. Et ta sœur aussi.

La petite fille battit des paupières, et un pli lui barra le front. L'espace d'un instant, il crut qu'elle l'avait compris, mais c'était impossible. Les bébés ne voyaient pas distinctement ou, du moins, c'était ce qu'il avait entendu dire.

Ensuite, tout se passa très vite. Malgré son estomac noué, Chase ne pouvait détacher ses yeux d'Eve, qui gérait la crise avec calme et autorité.

Alain effectua, directement dans le ventre d'Amelia, une injection qui fit tanguer l'estomac de Chase. A l'aide d'un tampon d'ouate, Eve enduisit l'abdomen tendu avec un liquide brunâtre. Chase, au bord du vertige, pensa s'évanouir, mais Eve aurait alors eu *deux* problèmes à gérer. Il serra alors le bébé contre sa poitrine, comme pour le protéger de ce qui se passait tout près d'eux, et inspira profondément.

Eve palpa le ventre distendu et l'ouvrit d'un fin trait de scalpel. Chase vit du sang sortir de l'incision, et les cris d'Amelia percèrent le tumulte qui remplissait sa tête. Déjà, les mains d'Eve s'étaient glissées à l'intérieur — *oh mon Dieu !* — et ensuite... — *incroyable !* — elle dégageait tout doucement une tête minuscule, encore recouverte d'une membrane.

En quelques gestes adroits, elle fendit la membrane, saisit l'espèce d'aspirateur que lui tendait Alain, et dégagea le nez et la bouche du bébé. Puis elle sortit la fillette, qui fit son entrée dans le monde.

Chase était stupéfait et admiratif : l'opération avait duré moins d'une minute.

Alain enveloppa rapidement le bébé d'une serviette-éponge pendant qu'Eve posait une pince et coupait le cordon.

— Vas-y, dit-il. Je gère la situation ici.

Alors seulement, Chase prit conscience que le petit corps était resté inerte, et son cœur bondit dans sa poitrine.

Eve avait traversé la pièce et, le dos tourné, posait le bébé sur une couverture chauffante.

Pendant de longues secondes, Chase attendit, retenant son souffle. Puis, alors qu'il pensait qu'Isabella, à peine née, allait subir un deuil horrible, un petit cri perça le silence.

Ses jambes fléchirent, et il se retrouva assis sur le parquet, regardant Isabella à travers des larmes de joie.

Il déposa un tendre baiser sur la tête toute douce.

— Ta sœur va bien. Et ta tante Eve, c'est la meilleure. Elle a fait ce qu'il fallait pour que ta petite sœur aille bien. Elle va s'en sortir, hein, Eve ?

Celle-ci se tourna vers lui. Ses yeux dorés brillaient de joie, d'amour et d'un profond soulagement. Elle eut un rire qui ressemblait à un sanglot.

— Oui, elle va très bien.

A ce moment précis, Chase comprit qu'elle était tout ce dont il avait toujours rêvé.

Il allait l'obliger à l'écouter et à rester. Même si, pour cela, il devait voler son nouveau passeport !

14

Eve déposa Anastasia, qui criait, sur la poitrine d'Amelia, et se pencha pour donner un baiser à sa sœur. Un instant, tout leur amour et tout leur passé commun vibrèrent entre elles.

— Félicitations, maman ! Tu as été formidable.

— Elle est superbe, dit Amelia, à la fois épuisée et ravie. Où est sa sœur ? Je veux les tenir toutes les deux.

Chase s'approcha du lit.

— Elle est là.

Eve le trouva un peu réticent à se séparer de son précieux petit fardeau, lui qui, un moment plus tôt, avait réagi comme si elle lui confiait une caisse pleine de grenades. A présent, il semblait plein d'amour et d'admiration, stupéfait d'éprouver cela et désolé de se séparer du bébé. Eve lui tendit la main.

Mais, prenant conscience de ce qu'elle était en train de faire, elle laissa retomber sa main et tourna le dos. Elle n'avait pas besoin de l'encombrer avec ses sentiments.

Alain, qui terminait sa suture, leva les yeux à cet instant précis. Il l'avait probablement surprise en train de regarder Chase, qui s'éloignait déjà.

— Tu es amoureuse de lui, murmura-t-il.

— Non...

Mais Alain l'observait avec son propre mélange d'amour et de chagrin, et elle sentit son cœur se serrer de nouveau.

— Ça ne fait rien, reprit-elle à voix basse. Je m'en vais bientôt. Et il ne m'aime pas.

D'un geste hésitant, son père lui toucha l'épaule.

— En es-tu si sûre ? demanda-t-il doucement. Tu te crois si peu aimable ? Il faut juste que tu laisses les gens t'aimer.

Elle ne répondit pas. Elle avait soudain envie d'être seule pour réfléchir. Tenait-elle vraiment les gens à distance à cause de son passé ?

— Va retrouver tes petites-filles, papa. Mais pas plus de quelques minutes. Il faut qu'elles restent un moment en couveuse — surtout la petite.

— Il faudra que nous parlions, Eve, répondit Alain.

Elle ravala la boule d'émotion qui lui serrait la gorge et s'éloigna pour ranger et nettoyer. La nouvelle famille devait évoluer dans un environnement propre et frais. Son rôle à elle prenait fin, et c'était bien.

Sur le seuil, elle s'arrêta pour regarder la pièce et eut un coup au cœur devant la scène qui s'offrait à ses yeux. Une chose qu'elle avait ignorée la frappa avec une clarté éblouissante.

Tout ce qui comptait pour elle se trouvait là, dans cette pièce. Sa jumelle et l'homme qu'elle avait choisi d'aimer, leurs jumelles qui venaient de naître, son père, et...

Oui, et Chase aussi. Parce qu'elle l'aimait. Plus qu'elle ne l'aurait cru possible.

Mais comment pourrait-elle rester, sachant qu'il ne l'aimait pas — qu'il ne pouvait pas l'aimer ?

Chase trouva Eve au même endroit, et dans la même pose. Mais cette fois, au lieu du soleil rougeoyant, c'était la pleine lune qui illuminait la petite plage privée, posant des tons argentés sur le sable, l'eau et Eve.

Il était stupéfait de la profondeur de ses sentiments pour elle, la femme de ses rêves, la femme de son cœur, qui était là — seule.

Il la rejoignit.

— Que fais-tu là ? demanda-t-il. On a besoin de toi.

Elle sursauta comme s'il l'avait surprise.

— Non. On n'a plus besoin de moi.

Quelque chose brillait sur sa joue et ses cils.

— Tu pleures ?

Elle eut un rire sans chaleur, qui le bouleversa.

— Ne sois pas ridicule. Pourquoi est-ce que je pleurerais ?

Il la prit par les épaules et, d'une pression, l'obligea à se tourner vers lui.

— C'est ce que j'aimerais savoir.

Elle s'écarta légèrement.

— Pendant un moment, ça a été un peu tendu là-haut. J'ai eu peur de la perdre, avoua-t-elle, se frottant nerveusement les avant-bras.

Il se rapprocha d'elle, prenant bien soin de ne pas la toucher.

— Tu as été admirable — d'un calme impérial alors que tout le monde autour paniquait… Moi, si je n'avais pas tenu Bella, je me serais probablement écroulé !

Elle eut un sourire ému, puis, dans un mouvement qui stupéfia Chase, vint appuyer le front contre son torse et sanglota comme si elle avait le cœur brisé.

Cela le déconcerta.

— Eh…, murmura-t-il, refermant les bras sur elle.

Il posa le menton sur la tête soyeuse et la laissa pleurer, conscient qu'il n'y avait rien d'autre à faire. De plus, il devait lui montrer qu'elle pourrait compter sur lui. Toujours.

— Ecoute…, dit-il doucement, lui déposant un baiser sur la tête. Tout va bien. Les bébés sont en pleine forme. Amelia est radieuse. Et Jude, il sourit comme un idiot, comme s'il avait tout fait. Mais tu sais quoi ? Ils ont besoin de toi là-bas, pour que tu te réjouisses avec eux. Ne reste pas là, à pleurer comme si ton cœur se brisait.

Elle le repoussa brusquement et lui tourna le dos. Elle s'en allait !

Il la saisit par le poignet.

— Ne pars pas !

— Pourquoi est-ce que je resterais ?

— Parce que... ils... ont besoin de toi, Eve. Amelia... les filles... ton père.

Le visage d'Eve passa par un kaléidoscope d'émotions. L'angoisse, le désespoir, le chagrin. Puis... elle redressa les épaules. La fierté avait repris le dessus. Chase sentit qu'elle lui échappait.

— Et moi aussi..., dit-il. J'ai...

Sa gorge se contracta, mais il força les mots à sortir avant qu'Eve ne disparaisse.

— J'ai besoin... J'ai-aussi-besoin-de-toi.

Pendant de longues secondes vibrantes, elle le fixa droit dans les yeux, puis sa voix résonna, étrangement indifférente.

— Tout ce pour quoi j'ai travaillé se trouve à Washington.

— Mais... tout ce qui compte pour toi se trouve ici, non ? Et... moi, j'ai besoin de toi, répéta-t-il, paniqué.

Il y eut un moment de silence, puis elle se dégagea.

— Je ne peux pas.

Les mains de Chase retombèrent, et l'espoir s'évanouit en lui, remplacé par la colère. Il lui offrait tout, et c'était tout ce qu'elle trouvait à répondre ?

— Qu'est-ce que ça veut dire ? Tu ne peux pas *quoi* ? Rester ? M'aimer ? Avoir besoin de moi ?

Elle se retourna vers lui, le regard brillant de colère et de peur.

— Ça ne suffit pas, dit-elle.

— Ça... ne suffit pas ? Je t'offre tout, et... ça ne suffit pas ?

— Qu'est-ce que tu entends par « tout », Chase ? Comment peux-tu dire ça et partir ensuite ?

— Qui dit que je vais partir ?

— Tu *es* parti... Oh ! ne me regarde pas comme ça. Tu as même acheté un avion pour t'échapper. Qui peut faire ce genre de choses ?

— Un idiot, répondit-il, oubliant sa colère. Un idiot amoureux, voilà qui peut faire ce genre de choses. Pourquoi crois-tu que je ne t'ai pas donné ton passeport ?

Il se rendit compte de ce qu'il venait d'avouer, furieux de ne pas pouvoir revenir deux secondes en arrière.

Elle ouvrit des yeux stupéfaits.

— Tu as mon... passeport ?

Les épaules de Chase retombèrent.

— Oui. Je l'ai trouvé. Je l'ai trouvé et je l'ai gardé.

— Mais... pourquoi ?

— Je n'en sais rien... Enfin, si, je le sais. Est-ce que je t'ai dit que j'ai été marié ? Non ?... Eh bien, je l'ai été. Et ça a été une grosse erreur. Depuis le début. Je me suis promis que je ne laisserais plus jamais une femme me faire du mal et je m'en suis tenu à ma résolution. Jusqu'à toi. Je n'ai pas eu de mal à quitter Avery parce que, avec le recul, je me rends compte que je ne l'ai jamais aimée, en tout cas, pas comme...

Il inspira profondément et passa des mains tremblantes dans ses cheveux.

— La vérité, c'est que j'ai gardé ton passeport parce que je ne voulais pas que tu t'en ailles. Je l'ai gardé parce que... parce que... Bon sang, à ce moment-là, je ne l'avais pas encore compris, mais je t'aime.

— Qu'est-ce que... qu'est-ce que tu as dit ? demanda-t-elle, partagée entre l'espoir fou et l'incrédulité.

— Je t'aime. Mais je ne sais pas pourquoi. Tu es guindée et fière et tu ne sais pas te détendre. Et il faut toujours que tu discutes...

Elle se haussa sur la pointe des pieds et le bâillonna d'un baiser, puis elle murmura contre ses lèvres :

— J'ai peur...

— Mm. Moi aussi...

Elle appuya le front contre sa joue.

— Non. Tu ne comprends pas. J'ai *vraiment* peur.

Il sentit un profond soulagement l'envahir. Son obstinée et fougueuse Eve avait peur. Mais ce n'était pas grave. Lui aussi il avait peur. Peur de ne pas lui suffire.

— Jamais je n'ai eu besoin de quelqu'un comme j'ai besoin de toi, répondit-il. Et je crois… que toi aussi tu as besoin de moi.

Il l'embrassa avec ardeur avant de poursuivre :

— Je suis fou de toi et, quand tu partiras d'ici, je pars avec toi.

Les paumes d'Eve se posèrent sur ses joues.

— Tu ne peux pas. C'est ici, chez toi. Je ne peux pas te demander…

— Je peux travailler et vivre n'importe où. Mais, sans toi, je ne peux pas vivre, dit-il tendrement. Tu es tout pour moi, et je veux être tout pour toi. Alors, si tu veux toujours aller à Washington, eh bien, j'irai avec toi.

— Ce ne serait pas obligatoirement Washington, répondit-elle doucement. Ce n'est pas la seule ville avec des hôpitaux de pointe.

— C'est vrai. En fait, il y a une très bonne clinique ici, sur l'île, et elle a besoin d'un médecin supplémentaire. Ou bien tu pourrais chercher un poste à Seattle ; c'est l'endroit d'où je viens et où mes parents vivent, mais je peux gérer mes affaires de n'importe quel endroit dans le monde. Je n'ai besoin que d'un ordinateur et d'un accès à Internet.

— Pour… voler en hydravion ?

Il secoua la tête en souriant.

— Non. Je dirige une entreprise de trading en ligne, ce qui est formidable parce que je pourrai aller là où tu iras.

— Je t'aime, Chase, alors je me moque de savoir où j'irai. Je veux seulement être tout pour toi.

— Alors prouve-le-moi.

Les yeux d'Eve s'arrondirent.

— Quoi ? Maintenant ?

Il éclata de rire et l'entraîna vers la maison. Il se sentait plus léger et plus heureux qu'il ne l'avait jamais été. Il la serra contre sa hanche et lui déposa un baiser sur le front.

— Plus tard. Et je te montrerai à quel point je suis fou de toi. Mais, en ce moment même, Jude est en train d'ouvrir une bouteille de champagne. Et il faut aussi que je demande la permission à ton papa.

— Quoi ? dit-elle, pouffant de bon cœur.

Il s'arrêta pour l'embrasser encore.

— Oui. Le garçon doit demander la permission du papa de la fille. Je veux faire les choses comme il faut, parce que... ça paraît tout naturel. Nous deux, ça paraît tout naturel.

Elle leva les yeux vers lui et lui sourit, si belle qu'il en eut le souffle coupé. Elle lui prit la main, et leurs doigts se mêlèrent.

— C'est vrai. Nous deux, c'est tout naturel.